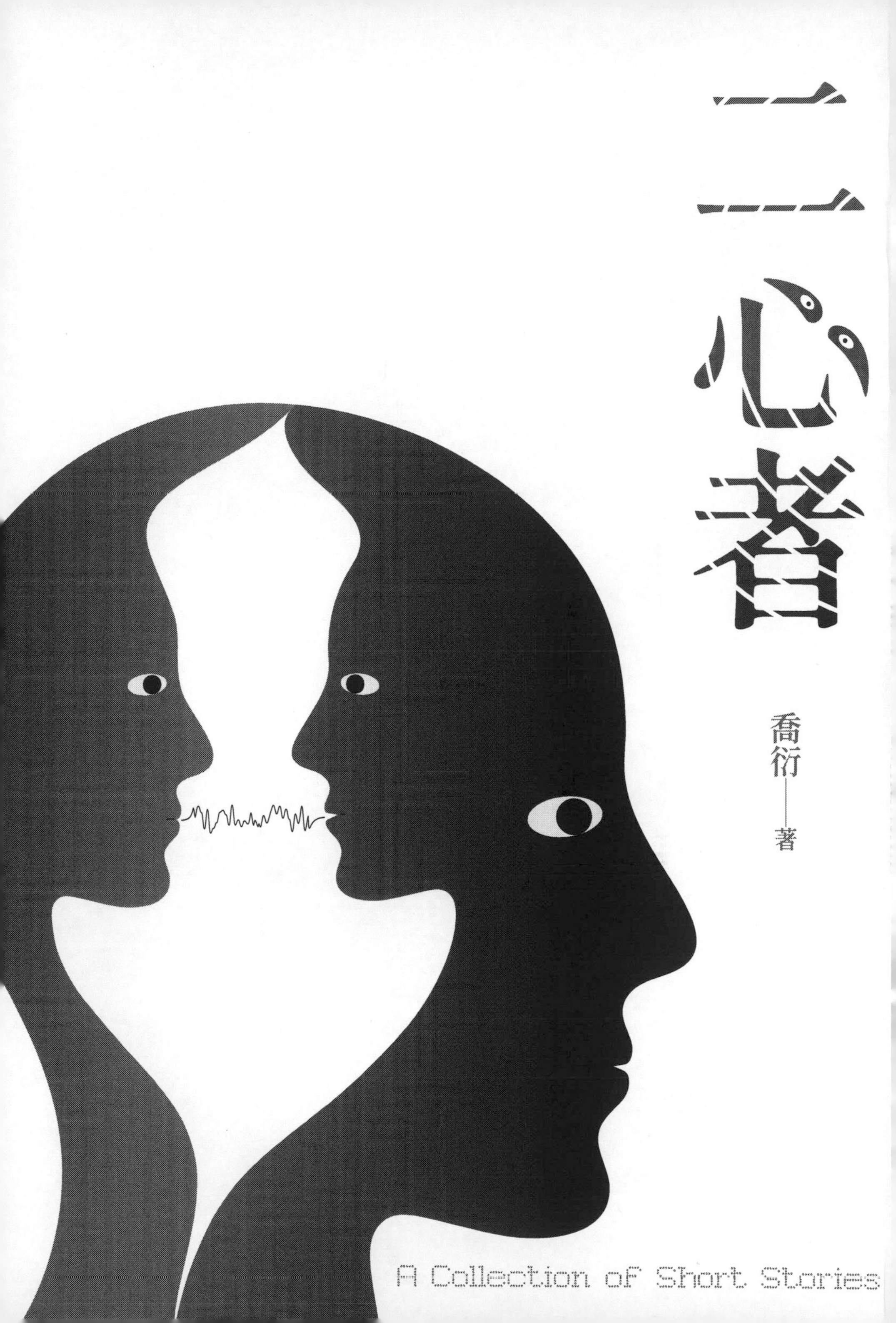
二心者
喬衍——著
A Collection of Short Stories

獻給

逝去的時間

才女橙子題詞[1]：

鷓鴣天　己亥春聞友書草即付梓

畫斷空城午斷煙，囈痕淡籠拓痕間。潑春巷暗千家酒，蹙樹燈青十二巒。花鳥信，夢長安。晴窗人曬雨時箋。風流逐得雲流去，醒入書山醒入寒。

1 題於二〇一九年，香港香江出版社初版。

諸君請看

The Scream

自序

我十八歲那年，聞空中傳音：你是有罪的，因爲你生在河的這邊。由此我莫名開啟十二年自贖之旅。年及而立，又聆耳畔回聲：憐爾素昔焚膏繼晷，准擬寬赦，矜允搦管敍事。於是滿懷主的慈憫吉慶在我上的熱望，傾吐平凡的妄想。筆耕短篇五六春秋，又寢置三載。今朝揀選拙著合集，幾經增刪，以述沒有英雄的荒誕史詩中，生在光裡，活出鹽的味道。是故本書不獻具名之人，唯與逝去的時間。然摩西未終抵迦南，我始重憂自己的命運了。

二〇一九年一月

目錄

二心者之旅夢

There's no trust, No faith, no honesty in men: all perjured, All forsworn, all naught, all dissemblers.[2]

——林菲微博發佈

2《羅密歐與朱麗葉》，第三幕第二場第十一景，奶媽的臺詞。辜正坤譯：男人都靠不住，缺天良；海誓山盟到頭來全都是謊，奸詐邪惡，欺騙八方。

有馮氏曰：卬生微賤，四海播遷，煢煢孑立，形影相弔。直女於須彌山之南震旦之濱，頻添段愁，遂辭雞牖。女乃卬骨中之骨，肉中之肉，唯憾有神闕。

——吁！是何言歟？不見子都，乃見狂且。相由心生，汝悔改罷！

——That light is come into the world, and men loved darkness rather than light.[3]

——Put a cork in it[4]! Thou sinned against the light.[5]

璁是夜不寐。汝竟言余對神犯罪。

璁，背德者也。他面聽這句斷語，她這麼評價。她手中拿著快遞包裹，是一包紅棗與一張照片，背面寫有清秀的鋼筆字跡。

——你行啊，夠浪漫的，都什麼年代了，還玩鴻鴈傳情，難怪整天躲在圖書館不歸家。知音難覓？我成全你的紅顏知己！

---

3 《新約・約翰福音》。意為：光來到世間，世人不愛光，倒愛黑暗。（3:19）//備註：此引文為節選，全句為："And this is the condemnation, that light is come into the world, and men loved darkness rather than light, because their deeds were evil."（光來到世間，世人因自己的行為是惡的，不愛光倒愛黑暗，定他們的罪就是在此）//備註：英文聖經版本為KJV，中文聖經版本為和合本，後不註。

4 意為：閉嘴。

5 意為：你戕害了光。

——菲，別鬧了，喘不上氣。明天同事會戲嘲脖子青一塊紅一塊，新來的史校長點名來聽我的文學鑑賞課，努力經典常談，爲奧菲利婭重新配音。

——聽課又咋啦，你這懷二心的撒謊者，都有女生給你寄豔照啦！

馮璁暈沉沉地推開林菲，翻身朝向窗戶凝滯。喔，就是你寫暴論頻出的文章，說魯侍萍是俄狄浦斯王式行動而受難的英雄，周樸園是操縱力量而反被操縱之人。那天翻閱了你五迷三道的小說，滿紙怪誕不經之語。想著皮笑肉不笑的中年人，前輩的忠告歷歷在耳——他是小有名氣的詩人，總自詡滿腹經綸博通中外，生性錙銖必較。他是否關注了我的微博，那句跟林菲調情的自我介紹，化作一根導火線。嘴裡嘟噥著：「下雨那天，我沒拿博爾赫斯的書，是你在家給蘇藍寄的快遞。沒敢吼出，你怎能私拆我的包裹。」

——同學們，今天要講的是〈林黛玉進賈府〉。

——郭小水，這篇課文選自哪部小說？

——紅樓夢。

沒等郭小水起立應答，同學們就異口同聲。有一絲悄聲擠出《石頭記》，倘若自己這般年紀，也會如是言說。腳註的回目是〈林黛玉拋父進京都〉，而甲戌本有異文——榮國府收養林黛玉，脂評云：二字觸目淒涼之至。她少失怙恃，我心在漂零。有一種境遇，必須親臨，你能感知猶太人流浪的苦楚和對故土的眷戀？

——林黛玉很美，但只能用來審美。

此言一出，引得史校長瞪圓了眼睛，像兩個鼓起的水泡。他在一篇論文中寫道，喜歡林黛玉是一種童心。她是個六歲的孩子，老版電視劇中，她以少女出場。他們相愛是自然的，賈府中豈有他人可誘發情愫。一個學生在本上記錄：她是嬌柔的，經常因自憐而啜泣；她是幸福的，生活在外祖母的羽翼下。芹爲淚盡而逝，黛爲還淚而生。牽強附會？脂硯齋能是史湘雲，曹雪芹就不能託身林黛玉？濫觴於閨怨詩的顧影自憐。

爲蘇藍代課的開場白剛停，正要放下身段，講到賈府三春。齊刷刷的目光朝他奔來，史校長也隨著笑聲呲開牙。

——馮老師，掛彩了。

——被老婆打了。

——是同居女友，老師是單身帥哥。

郭小水與同桌夏懷惠不約而同站起身，伸食指指向馮璁混雜抓痕與吻跡的脖子，說：

——馮老師非法鬼混，枉負爲人師表。

——太過分了，誹謗師長，干涉個人生活。這裡是課堂，你們是我的學生。

——這裡也是道德法庭。

一聲女人的清脆吶喊，林菲破門而入，隨手拋出照片和書信砸在馮璁臉上。

——你這僞君子，勾引實習教師蘇藍，鐵證如山，看你如何狡辯。

——校長，馮璁每每妄議時政，整天鼓吹西方那一套，誤人子弟！。

——我補充一條重要線索，馮璁妄言偉大領袖的詩詞是打油詩水平，這能夠上反革命罪吧。

——馮老師的口頭禪是"Men are born ignorant, not stupid. They are made stupid by education"[6]，英語課代表勇敢地揭發。

嘍，你竟敢口吐狂言，自稱是文化，你戴上金絲眼鏡也裝不像，充其量一丁點兒墨水，跳樑小丑。

前排的學生呼啦啦衝上來，撿起地上公開的祕密，推搡魂魄僵變的馮璁；後排幾個男生站立於木椅，掏出手機拍照攝錄。馮璁將成爲網路上的紅人，失去妖言漫足的立錐之地。

——西餐叉子喫人肉。

馮璁被當落水狗歡快痛打，一顆道貌凜然的頭顱懸在教室的天花板下，如影隨形俯視，陣陣

---

6 意為：人生而無知，但是並不愚蠢，是教育使人愚蠢。伯特蘭·羅素的名言。

詭祕冷笑。不曉怎樣衝出重圍，驚魂未定的馮璁蜷縮在校門對面商廈屋簷下，外面已是夜雨霖霖。兩個身穿城管制服的大漢快步走來，喝道：

——嘿！盯你好幾天，可算逮著了，非法擺攤，賣盜版影碟的垃圾，趕巧躲這避雨，把你的貨統統交出來。

——快點。要是把你扭送派出所，黃片準能定罪。

——我不是小販，我是大專[7]講師。

——呸！老師有你這揍性的嗎？

——賣切糕的[8]都怕我們哥倆，就你這慫貨！

——看警棍！

力劈華山，馮璁咣噹倒地。他打量馮璁的胸膛，聽得肋骨嘎巴斷裂的脆響，紅血從破頭和嘴角一股一股肆意流出，又朝腹部踩踩一腳，隨後伸腿輕巧地挑翻，生怕血液染髒了他的褲子，舒心地看到馮璁笨拙地趴在地上，口啐叼著的香菸，慢條斯理地對同伴說：「走吧，他死不了。」

啊……大聲慘叫，如鳥兒撞碎玻璃，撲鹿在寂靜中拍打翅膀。馮璁精疲力竭地坐立起身——

---

7 大專即「專科學校」，但不設副學士學位。

8 蔑稱，代指新疆維吾爾族商販。

寶貝，快叫救護車，我危在旦夕。床邊卻不見女人，臥室靜待回聲。他抽出壓在胸前的手臂，下按床沿挺起上身，趔趔趄趄邁向衛生間，順便按亮每個燈的開關。他艱難地把手放在前額上，對著鏡子嚴查剛被蹂躪的身體——咦？渾身赤裸不見纍纍傷痕，混亂了他的血液和大腦——咦？我腳下被深深碾入水泥地的菸頭呢？

馮璁涼水撲臉，扶牆而立。敞開衛生間的門，客廳的掛鐘指向淩晨一點，林菲與同事們狂歡未止。叮咣，鄰居吵架再起，男人每次深夜進門，皆引發一場爭鬥，女人仍舊樓道中大嚷，惟恐聽不清她洪亮的嗓音。請稍等，那對人如其名的夫妻，因何出現在我的課堂，臉上佈滿欲將我置之死地的猙獰。

寶貝，呼喊的對像是誰？馮璁在端緒中如無頭烏蠅。那張照片不見了，奪去勾起追憶的實體，僭越者。

——你站在了隔壁一邊。

——我去物業管理投訴也沒有効果。

——小丫頭的寫眞和背後的字，我深深記在心裡。

——你無理取鬧。

——你做賊心虛。

La Jalousie[9]，陰性名詞，漢語中皆屬女字旁。格里耶小說卻是沒出場的男人。Lilith[10]也是用泥土造的，她是夏娃嫉妒的源泉。有人說她拒絕男上女下的敦倫，有人說她才是蛇的化身，要向夏娃復讎。夏娃是恭順的，但不妨讓無數女人肅然起敬，她有能力永遠佔有她的男人。

——你不是曾把我視爲盤中之物嗎？

——Thou shalt have no other girls before me.[11]

——也不會有別的女人要你。

——你說的是「要」，沒說「愛」。

禁忌的事物永遠是最大的誘惑，人是無法抵禦的。如果Lilith現身伊甸園，亞當也會耐不住本性，人的原罪更加深重。摩西的戒律中還需增加一條附註，約定不可偷情。研究夢與性的猶太人說，摩西是個埃及人[12]。摩西又名穆薩，曾被授予*Tawrat*[13].

9　法語，嫉妒。格里耶有同名小說。
10　莉莉絲，猶太傳奇文學中亞當的第一個妻子，因不滿亞當而離開伊甸園。
11　意為：除了我以外，你不可有別的女孩。此句是對摩西十誡的戲仿。
12　指弗洛伊德，見於《摩西與一神教》。
13　意為：《討拉特》。

——Lilith是女巫的首領，從塞壬到狐妖都是她的門生，專擅迷惑年輕男子，從你們身上汲取生命。你的心還在麼？

——Lilith想偷走亞當，並不是奪去。她要的是證明自己的魅力。榮格創立一個名詞，叫Anima[14]……

——阿瑪尼吧，不是在伊勢丹買了你偶像的同款嗎？

——朝三暮四的傢伙，你是想引誘蘇藍與你偷情嗎？

——我們還是相約薩邁拉[15]吧，不再靠無謂的猜忌來構築生活。

——Love is as strong as death.[16]

胡適說，幹不了，謝謝。馮璁被迫離開那所學校，用啟蒙宗師的電報稿給校長發條簡訊。惡狠狠兇視馮璁周身，郭小水與夏懷惠也不約而至在課堂上，他們是魔法師的門徒，讓馮璁兩處不得安寧。離開巧合怎麼進行敘事？托爾斯泰質問莎士比亞，鬼魂不現身，你的王子如何復讎

---

14 阿尼瑪，榮格提出兩種重要原型之一，阿尼瑪是每個男人心中都有的女人形象，是男人心靈中的女性成分。

15 阿拉伯蒙昧時代的古老傳説，死神的幽默與命運的悖論。

16 意為：愛即生死相許。

[17]。馮璁坦然冥冥中的命運，造物主為他關上一扇窗戶，又打開一座大門。他坐辦公桌前，明天要講歐．亨利的葉子，一個熟悉的身影從身側走過，二人同時轉臉，四目相視。

——你怎麼在這裡？

原來，我和她有約，馮璁暗自思忖，是見證奇蹟的時刻了，白天望見了流星。以色列已經重新建立，再沒什麼是不可能的，只是外邦人的日子還沒滿[18]。

——二〇一二已過，還會有世界末日嗎？

——有人說耶穌將復臨建立千年王國，有人說超人將統治世界，有人說人類將進入大同社會，有人說地球將渡劫循環往復。

——從其他物種的角度看，這世界確實太恐怖了，人類自命為主人，慾無止境，罪有應得。

——我的青春正值綻放，可不情願現在就歸於塵土。

——嗯，理由足夠充分，我也該選擇自己幸福。

——雖然撒但竊取了最高的榮譽，但牠註定是要失敗的。從耶穌被釘在十字架上那刻起，魔鬼的敗局已定。

[17] 托爾斯泰對莎士比亞的批評，見其文論《論莎士比亞和戲劇》。

[18]《新約．路加福音》。耶路撒冷要被外邦人踐踏，直到外邦人的日期滿了。（21:24）

——說甚麼時代論與無千禧[19]，黨同伐異云云。

蘇藍在編纂能大吊中專[20]生胃口的三國史的教學課件，馮璁獨自無暇忙碌，大家各自說笑做事，彷彿他是無色透明物。恐怖片中常有類似設定，誤入鬼魅之地，暗伏危機的網朝他合攏，看不見的人拿他做木偶取樂。譬如人類是外星生命的造物，荒誕背後深藏形而上，我們被囚禁在有限的智慧中。她身上的教師工裝比先前褶裙更動人，制服確爲一種強悍的媚惑，那不加節制的青春。偸食禁果後，夏娃學會遮羞，這是種欲蓋彌彰的誘引，激起亞當剝除的慾心。

Lilith，蘇藍，覬覦者。林菲如是說。

上帝輕而易舉地賜予她自傲的俊秀，也終將按部就班地花顏漸減。她手持剪刀威脅著馮璁，披頭散髮，色厲目張，全然不見淑女的面貌，說：

---

19 十九世紀弟兄會的約翰．達祕（J.N. Darby）自創了一套神學，後人稱為「時代論(dispensational)」。其主張上帝整個救贖計劃的中心是地上的「以色列國」；靈恩派亦多盼望以色列及聖殿重建者。無千禧年論（amillennialism）是基督教末世論的一種觀點，拒絕基督將在地上進行千年統治，基督第一次來臨就捆綁了撒但，改革宗、路德宗均持此論。千禧年(millennium)指基督昇天到基督再臨之間的整段時期，是現今世代的象徵，即「新約教會時期」。備註：作者並未安排馮璁歸屬任何教派，他說這句話，出於自己的理解。

20 中專指「職業型高級中等學校」，其多與專科學校一體辦學，學制可類比臺灣「五專」。

——我討厭男人像魔方一樣旋轉的虛偽，更討厭她上揚嘴角，叫你親愛的馮哥哥。

——你行過割禮也是混蛋[21]，有二心的男人啊，我讓你再挨一刀。

——我親愛的血郎[22]。你快去成一家之言吧。

我究竟做錯了什麼？我什麼都沒做。Quilty[23]關於電椅顏色的恐嚇性提問，並未能阻止Humbert開槍，Lolita也是Lilith的徒孫。血一下子濺出，西坡拉割了摩西的腳[24]。林菲歇斯底里地纏繞蜜意：

——這是你的神對我的召喚，嚴懲背德者。

——我本良善，不想自討苦喫。

——1-2-0，救我命來。

——馮哥哥，我在這裡。

---

21 《舊約．創世記》。你們所有的男子，都要受割禮。這就是我與你（指亞伯拉罕），並你的後裔所立的約，是你們所當遵守的。（17:10）

22 《舊約．出埃及記》。西坡拉說：「你因割禮就是血郎了。」（4:26）

23 Quilty與後面提到的Humber與Lolita皆為納博科夫小說《洛麗塔》中的人物。

24 《舊約．出埃及記》。西坡拉就拿一塊火石，割下他兒子的陽皮，丟在摩西腳前。（4:25）//很多學者（如庫格爾、巴爾頓等）認為「腳」是原文使用的一種婉轉表達，實質所指的是生殖器。

馮璁趴在辦公桌上，被蘇藍的應答催醒。寂寥的空間屏絕同事譏諷打趣，也不淪陷攝入別人的眼睛。窗外天色暗澹，日月尚未交替使命。蘇藍搭手馮璁肩頭，遞上一杯熱水。他依稀記起看電子書眼澀不支，就伏案兒現酣眠，嘴角流涎不堪，夢中染溼了袖口。

——周公解夢，還是請教弗洛伊德。

——我要享受半醉半醒，據說法國新小說作家特意酒後坐在打字機前。當個夢境收集者[25]也不錯，賜我機會書寫少女蘇藍的故事吧。

——我的課件要跳出易中天式拾人牙慧，不想因襲守舊，用「打開未來之門的鑰匙隱藏在歷史裡」組織學生討論可好？

——這句話是武斷的，不懂哲學的文人篤愛鼓弄這般喬作沉思的翰藻言論，有鼓動性卻經不起推敲。比如躲在租界的著名時評家，他無法從邏輯上推演定義，只能用比喻加以說明，無知的人都認爲他深刻。

奇怪，蘇藍貌似沒輔修過歷史，哦，她在備課〈六國論〉或〈鴻門宴〉。史書藏著許多待續的黑暗一頁——這有何奇怪？Who controls the past controls the future, who controls the present

---

25 指弗洛伊德，其著有《少女杜拉的故事》。

controls the past[26]. 有人牽著條同郭小水家一樣兇惡的大狗，在校外的小廣場遊蕩，牠患染夜半吼叫的積習，對恐懼的直言抗議，主人說牠近來夢魘連篇。

——貓狗皆會做夢，夢見美食，牠們搖晃尾巴。以前我家養的京巴，我一吹氣，牠就伸舌頭，睡著的時候，你得連吹三口。

——老貓房上睡，也是偉大的傳統。

說話間，服務生端上熱茶，贈送一盤炒紅果開胃菜。大紅袍乃絕代佳人，茉莉花正如小家碧玉。蘇藍不經意地口吐一團茗香，老師頓覺舌尖也殘留著甘芳。

——晚上我邀你觀影？月上柳梢頭。

女人越是受到讚美，就越是渴望讚美。馮璁誇蘇藍越發明豔曼麗，不化妝漂亮，化妝更漂亮。萬物在人身上投影，牽手萬達廣場的光暈下，他對銀白色的豐富細節，感到暫時的寬慰。

——你果然跟她勾勾搭搭，這也叫行爲世範？

——你不是說今晚要加班嗎？菲菲，這個男人是誰？

——林女士，請你放尊重些，沒風度的女人是很討人嫌的。

---

26 意為：誰控制了過去，誰就掌握了未來。誰控制了現在，誰就控制了過去。語出喬治・奧威爾長篇小說《一九八四》。

——馮老師，不要誤會，我是林菲的同事，剛從上海來，陪她出來買點宵夜，大家加班太辛苦。

同事？問心有愧，你逃什麼？Horn of a bull, hoof of a horse, smile of a Shanghaiese[27].馮璁是我的——可發一笑，這是乞丐的語言。馮璁站蘇藍面前展開手臂，擋住林菲，臉上的燈光時明時滅。

——你發什麼瘋？

——你這個脂粉塗面的女人。

——馮璁，哪裡跑？你這個信誓旦旦的撒謊者。

林菲的指甲深深摳進馮璁的皮肉中，血液順著指尖流瀉。左手鉤住馮璁的顱骨，舌頭舔食右手上的鮮血。

——蘇藍，快跑。

——我得救了。

是警笛聲，馮璁長舒口氣，劃過平復如故的傷口。以馬內利。一道紅波動式閃光滑過，耳畔

---

27 意為：公牛的角，馬的蹄子，上海人的微笑。戲仿愛爾蘭諺語"Horn of a bull, hoof of a horse, smile of a Saxon"（喬伊斯曾在《尤利西斯》中引用，意指此三者得格外小心。）

餘音不絕。馮璁揉眼的瞬霎，猝然被兩隻手壓按，隨之兩條胳膊交織在他的脖頸，一個身體壓了下來，那種感覺不是兇狠，而是纏綿。女人？是女人的嘴唇，熾烈地迎合。馮璁本能地摸索，從面頰滑進睡衣，慾望溢出手指之外。世上什麼職業最誘人失涎？巴黎劇院幸運的揉乳員。女演員登臺演出前，他用灌注魔法的小冰桶摩擦，長著魔鬼身材的姑娘們，立刻吟出輕聲尖叫，直挺挺的乳房如刺向前方的寶劍，關係搞得好的，還允許放浪的舌頭。

藍兒。Nobody knows the trouble I've seen, nobody knows but Jesus[28].我唯願暗裡有光，映亮我不問歸期的嚮往。讓這套不大的公寓，爲你遮風避雨。我本想在咖啡館尋個角落，情不自禁脣齒相授歡愛，讓時間一分一秒地沖蝕我貧瘠的生活。

——感謝你的溫情，我不辜負你的付出。

——你吻我的時候，說了多少聲愛我？

正視了愛的神魂馳蕩是叵可懼又可愧，左顧右盼來閃躲我想像中的胡蜂。男人賣力地挑逗，女人催情的呻吟，馮璁驚詫她的反應，直面女人這可怕的動物，如考試複雜的高數，一時間罔知所措。

---

[28] 意為：沒人知道我的憂愁，除了耶穌。

——璁哥哥，請抱緊我，安然進入夢鄉。

怎麼是你——馮璁差點脫口而出，夜靜的可怕，不由得恇懼面容猥瑣鄰居的犬吠聲。愛如此潮溼，林菲悄無聲息地與自己溫存，在以往與未來的歡樂屋裡，發生一次又一次，照片背面的字跡，史校長上任後首次評比課程，她晚上究竟去了哪裡，一副急不可耐的模樣。

哦，賦予奧菲利婭改變自身命運的勇氣，想出了拯救哈姆萊特的計劃，然而與王子約會談何容易，容易讓年輕的女孩陷入發瘋。從她的立場出發，最當思考什麼時候結婚，憧憬婚後當公主的日子。謀謨帷幄復讎大計暫放一邊，先會抱怨什麼主意都拿不定的男人，而不是充當女權的先鋒。

——Not to toot my own horn, but this is the firmest butt and the perkiest set of boobs you're gonna find in Denmark.[29]

嚄，如果這個令人歎爲觀止的生物眞是我女朋友？我是否意外地踏入了平行宇宙，在那邊很值得被愛？我應該投注彩票嗎，也許學會魔法，這太難處理了。是的，她在公眾場合吻了我，震撼了時空的本質。但別爲我著急，我上週發明了永動機。必須深呼吸。

---

29 意為：不是自吹自擂，你在丹麥很難找到像我這麼豐滿的臀和活潑的胸。Bruce Kane: *I Can Explain - Six One Act Play & A Monologue, Dating Hamlet.*

——糜爛在昨日的幸福裡。

——沒良心的傢伙，從前你愛我美麗耀眼，每天叫我甜心。

現在是歐冠時間，穆里尼奧正在捍衛伯納烏的尊嚴，仿佛亞瑟王率領圓桌騎士武裝出征，大耳朵就是那盞聖杯。

久久未能打破局面，失落的共情……馮璁躺在床上，惺忪著玻璃外的燈火，寂寞鼓突如初，喧囂中尚有半個自我，獨處時反覺得聒噪，不知除上帝外創造最多的人[30]，劇本中可否有他這樣的角色。

表演！你裝成哪個人？從白天忙到夜晚。讓命運的毒箭和無涯的苦難都見鬼去吧。說這話的人真見到鬼了。他的情人是由男童扮演的[31]，唱道：

——臥室門開放，進去本是女兒身，出門童貞亡。[32]

門打開了，門又關上了。馮璁頭扭向另一邊。

30　指莎士比亞，語出大仲馬對其的評價。
31　伊麗莎白時期，女性人物由男童扮演，奧菲利婭自然不能例外。
32　《哈姆萊特》，第四幕第四場第十三景，奧菲利婭的臺詞。原文："Let in the maid that out a maid, Never departed more."

——只用了片刻，我就成爲你的篝火[33]，宛如電影鏡頭瀉注。

——你梳洗整齊來到我的窗前，軟綿綿地要做我的戀人，卻說我寡廉鮮恥，一味耍賴糾纏。

——切勿空流逝大好芳華，趁青春的光彩還留駐。

——Feeds on the rarities of nature's truth, And nothing stands but for his scythe to mow.[34]

Tristan und Isolde[35]，那才是不朽。跟養母亂倫的法蘭西啟蒙者[36]讓小美女說：如果愛情和婚姻結合，就很容易遭到世俗問題的玷汙，做你的情婦而非妻子，才能讓我爲你無私地奉獻自己的愛情。

愛洛漪絲，馮璁的精靈。高八尺左右，溜肩膀，兩條大仙鶴腿，往臉上看面如紫羊肝，小眼睛，鷹鉤鼻子，菱角嘴。最顯眼最特殊的是長著兩條刷白刷白的眼眉[37]。咦！徐良也強行捲入，金絲大環刀揮舞在無垠的時空之中。

---

33 斯洛文尼亞詩人托馬斯・薩拉蒙，名篇〈只用了片刻，我就成為你的篝火〉。

34 Sonnet 60：吞掉自然天成的奇珍異寶，天下萬物難逃躲它的鐮刀。（辜正坤譯）

35 特里斯坦與伊索爾德，著名愛情悲劇的主人公。

36 指盧梭，引文見《新愛洛漪絲》。

37 徐良、朱亮等人物及閻王寨，均出自單田芳評書《白眉大俠》。

說：

——喂！林菲。一大早用iPad外放評書，你有病嗎？

——廢話！不愛聽就把門關上，沒長手嗎？他們家的狗太討厭了，跟這對狗男女一個德性，你也不管，要你這個男人有嘛用？

閻王寨兵強馬壯，易守難攻，踏破鐵鞋也難覓的安身立命之處。馬車沿山道迤邐而行，車內端坐紅蓋頭遮面的蘇藍。禮炮訇響，銀髮蒼蒼的老者站在衆人面前，飛劍仙朱亮拉著馮璁的手說：

——馮公子，儘管放心，有天德王和我等劍俠在，郭小水和開封府的鷹犬敢來也是送死。

——擇日不如撞日，今晚就爲公子小姐成婚，閻王寨張燈結綵大擺筵席。

——In a chamber, softly lit by candle's glow, Newlyweds prepare, as age-old traditions show.[38]

——A bed adorned, the stage is set, For a dance of shadows, they'll never forget.[39]

坐床撒帳。把椽子舉起來，舉得更高一些，一位比阿瑞斯更高的新郎來了[40]！蘇藍，木匠們已經把房樑抬高了。你青春的霓裳，那麼被人愛慕；你水嫩的玉體，那麼被人頎涎。男人對女

38 意為：花燭輕柔照洞房，新人依偎循古禮。

39 意為：錦床鋪就，戲臺搭好，難忘暗舞，即將上演。

40 古希臘女詩人薩福的一首祝婚歌，〈許墨奈俄斯讚歌〉的第一句。

人有什麼想望？那是慾望獲得滿足的情狀，女人對男人有什麼想望？也是慾望獲得滿足的情狀，威廉・布萊克如是說。

The god pursuing the maiden hid[41]，我愛講冷笑話：

——這是語音上近似的雙關効果，Maidenhead不懂沒關係，同義詞你準知曉：Hymen[42]，洞房雲雨正春風。

Deflowered[43]-oh my, it seems like you've used a potentially sensitive word[44] ——辣手摧花，落紅不是無情物——I like my body when it is with your body...kiss, I like kissing this and that of you[45].另有隱晦及更淫穢的表達，〈小紅帽〉有言：Que vous avez de grandes jambes! C'est pour mieux courir[46]. 狄更斯說，小紅帽是我的初戀，我覺得如果我能娶小紅帽，我就會知道完美的幸福

---

41 斯溫伯恩《阿特蘭忒在卡呂冬》，張定浩譯：「那神明在追，那少女在躲閃。」喬伊斯在《尤利西斯》中用"the maiden hid"與"maidenhead"在語音上的近似，製造雙關效果。

42 maidenhead 與hymen 均有「處女膜」的義項。

43 意為：開苞，指的是奪取女性的童貞。

44 意為：天哪，你好像用了一個潛在的敏感詞。

45 意為：我喜歡和你的身體貼在一起，我喜歡親吻你的這個和那個。（E.E. Cummings）

46 意為：你有一條大粗腿，這會跑得更好（語出〈小紅帽〉）。"jambe"這個表示大腿的詞，在拉

[47]。難怪黛玉抱怨，好好的把這淫詞豔曲弄了來，還學了這些混話來欺負我。

床前的那盞燈照映玲瓏的曲線，她越發不像是一場夢。北宋仁宗的盛治，嘗試紅抹胸的魅力，隔綢輕觸，像猜窺偈語，女人的名字是詭祕。女人的詭祕不在於肉身，而在於緘口，關閉了心靈的閨門，你只得另尋入口。

——再也沒人能拆散我們，開封府的鷹犬將被炸為炮灰。

馮璁吹滅紅燭，拉合床幃，蘇藍遮擋胸口，鑽進鴛衾裡。千金不換的春宵，讀書人的憧憬。

有外詩為證：

Lingerie flung, and boxers hit the fan,
Their sultry cha-cha, better than a suntan.
Snorts and chuckles, oh, what a sight,
Two frisky bunnies, hopping all night.[48]

伯雷的作品和別的地方，是用來表示陰莖的(也就是「中間的腿」)，這是根據《愛情詞典》這本法國歷史上的性俚語大典的說法。而"courir"這個表示跑動的詞，表示的正好是「性交」。

[47] *A Christmas Tree*："Little Red Riding Hood was my first love. I felt that if I could have married Little Red Riding Hood, I should have known perfect bliss."

[48] 意為：

薄紗輕解，衣物散落一地

倏瞬間，火光驟亮，門閂落地。只見白眉毛的醜八怪飛身進屋，高聲斷喝：「淫夫蕩婦，你們的死期到了，閻王寨的鬼蜮伎倆怎能拿住我等英雄，摘你倆的狗頭祭旗，立即平山剿匪。」

眾爪牙蜂擁而上，將二人捆綁於木椅，郭小水和夏懷惠各持利刃，簡單地殺死他們，林菲躲在背後靜靜地旁觀，手中揮舞著蘇藍寄來的大照片。

——哎！可憐我馮璁死於非命。

正當馮璁祈求宋江式奇遇時，林菲衝進臥室，雙手抓扯他的頭髮，美夢與噩夢兵戎相見，一如獲知尾聲兩粒進球也未能逆襲多特蒙德，無緣決賽：

——大白天，你說什麼夢話。

——心裡有愧，吐不出來了嗎？

——I have tried to speak out my innermost, but no one really listens.[49]

——別對我說英語，我聽不懂，誰聽得懂，你就找誰去。

---

[49] 曼妙的恰恰舞姿，比日光浴更誘人
歡快的笑聲和輕哼，真是有趣的一幕
兩隻活潑的小兔子，整夜跳躍嬉戲
意為：雖然我盡最大努力表達自己，卻找不到真正的聆聽者。

——你到底起不起床？你到底跟蘇藍是什麼關係？你到底怎麼得罪了新校長？你到底有沒有投訴姓郭的？

——還睡！還睡！解道醒來無味。

二心者之白日漂

I loved you first: but afterwards your love outsoaring mine...For one is both and both are one in love.[50]

——馮璁微博發佈

---

50 克里斯蒂娜・羅塞蒂（Christina Rossetti），〈雖然我先愛你〉（*I loved you first: but afterwards your love*），意為：始於我先愛上你，你回我更多愛意，正如一枝開雙蒂，愛是兩心合一體。

清晨，馮璁看見衛生間牆上趴著一隻蟑螂，就拿拖鞋啪的一下把牠打死了。昨天，同樣的地方也趴著一隻一模一樣的。咦！這幾天的天氣也都差不多，我未澆水的花也一直露著小綠芽，桌子上的紅牛喝完一瓶還是一瓶……這些在暗示著什麼呢？原來，我在同一天生活了很久呀……現在與過去，也許都存在於將來的時間[51]……他恍然大悟，再次拍死那隻蟲子，想弄清林菲會不會突然冒出來，眼光如鋒銳的劍觸動他的肌膚，大喊：

——That it might be fulfilled which was spoken by Frances the beauty.[52]

——菲美人，我好像中了魔咒，一切都在預先被允許中重複，此即你所言的應驗麼？

爲那張蘇藍的照片，捕風捉影中進行詞彙貧乏的爭吵。這戲仿聖經箴言的蹩腳語句，肯定源自露著駭人微笑的上海人。

——喂。你相信時間會靜止嗎，存在永恆的輪迴，悉數周而復始？

——喂。討厭鬼，正睡得香香的，見面得請喫大餐謝罪喲。

---

[51] T.S.艾略特《四個四重奏・焚燒的諾頓》："Time present and time past/Are both perhaps present in time future, And time future contained in time past."

[52] 《新約・馬太福音》。"That it might be fulfilled which was spoken by Esaias the prophet."（4:14）意為：這是要應驗先知以賽亞的話。後半句被改造，故後文中寫道「戲仿聖經箴言」。

——好。我訂了兩張影票，喝著可樂，嚼著爆米花，笑看英雄表演犧牲。

打破魔咒最可行的辦法就是衝出房間——他當機立斷擰轉入戶門鎖，手機卻鬼使神差地響鈴，一個限制號碼傳來那條驚悚的英語簡訊。

——說，你跟他是什麼關係。

——小夥子，做按摩的是在這嗎？

——在樓上，大娘，您昨天不是問過嗎？

馮璁迷離恍惚中，回屋拿走桌子上的紅牛，再換一身衣裳，改走安全通道，仿若倉惶逃走的小偷。

沒理會候客的司機招手，徑直穿過路口乘坐公車，在陌生的站點走下，漫無目的地向前踱步，一輛計程車徐緩駛來，分不清是它自動停靠，亦或自己下意識地揮手。

——師傅，去學府路的書店轉轉。

風雅頌還在，尚書還在，儒林還在，江城子大門溫順地閉鎖。街上熙熙攘攘，店中三三兩兩。兩大排外國文學，同書不同譯本的排列煞是有趣，爲比較癖和收藏癖患者提供良方。

——請問，有林文月翻譯的《源氏物語》嗎？

——同學，現在下架了，下月再來吧。

——有《新嫁車的詞兒》嗎[53]？安得巨鯨兮吞扶桑[54]！

——詩歌放那邊，前面是古典文學，自己找找。

儒林爲讀者推薦的新書如森林砍伐後餘下的枯木墩。搞愛國運動，牽連日本文學？水果店經理在洋蔥胡蘿蔔陳列的櫥窗上貼了一幅無關商品的標語[55]，表面的字跡被校長關於人民教師品德規範中的一個重音詞彙抹去，只在奧威爾反烏托邦的小說中才見過：停止思想犯罪。阿拉伯人在亞歷山大府焚書，括號內祈主福安之。

不走邪路，看看邪書。星條旗保護焚燒它的人，我這課上的，朗讀一篇報告便成了囚徒。爾等崇洋媚外年輕人，按照喻委員的提案，就該判刑二十年[56]。

在被沉默與服從的失語時代，根據相關法律法規和政策，部分蒐索結果未予顯示，看看儒林中有否村上這棵樹。抱歉，因爲你不夠，那年的流行用語[57]。家中的書櫃仍陳列含香的上譯名

---

53 應為《辛稼軒詞選》，現代典故，為人物無知的口誤，見於劉心武小說《班主任》。

54 張宗昌的一首絕句，「安得巨鯨兮吞扶桑」是當時流行的空話。

55 標語為：全世界無產者，聯合起來。見於哈維爾《無權者的權力》。

56 社會科學院學部委員喻權域曾上提案，要求擬訂《漢奸言論懲治法》，對發表為歷史上帝國主義列強侵略中國行為辯護的漢奸言論，處以最高二十年的監禁刑期。

57 「你還不懂嗎？因為你不夠村上春樹」，成為青春男女分手的理由。見於袁皖君《抱歉，因為你

著，那年他倆人手一本。馮璁從直子身上知曉一個女生的祕密，卻未來得及驗證。*The Great Gatsby*[58]，他從原著翻出吉普賽女郎演唱的歌詞，若無旁人哼起：

——I'm the Sheik of Araby. Your love belongs to me. At night when you're asleep. Into your tent I'll creep——[59]

身穿灰色夾克藍黑色西褲的傢伙，與馮璁嚴重撞衫，更奇怪的是他也拿著外研社的蓋茨比，舊夢重溫的紅色書脊依然，人卻早在未經確認的歧途棄他而去，不禁自言自語：

——或許人生遠比爬進女人的帳篷要複雜，她的愛情難為你所屬，你擁有的只是無法排遣的心如荒漠。

消瘦的男人抬起頭，稚氣未脫的姿容難掩書生的狂狷，馮璁不禁流露出一絲哀傷與驚恐，眼前足夠參加他模仿秀的男生攪入他無可救藥的過去。

不夠村上春樹》。

58 《了不起的蓋茨比》，菲茨傑拉德著。

59 巫寧坤譯：我是阿拉伯的酋長，你的愛情在我心上，深夜當你酣然入睡，我悄悄爬進你帳篷。（The Beatles: *The Sheik of Araby*）

The process of human growth is one full of regrets[60]——馮璁隨手發條微博時，男生挽著亭亭玉立霧鬢雲鬢的女孩，走出風雅頌，左手拿著蓋茨比。

——星！

馮璁探口而出。女孩轉身回眸，久違的熟諳面容，笑靨如花。

——你怎麼跟他在一起，我找了你好多年，跟我回家好不好？

女孩甩開馮璁剛剛牽上的手，男孩上前推搡他，面容剛毅——壞人，再動就報警。

一個幼稚的敵意稱謂，風華正茂的身影消散在視線中，呆容的馮璁被綿綿無盡的遺恨驚醒，深感怯懦卽錯誤，快步追去，尋回夢的歸路。

——星，這幾年我就是行屍走肉，跟我說句話吧。

——你是誰，胡扯些什麼，非得一直纏著我們？

——沒有人會長著一樣的酒窩，我確認是你回來了，星。

——她長得太像你了，眞是活見鬼，你可有失散多年的哥哥？

——你忘記最後一條留言了嗎，如果有緣自會相見。

---

60 意為：人成長過程就是一個遺憾的過程。

——Love loses the race against time. Spring's rosy color fades from forest flowers.[61]

——別理他，最近網上說有精神病人故意搭訕，然後伺機行兇，小心他身上藏著刀子。

他們話音窸窣，馮璁側耳識別了，所謂近朱者赤，他常常懷疑林菲有一種特異功能，能聽見一百米外蒼蠅起飛的聲響。這時候，她應該在打噴嚏。她從馮璁的微博中複製這句英語，反復發給他。

——你翻譯下，愛在與時間的賽跑中落敗，後面呢？

——你用的谷歌還是金山？把一切希望拋在後面吧[62]！

林菲使用紅色的字體，馮璁拋擲紅色的蓋茨比，小學時他用紅色的蠟筆塗抹太陽，長大後送給星一件紅色的連衣裙。書跌落在青石磚迸濺起塵土，星和那個男生消失像煙火。丘吉爾首相謂之比發表餐後演講更難的事情是試圖親吻一個遠離你的女人[63]。沉思片刻，口占短詩：

讓女人著迷的

---

61 意為：愛經不起等待，林花謝了春紅。

62 《神曲》。地獄的門上寫著：「你們走進這裡的，把一切希望拋在後面吧！」

63 There are two things that are more difficult than making an after-dinner speech: climbing a wall which is leaning toward you and kissing a girl who is leaning away from you.

由時間醞釀發酵的祕密
在文字裡潛行
哦，那個午後
用青春的輕紗偽裝從前
帶著墨水的暗香從自習室穿梭
靈眸與編織提問者晤談
他猜測——
那一些留在歲月答卷上未知的吻吧
——蘇藍，我在學府路，只隔一條街。

憑瑰撣撣封底的灰塵，跟隨飄來的風掉轉方向，蹓蹓躂躂橫過馬路，走向月華樓。淫雨無度的季節，我們常在行人零星的路途會面，空氣中氤氳著你匆匆消逝的淡香。她也拿著本外文書，一路姍姍。門前花壇，衣裙過膝的少女，不著露胸V字領，眸子清澈見底，純得不忍觸摸的可愛。

大地色的眼鏡挽著天空色的長裙頑皮地走在淺淺的石階上，於花園深處貼面，從脖頸到面頰游移，清香從鼻孔滑入心脾，上挑舌尖蠕動雙唇。她的臉廓卻似不定的雲，半臂間隔，杏目圓翻

——整天都魂不守舍，要敢腳踩兩條船，我馬上把你閹成太監！馮璁抓攥林菲的右手，瞪著她：

——你發什麼神經，她是我輔導的見習生，勤懇上進，幫我查閱成堆資料，請她喫飯又奈何，要是想幹不見光的事，會告訴你嗎？無事生非。

我呵護她，那是一種出自兄長的眷注。華月樓情調古樸，牆上掛著西廂主題的國畫工筆，比通常植物花卉，更適宜才子纏綿。盡享佳肴吧，補償你的春夢。呸！你才做春夢呢？天天意淫當楚懷王。

——你又買本*The Great Gatsby*？

——上月給學生推薦《麥田裡的守望者》，被扣上誘導早戀與教唆逃學的帽子，就隨手拿了本名著。

——哼，你又哄騙我，我剛買了本勞倫斯的《虹》，大失所望，原來不是愛情小說。

——暗蘊大洪水的聯想，虹表示了天地人之間達成了神聖的契約。

——華茲華斯每每諦視天邊，見到彩虹就會怦然心動，生命之初如是之，垂暮之年一如既往。

——Until everything was rainbow, rainbow, rainbow.[64]

——前天，天空高高掛著彩虹，你沒抓住問題的關鍵，沒關注我更新網路日誌。

——我回覆了，美國彩虹有六種顏色，中國彩虹有七種顏色。

初次光臨的餐廳卻覺眼熟，熱戀中約會的男女是相鄰而坐的，你偏愛與星迎面，卻不曉她好想倚靠你的肩膀。

一個單肩粉色女包的姑娘向外走去，身旁高大的男子爲她推開大門。星！馮璁直楞楞地站起——搶佔我座位的女包，他便是我那時的假想敵。他存在迂久，莫非我渾然不覺？馮璁被類似美洲的發現擊倒，印第安人在這片生息萬餘年，初來乍到的歐洲人堂而皇之地說自己發現了新大陸。叫喊狼來了的孩子欺騙不了人們三次，難道我要寬恕自己的謊言七十個七次[65]？

——爲什麼不用我送你的包，你說換一個很正常，是不是想把坐在你對面的人也換了？用手機聊QQ比跟我說話還要緊？

——正常？我日復一日地說愛你，有如飲食起居的平素，你說這是慣性，是疲憊之愛，大風捲起的樹葉很輕飄，這是美。但風會停息，樹葉脫離樹木便會泛黃枯萎，它是願意隨風而去，還

---

64 Elizabeth Bishop: *The Fish*. 意為：直到一切全都幻化為彩虹，一道道彩虹。

65 《新約・馬太福音》。耶穌說：「我對你說，不是到七次，乃是到七十個七次。」(18:22)

是願意生長在大樹上？

——我敢把手按在聖經上說我心中容不下別的女人，你是我的全部，如同注滿水的容器。

——全部？包括蘇藍那個狐媚子嗎？撒嬌發嗲，可算勾你的魂。

——Skeptics will not find their way to heaven.[66]

——女人，她不願被揪著頭髮拖進天堂。[67]

這頓飯喫的很漫長，時間流逝像林菲在挑選第二天出門穿的衣服。告子的言說常被誤作孔子的語錄[68]，奉爲圭臬：可芥川龍之介卻說，天國之民首先應該沒有胃囊和生殖器[69]。看來我除急躁外，距離天堂還應增加一條。默想片晌，用手機蒐索那承載懵懂記憶的所在，煥然一新的公園，褐色長紗巾般的夏風，留刻雙心的樹幹，自己影子中的影子，自己陰鬱中的陰鬱。

——今天不是週末，那裡平時人也不多。

---

66 意為：多疑者找不到通往天堂的路。

67 The Pisan Cantos74: femina, not be dragged into paradise by the hair.

68 「食色，性也」，《孟子．告子》。

69 語出《侏儒的話》。

一個好熟稔的角落，劉希夷的感慨[70]，一切都似那夢伊始的時節，值得溫習的過去。音容笑貌逃脫不了時光密封的盒子，馮璁從身後環抱星的蜂腰削背，便伸了手……找個僻靜的所在，那天我真的沒想，在超市中買了一大堆零食，準備對著風景消遣，她說她考慮了很久，若是她未出此言，時間還會被抽長，我解不開該死的疙瘩，幾條數據線糾纏交錯，她爲何要去尋找假山下的長椅，上帝——我初出茅廬性急的手第一次愛撫，漲滿快要從指縫裡擠出來，有一點凹陷蓓蕾悄悄甦醒綻開在我掌心……她拉拽我稍一用力的手腕，我知趣地貼吻她說疼的小嘴……妙不可言的清香已滲透我的脈搏，微薰我更加陶醉地攫取滿心的渴望與希冀，她那照亮我陰鬱之心的美眸又在發酵語言……我在期盼她，正如白紙在等待文字。

假若二十歲能有三十歲的作爲，愛情就可成爲佳話。呵，這種佳話千篇一律，平淡乏味。環外個性的單立柱廣告不見了，眞理部的正人君子判定它低俗，一個樓盤說，我有錢了，你回來吧，現在特遠，以後特近。遠和近，顧城的雲彩[71]，女人的心，氾濫的比喻，如今眞感貼切。故地重遊時戀戀不捨地感喟令他觸景生情地攬蘇藍入懷，你可知你是如此攝人心魄，令我形神皆醉。

---

70 指「年年歲歲花相似，歲歲年年人不同」，〈代悲白頭翁〉。

71 顧城，〈遠和近〉：「你，一會兒看我，一會兒看雲，我覺得，你看我時很遠，看雲時很近。」

——馮哥哥，你這是作甚？

——I harbor great evil in my heart, yet I am as timid as a mouse.[72]

據說八十年代的學生羞言我愛你，卻敢說I love you。小人之過也必文，顧左右而言他，述而不作的人說，酒杯不像酒杯了[73]，賈府做茄子太費事，劉姥姥嚐不出原味，喬伊斯模擬雷聲的自創詞，你能記清多少個字母[74]，可與背圓周率比難易。

馮璁的胳膊，蘇藍的神采，明亮的鮮花店，暗澹的咖啡廳。長河沉寂奔流，這裡沒有一座命名夏娃與亞當的教堂，新裝的共產廟宇被太陽描繪得光芒四射，四面鐘上無神論者的旗幟飄揚，他們崇拜紅色，他們的國家就是神。Atheism is a fairy story for people afraid of the light[75].你爲何不申請一枚徽章？不從自立肖像者的指示，不站定於一尊者的道路，不坐多行不義者的座位，這人便爲有福。你可攀爬倒撥分針，卻挽回不了時間，如脫口的言語。

——還有初戀。

72 意為：我心藏大惡，卻膽小如鼠。
73 述而不作的人指孔子。子曰：「觚不觚，觚哉！觚哉！」（《論語．雍也》）
74 喬伊斯曾用一百個字母拼成「雷擊」一詞，模擬雷聲不斷。見於《芬尼根的守靈夜》。
75 意為：無神論是懼怕光明之人的童話故事。

——言與語有何區別？

對於愛情，總存在著一片語言無法僭越的區域，直臨此境，維特根斯坦的至理名言從馮璁腦中一閃而過：對於無以名狀的事物，我們應該保持緘默[76]。識圖談論它們只會導致混亂和誤解。

——我要轉彎搭公車去老校區。

——眞是好神奇，我早上發現自己連續好幾天打死同一隻蟲子，興許陷進輪迴的漩渦。

——眞好笑，你的意思是明天也於此再會？

——你生氣了？

——你言重了，我沒有資格生氣。

這僅是巧合嗎？簡訊答話都別無二致。像星的含蓄矜持，而非林菲的熱情奔放。輪椅上的作家[77]說，事實上你唯一具有的就是過程。享受遠去的靚影，如凝目靈魂肖像沖洗出來的照片，喚醒往事時溼潤的眼眶。

---

76 Wovon man nicht sprechen kann, darüber muss man schweigen.此言為其在《邏輯哲學論》中的最終命題。通常英譯為："Whereof one cannot speak thereof one must be silent."

77 指史鐵生，引文見〈對話四則〉。

——我常常對未經曖昧過程的戀愛表示懷疑，不願被程序化的生活所馴服。

——男人啊，眞是賤！輕易到手的總是不珍惜，偏偏編造各種理由婉拒你，翻來覆去折磨你的，反倒很上癮，覺得這才是你想要的愛情。

——你骨子裡既然那麼欠的慌，要不也玩次分手遊戲？

一對年輕情侶牽著手朝車站走去，女子口中絡繹不絕，男子眼神東張西望。女子一陣潑鬧，疾步快走，男子追上去握住胳膊，她拚命甩開，用帆布包砸向男子的頭，貌似吵得很兇，只能聽清一個很敏感的詞——分手。內容無關緊要，我也沒豎立竊聽私密的耳朵。我總想挽著她的手，一言不發地向巷子深處走去，從口袋中掏出一把時間，灑落臨近的久遠，一步步減輕沉鬱，一寸寸擦乾孤寂。

馮璁近來耽溺於蘇藍及時回覆的驚喜中，如塡飽肚子的流浪漢，懶洋洋地愜意寧靜的黃昏，且看太陽西沉，領受餘輝的愛撫，明朝全聽從自然。公車途經漫長的路線停在腳下，坐兩站地去影城。那對年輕的情侶走到車廂末排，坐下後若無旁人地嬉戲，果然像當下的天氣，四合的烏雲蓋頭又偃旗息鼓。

瞥見有人注視他們，女孩不以爲意，輕描淡寫地嘲笑，忘懷疲憊地親吻抱著她的高大帥氣的男生。什麼變故讓他們驀然如膠似漆？他扣緊她的腰部，鎖在懷中強吻，她哭泣中不再堅持，回心轉意了——可惜當時你畏葸躊躅，不曾付諸行動。時明時暗的光線下，點開記事簿，詩云最初的愛情，最後的儀式——

In smoke-kissed corners, heart ablaze,
I dream of lips on moonlit wine.
Her eyes, twin stars that echo my maze,
A soul who reads this longing, line by line.[78]

夜色蒼茫，馮璁掙脫外清內濁的空氣，無力地走出影城，計程車內叨念著許多年來無奈的留守與懷想。他長久無法釋懷，抱著純潔目的去戀愛的女子，終將成爲別人的妻子，承受一個陌生男人身體的重量，狗一樣的喘息聲如快刀將他凌遲爲碎片。上帝爲什麼不獎勵好人，反令我倍受煎熬？上帝造你成爲好人，就是對你最高的獎賞。從邏輯上說，這是典型的自洽，但我很喜歡。

歐洲盃燒灼的瘋狂夏天，一切發生得那麼行色匆匆，那麼水到渠成，多年的禁錮爲蠱誘的紅

---

[78] 意為：
在輕煙繚繞的角落，心火熊熊，
我夢見月光下的瓊漿，吻上戀人的雙唇
她的雙眸如星辰閃耀，映照我迷惘的心路。
懂得我心意的人，細讀著這行行切切的渴望。

胥疾速擊破，在一間飄香的酒店客房中，摟著林菲不容分說地衝撞，她修長的雙腿就盤在他脊背上，伴隨他無節奏的發力不停地抖動，重複著亞當的子孫祖祖輩輩的經歷，在激情與狂喜中漫溢飄飄欲仙的洪流，將對女人的探祕一洩殆盡，浸涸她的肉體，滋潤他的生命。是你點燃我的慾火，要我做你的情郎，訣別那求之不得的姑娘。情不知所起，一往而深。

——你是上帝派下來拯救我的嗎？

——你是眞心愛我，還只是僅貪戀肉體的歡愉，假若出現一個更嫵媚的女人，你會變心嗎？我是女人，很想聽一句與子偕老的承諾。

——我們借胥言吐愛與死，貼合未清新口氣的嘴，你做這種事很有天分，嗎嗎七月陰冷，入我懷。

——肉麻，上帝命我把你湧到嘴邊的話凍住。

我爲何常生厭倦感？因總揣著顆笨重的生鏽的缺乏養護的心，你這時去衛生間，我佇聽嘩嘩流水，用龍頭掩飾噓噓作響，我呆坐在沙發上，雙手扶膝，未敢對視她母親，她在畢業散夥會上喝了點酒，是我叫的士送她回家的，下車時她跌倒在地上，我抱起她，我家裡不太鍾意你，我該怎辦呢，我從未見她喝過這麼多，傳出急促的小便聲，刺癢了我的血脈，哎，要知道我的表情是多窘然，下意識地望了她母親一眼，你嘲罵我是傻瓜吧，呲呲的聲音斷斷續續，我說了句今天天氣挺悶，人在半醉半醒間，禮儀會被忘卻，非生而具有，亦非不學而能，村頭田間哺乳的少婦就不講究避諱，在陽光下看上去閃亮亮的奶子任由行人目睹，與勞作的漢子開淫猥下流的玩笑，你不用狡辯，我清晰地記得，如同不會搞錯星的生辰，是你麻利解脫內衣，吝惜一丁點的含蓄遮掩，輕蔑小兔式的驚悸不安，和臉一般鮮豔的乳置於我面前，攀著悠蕩的神思晃鞦韆，大方地抱著我的頭向下壓，不及我努力回想初戀的尺寸與形狀，挺胸塞到了我嘴裡，予我感受世界虧欠的幸福，你慷慨得讓我咬舌震愕，不對媚態做設身處地的詮釋，我設計的情節是你要麼背對著我，雙手交叉罩蓋，緩緩轉身，要麼乾脆同脫衣舞娘，耍各種故意誇張的動作，私處若隱若現間撩逗膨脹的情緒，將我的雄心壯志滅熄在超短裙下，你昏昏悠悠地走向浴室，口中含糊著我調情的詩句，你說孤獨時，孤獨也沒有和你做愛，她踉踉蹌蹌地從臥室出來，穿著一般無二的綠色睡衣，我該走了，好吧，不然你住在這裡不成，慢慢睜開惺忪睡眼，苦笑出悠遠的心結，每逢今日倍思舊，每逢今日倍憂情，忘記是生命的負極，忘記比愛與恨更惻痛，我仍舊無法忘記她的熱吻和冰涼的夜空，固執地談起，等待是我唯一擅長的事，塵封的日子中散出星星落落的惆悵，與淅淅瀝瀝的溫順，孤獨找不到孤獨的依靠，只好投入喧囂的懷抱，如草根被釘入大地，人被釘入生活，依運輸營養線的導管來維持，季節雨水澆熄朝聖的人，像被一場日落所槍掃。

——你晃哪去了，電話也不接，快喝瓶紅牛給我打起精神來。

——我獨自一人去了金逸影城。

——This movie is very violent and is inappropriate for children to watch.[79]

——這本書不是前幾天躺在床頭櫃上嗎？

——它灑上咖啡汙染了。

哦，曾做過無數次這已呈現的夢，乳暈一樣鮮明的生活。初見時，就意淫你多走光來解這撩人的折磨，如今朝夕將你看遍。對著照出婀娜的衣鏡，林菲一邊拿件淡紫色緞面雙開襟珠繡旗袍在那凹凸有致的身段上比來試去，一邊吐出彌散情酸的溫聲細語：

——親愛的，我這身打扮有你九零後的蘇藍妹妹漂亮嗎？

——少兒不宜的影片可上演激情戲？

馮璁揮散哈欠聳聳肩膀，像在選秀節目上的失敗者無奈退出舞臺般逃離臥室，轉身晃入昨夜嬉鬧的衛生間，只見那隻蟑螂紋絲不動地趴在原地，小心翼翼地用紙巾遮蓋，手指掐捏的一瞬，解頤出聲——它是塑膠的——

——璁哥哥，你癡笑啥，還不快過來，我淘了套你嗜好的情趣內衣。

---

[79] 意為：這部電影暴力傾向嚴重，不適合兒童觀看。

與魔鬼搏鬥發軔於心，同女人抗爭結束於床。目的各異，結果卻趨於統一，那都是不分勝負的。

回家是最終的旅行。

二心者之搖擺

耶元三千紀[80]，十有二年，夏五月，璁及菲美人盟於麗茲，是謂和諧之始；十有六年，秋九月，菲克藍於津，是謂擾亂之終。

——《馮氏春秋》

80 三千紀(3rd millennium)是指格里曆紀年中當今的千年（2001-3000）。

爲什麼存在主義在日本盛行，新儒家反對在曲阜建設大教堂，不能把盧梭與伏爾泰的書並排，莎翁可以與雨果做鄰居，搬空我的書架，充實你的暑假，我眞不願去教補習班，淸眞小李燒雞，魔幻現實主義，巴黎春天婚紗攝影，女性主義與身分顚覆，良善的人得進樂園，無恥的人將入火獄，買了一本紅色封皮的文學史，自動售貨機吐出加多寶，純粹的精神不受任何理性的控制，剔除一切與文本無關的要素，我所有的幻想都普通至極，你居然不知道歐也妮·葛朗臺是女人，卡列寧是條狗[81]，你今天去做什麼了，在蔚藍的夏晚，我將走上幽徑，如有女伴同遊，遠方除了遙遠一無所有，九斤老太與退嬰論，文明社會中不遺兩個人純粹自然的戀愛餘地，海倫中國版故事，誰將贏得她的死刑權，年近三十豈能俯身左翼思潮，主張無權者權力的人當了總統[82]，底層的反抗也不是無力的，計程車鬧大罷工，我沒有代步交通，感受集體主義的拖拽，派出所門外癡立，捉襟見肘，等待不難，時間總是不長不短，只在夢的溝壑裡見過你，懷著一種熄滅的寒涼的希望，從一個範圍到另一個範圍，前方有座土堆山，積極又無聊的人在放風箏，新聞又將無聊吹噓成偉大史詩，和粗俗同樣成爲和諧時代的墊腳石，我對她說，1922是神奇之年

---

81 昆德拉，《不能承受的生命之輕》，特蕾莎的寵物狗的名字。

82 捷克前總統、思想家哈維爾，其著有《無權者的權力》。

[83]，最長的一天與不得其門而入，踩著滾軸，如穿高蹺，她說旅遊泡湯，信用卡的賬單是魔鬼的寄信，嗷嗷嘶吼，像是要喫了我一般，他說報案三年都杳無音信，類似的事情司空見慣，倒閉與跑路的一場訓斥，勤儉的積蓄被饕餮吞沒，時代的灰塵落到普通人頭上就是活埋，所以我們饑不擇食地將自己層層包圍，伴隨著前前後後穿梭的井然有序的混亂，積家大師赴典當之約，用一個問題替代另一個問題，過分追求平衡與秩序，就會發現世間萬物無一例外地失衡，年輕地球論與飛天麵條教，在對面廣場上餵鴿子，第一張合影的快照，公寓裡的擁吻，開啟命運之門，馬滑霜濃，暗指女人的肌膚，不信道的人，將來必受火刑，沒有任何援助[84]，你們要防備假先知，他們到這裡來，外面披著羊皮，裡面卻是殘暴的狼[85]，我因沒有不安而感到不安，鋪墊新的床單，小說的世界獨立於道德法庭之外，誰才是介入者，在戀愛中保持彼此的孤獨，孤獨是靈魂的獨白，我沒懷念她，我每天對著木床提醒自己一千次，把雪白嬌嫩的軟玉溫香拿走，激動的舌頭，在脣與乳之間的選擇困惑，五顏六色的書脊，霧霾時代，去讀《迷霧》[86]，我獨白都市的

---

[83] 喬伊斯的《尤利西斯》、艾略特的《荒原》、卡夫卡的《城堡》，均出版於1922年。

[84] 《古蘭經》。這等人將受痛苦的刑罰，他們絕沒有任何援助者。(3:91)

[85] 《新約．馬太福音》，7:15。

[86] 《迷霧》，西班牙小說家烏納穆諾代表作。書商在腰封上印著：霧霾時代，我們閱讀什麼？一本

風景，小徑分岔的花園錯綜了人生的歧途，麥琪禮物的尊貴與聖潔，百事哀的日子是庭院外碎缺的小路，章曄意氣飛揚南方，重寫心靈中發生的故事，我從臺階上狠狠跌下，豐富多彩的傷痛，蘇力襲臺，垂直的101大樓發生搖擺。

——哥哥，你發的都是些什麼啊？

——回家再說，今晚與章曄有約。

——讓我們一起搖擺，一起搖擺。

——來，讓馮老師先挑。

馮璁有似最後一個進入天園的人[87]，目睹了瑤池瓊樓與榮華富貴，不計其數的可供遴選的侍寢美女，他唯一能做的就是祈求天園接納，並加倍他的慾求。一位頎長白皙的女子，弱不禁風地飄到他腿上，帶著沼澤的潮氣。馮璁頓時瞳孔震顫，他熟識的人一時間生疏得如戴面具，你爲何要上升道德高度指摘。那天，他帶領樂隊主唱〈今天你要嫁給我〉，蘇藍望著同齡的姚白雲從

---

87 關於生和死的書，我們從哪裡來，到哪裡去？《布哈里聖訓實錄全集》。這個人就是火獄者中最後一個要進天園的人……於是安拉把他帶到天園門前，那人站在天園門前觀賞了天園之瑰麗、輝煌的景象和歡樂的氣氛……安拉對他說：「我答應你的慾求，並加倍的給你。」（第806段）

地下升起，霞光萬道匯集一身，揮手模仿明星登臺，奈何是個短腿的白雪公主。

——我的婚禮要設計得更夢幻，我要從空中飄來，紫氣叢生，落英繽紛。

——哎，無可非議開口遭拒，朋友也是不能試探的，誰憐我自入佈滿破綻的騙局。

——不要喊我老闆，我很窮，沒有錢。

馮璁如動物園出逃的大狼，在微暗的小道前眈視行人，憤怒的軀體在詢問：是撕咬，是顫慄，是躲逃？行人卸除文明的武裝，只得將包內的喜羊羊公仔擋在前胸，大狼憎惡這些佔據道德制高點的弱者，牠說：「到了野獸猖獗，牧人消失之日，狼將成爲羊的保護者[88]。」行人惶惶不安，因問道：「你當眞不喫我嗎？經上說，狼不能做羊的朋友[89]。狼說：我要讓你成爲消失的牧人。」

——妻子好比是你們的田地，你可以隨意地耕種[90]。

---

88 《布哈里聖訓實錄全集》。使者繼續說：「狼叼走了羊，牧人追了上來，狼說：現在你要奪回羊，而到了牧人消失、野獸猖獗的時候，除了我，誰還能保護羊呢？」（第2324段）

89 《次經・便西拉智訓》，13:17。

90 《古蘭經》，2:223。另據《穆斯林聖訓實錄全集》——猶太人常說，如果丈夫從背後與妻子交接，生下來孩子是斜眼。於是安拉降經昭示。（18:107）

——你要有癖好，快找林菲去，以前我家養狗。

——老闆，你在想女神還是前女友？肯定不是現在的對象。

——子曰：巧言令色足恭，左丘明恥之，丘亦恥之。

——老闆，我聽不懂，孔聖人是不是在床上曰出了這句？

受毒氣衝擊的星星變蒼白了，天仍爲氣之輕清上浮者乎？睡在混沌中心的盤古，可知錫安山將建立聖殿？那時候，地中還未長出荊棘，薔薇是無刺的；那時候，撒但名喚魯西弗，被譬作明星誇耀[91]。那時候，馮璁的女人芳名林菲，每日炫耀綽約多姿，以化妝品封閉韶華，未於競爭中敗北；那時候，蘇藍是個處女，接吻都躲在沒人地方，尚未跟她崇拜的男人試雲雨情。

——我在傳授作爲先知的牧羊人[92]向選民宣講太初天和地從空虛中生出，你卻問我借到錢沒有？

---

91 魯西弗（Lucifer）是明星之意（the morning star）。古代教會學者耶柔米（聖傑羅姆）在將聖經翻譯為拉丁語時，使用了"Lucifer"一詞，而魯西弗是撒但在墮落之前名字的解釋，乃是隨著時間推移在基督教神學中逐漸形成的。引文見彌爾頓《失樂園》，「即撒但被譬作明星，被誇耀的魯西弗王位所在的都城去了。」（朱維之譯）

92 指摩西。

——憑啥他有錢就得幫我？除非有一個時代即將要來臨，一個人拿著施濟品竟找不到領受者。[93]

夜色溫柔大門兩側各蹲坐一個可怕的怪物，上半身的美女用長長的尾巴裹繞他，如層層設誘的圈套。馮璁想當然地認爲她長著雪白的大長腿，未能提防她近在眼前的利器，窒息之際才反省誤謬地給自己附加臆造的個性——聰明。

——你應反思何以至此，不再自怨自艾，而不是求助於我。

——男人喜歡見異思遷，女人習慣朝秦暮楚，你耿耿於懷的是人的共性而已。

——Truly great people know when to hold head high and when to eat humble pie.[94]

——矮個子的女人，永遠不會漂亮，尼采轉述亞里士多德[95]，年近而立卻不堪一擊的男人，永遠不會睿智。

——你作踐自己，不要帶上我好嗎？

——璁哥哥，紫御園是好掙錢的項目，到時候買套露臺洋房，種點花花草草。

---

93 《布哈里聖訓實錄全集》，第1411段。

94 英國諺語，可理解為「大丈夫能屈能伸」。

95 語出《快樂的知識》。

——我是不是很低俗，馬上想到浴缸做愛的場景，公寓真是太憋屈。

地球轉了個臉，側目深夜時分臥枕難眠的年輕人，他不安分的頭顱，對困難的事物癡迷，躍躍欲試坎特伯雷龐雜的引經據典，摩伊賴姊妹[96]告誡他這是英語中無趣的詩行，給他一個懲罰的警示。他不同於三博士賀喜的新生兒[97]，呱呱墜地時也被魔鬼拍了一下[98]，又感悟潛伏三十年的痛。空乏其身，且看他應對之術，朗費羅勵志的雨天[99]，獨一的主宰必將覆滅咬文嚼字的人[100]。假如聖殿將被摧毀，我們就必須先建造聖殿。一旦意識到自己的愚鈍，便會心生對善的芥蒂。如若不能明晰困頓的緣由，便必如自囚的鳥，習慣在籠中迎接黎明，只收割一線天空的悲喜陰晴。

---

96 希臘神話中的命運女神。

97 《新約．馬太福音》。當希律王的時候，耶穌生在猶太的伯利恆。有幾個博士從東方來到耶路撒冷，說：「那生下來作猶太人之王的在哪裡？我們在東方看見他的星，特來拜他。」（2:1-2:2）

98 《布哈里聖訓實錄全集》。使者說：「只要有一個小孩出生，惡魔都要在他出生的時候拍一下他，於是孩子就會由於惡魔的觸摸而大聲哭泣。」（第4548段）

99 *The Rainy Day*: Into each life some rain must fall, Some days must be dark and dreary.（每個生命裡都有一些陰雨，有些日子必然沉悶而暗澹。）

100 《穆斯林聖訓實錄全集》。使者說：「咬文嚼字者必將遭到毀滅」，連說了三遍。（49:7）

——剛才，我有否說夢話？

——老闆，你連喊女人的名字，被你吵醒了，我正夢見彩票號碼，能在城裡買套房子。天亮了。他擴大瞳孔，以接納更多的光。曾與林菲在酒店前方的影廳，重溫伊麗莎白與達西先生。有人派發傳單，上書歌德名言的後半句——生命之樹常青。她說：「你們男人全都喜新厭舊，還假裝相信愛情。」長途跋涉的尋寶旅程，稛載而歸之際方覺不過如此，似若書架上添加一本久覓之作，草草翻閱，束之高閣。人之終戀乃己之所欲，而非所欲之物。

——璁，你已經很優秀，我喜歡斯斯文文的男生，不似紫御園皆長一副市儈相。

——哥，就欽慕你強聞博識，得把我一生照顧得無慮無憂呀。

——你忘了，她背地裡有多下作嗎，我就罵她不要臉！

一個討厭扮演幼稚無知姑娘的背後，總有一個想擺脫無所不曉的高期望的男人。所有醒著的靈魂，都背向月光做夢。你探究的價值，如現代化進程中的土地，只見矗立摩天群，不見舊城凋敝，情懷被收藏在一冊老照片裡。她說我喊的是你的名字，逢困厄之時，上次囈語，你給予我情愛，我說我如醉初醒，要革心易行，相信你一時被鬼迷心竅。

——章曄酩酊大醉，我守候他一夜。

——你擇偶理念或存問題，攻其一點不及其餘。

她性感地用她塗滿口紅的嘴脣吻了吻蘋果，然後悠悠地遞給馮璁。他熱情地咬住了蘋果的另一端，銜至她嘴邊，他們開始了第一次接吻。他鬆開她溫熱的舌頭，問她：是蘋果存在於水果之中，還是水果存在於蘋果之中。

——如果你同時遇見我和林菲，你會選我嗎？

勞倫斯有個絕妙譬喻：性與美是同一的，如同火與火焰，你憎恨性，即憎恨美。她感到一種奇妙的力量，從心臟向下沖流，她本可衝破他不強壯的手臂，卻紋絲不動地等他來索取，並將一雙細手輕輕地搭在他的腰上。她尙不想同他縱慾，她愛生活的美，也包含性，她尙有心結，如身穿不搭配的衣服，躲避路人的視線，更畏懼與會者的眼睛。她撇棄觀瞻窗外，聚焦情人的面龐，衝他嬌笑，又收束表情。她沸騰的熱血妒忌著索吻的另一個女人，漲到足令她顫抖。傍晚的白灰色煙霧籠蓋前方的建築，望去古怪陰森，似接踵而來的群魔，野心勃勃地遮擋繁星，脅奪璀璨。

——坦白從寬，你當初是怎麼勾搭上林菲的？

——來看婚房麼，沒帶上你的小女生？

——你居然會中招龐氏騙局？套現信用卡投資P2P網貸，爲那點利息誘惑。

——我一不在，你就降智了，連同父母的首付。

——恭喜你又回到了滿懷憧憬的日子，就像狂風吹散陰霾。

——她不是能輕易放棄的女人，爲此約定一年之期。

——以她的姿色爲何不嫁給有錢人，偏偏選擇窮教書匠。

——數月前從煙水濛濛南方歸來，我儼然智者，姚白雲賜給我火眼金睛，可以教誨你這個虛長三歲卻長不大的男生。

——你若不能津津有味地享受奶頭樂時光，你一定有過我這般的焦慮。

——一個莫比烏斯環照耀在陽光下，遠行南方的一次迷路。

你設想了什麼樣的重逢？一次預謀的不期而遇，她在停車場，一眼收納了你。她笑著和他保持一臂之距，你知道我在銀橋了？我知道你在朋友圈哭訴，你想去哪裡，我帶你走。她沒有發問，所來何事，她通曉這個男人，言而囁嚅，才可玩味。她平靜得像赴一場普通的約會談天，敞開寶馬車門，示意他坐在副駕駛。

——後排有沒解封的迪奧口紅套裝，送給你的小親親吧。

——你這柔男人怎麼還找個軟妹子？

他沒回答目的地是哪？她駛向郊外的槳聲燈影情調湖岸咖啡。他端起藍山，露出光禿禿的手腕。璁，你的手錶呢？忘在家裡的支支吾吾的聲音像斬斷的藕片，一截一截被絲勾連。林菲端起咖啡抿了一口，故作鎮定的馮璁臉上羈留著昨日的笑容，昨日她著魔一樣迷上他，沒有任何語言

也揮之不去，只待沙侖的玫瑰[101]在對方心田悄悄綻放，她打破精神上的默契，時間也不再是以往。他曾強迫自己喝苦咖啡，思索著如何成爲詩人，覺得凡一流者皆有極致的痛苦，經歷了多少挫折，也有過幾次愛戀。

——喔，還住那套公寓，當初爲你爭取最多優惠。

——順便介紹個當記者的姐妹，結果她採訪耽擱，咱倆就在槳聲燈影聊了兩個小時，沒看出靦腆的你，健談得滔滔不絕。

——你徹夜未歸，是又去陪章老師鬼混嗎？我這就給白雲姐打電話。

——我化解了經濟危機，央求了一個有錢的朋友。

蘇藍白淨臉蛋兒浮現闊別重逢的紅潤光澤，像這座城市看見星星的夜晚。馮璁不足耐心跟她解釋漏洞百出的過程，拖著疲憊不堪的身軀癱倒在床，她刷開欠款已還的簡訊剛如釋重負，而困頓又恍惚地爬上心頭。見她愁腸百結又緘默不語，他便單刀直入打破窘境。

——藍兒，我就在這間公寓娶你，你可願意？

——哥哥，你這能算是求婚嗎？

---

101 《舊約・雅歌》。我是沙侖的玫瑰花，是谷中的百合花。(2:1)

——你在蔑視這些嗎？

——我跟你在一起圖什麼？

——我們可以一起等天塌下來。

月光豐盈，生活的巨幕落下。馮璁陷入了一種可怕的及不可調和的敵對感，克制不住的慾念正不容情地撲個滿懷，他在挑釁一個女人應有的美滿，她不僅僅是精神上的女人，肉體上的女人，還是物質上的女人。

我是索多瑪[102]的居民嗎？惡魔之角[103]將從東方出現。新小說可以用幾萬字描繪我仰臥於床的情境，意識流可以讓我內心累牘如投標書，存在主義可督促我支撐身軀站立，道出驚世駭俗之語。我對生活撒了一個活生生的謊，長有一顆圖謀惡計的心。

蘇藍，這間房子的他者，而非第二人稱的你。馮璁排遣冷而脆的瞌睡，從沙發上拎包輕拋到女人身邊，不在意她佯睡與否，疲乏地對塗滿性感的紅唇置之不理，遺留唯一的尊重就是不再佔有她。戀愛時掩飾缺點，是不想給被愛者帶來痛楚，並爲一切焦慮配置合理的安眠措施。

102 《舊約·創世記》中的罪惡之城。

103 《布哈里聖訓實錄全集》。使者在演講臺上說：「須知，禍患將從那裡產生——使者說時手指東邊。那裡是惡魔之角顯出之地。」（第3511段）

——蘇藍，這裡有你的禮物。

——你哪有錢買化妝品？

——朋友做生意，送你的。

嘿，你可知道，山羊的淫慾是上帝的博愛，女人的裸體是上帝的傑作。嘿，你可知道，狐狸責怪陷阱，而不責怪自己。百合花中喫草的一對小鹿[104]，那年他由衷讚美的滴蜜的櫻脣[105]召喚他重品，他不可捉摸地剝光自己，他熟識的肉軀驟變奇譎，褪下散發黎巴嫩香氣[106]的衣衫後，烈焰迸射的火星引燃了他，火中之風又將他席捲入她的肉體，他的生命在浴火中涅槃，他要藉助火焰的魔力令白駒過隙之躍。女人依然靜靜裸躺隨他一覽無餘，呢喃軟語地傳情逗趣。她那會笑的脣帶他翻開性愛的書頁，春風沐雨至炎陽炙人；他闔眼讓自己瞬時陷落黑暗，眝目之際閃爍著天堂的燦煥光芒，雄赳赳地醞滿了濃烈的熱量。

——你不會認爲我是壞女人吧。

——啊？是我與世界脫節了。

---

104 《舊約・雅歌》。你的兩乳好像百合花中喫草的一對小鹿，就是母鹿雙生的。(4:5)

105 《舊約・雅歌》。你的嘴脣滴蜜。好像蜂房滴蜜。你的舌下有蜜，有奶。(4:11)

106 《舊約・雅歌》。你衣服的香氣如利巴嫩的香氣。(4:11)

——你變瘦了，皮膚也比以前要好。

——要不花點心思，怎麼把你重新掌握？

——藍兒，我會對你負責的，一生一世。

我兩月前的咳嗽頑疾難祛，反胃噁心半瓶珮夫人，踉踉蹌蹌地嘔吐衛生間，抗爭強逼暈睡的眼皮，在洗手檯前的鏡子裡大驚失色——星。她的聲音如低吟的風吹拂到我的臉上：你這個畏怯自私的二心者，不惜在你自己眼中成爲懦夫，又要爲所謂的幸福，背棄愛你的人。閃電思索久了，便有了黑暗；時間推敲久了，便產生懷疑。失去的就不要再想辦法拚命找回來，你走了，寒鋒掠奪一切宿命裡的溫柔，無人知曉，但已寫好。你站在雨中就成爲了雨水，你站在風中就一下子遯走無形。

——她爲何閃了一面，又匿跡潛形，來我校就爲看你一眼？

——馮老師眞是風流才子，有了小蘇老師，仍惦記初戀。

——那是唯馮老師才覺得好看的女人。

——古人云：莫說相公癡，更有癡似相公者。

——在中專部的小蘇老師之前，總有個開紅色MINI的珠光寶氣的女子，車停圖書館門口，接他回家。

馮璁時常記起那天睡中醒來，她靜臥在一側，他從光滑白嫩的皮膚上擦過，愛又在凝視她的眼睛裡灼燒。我已不敢歌唱玫瑰，隱憂低頭嗅聞香氣瞬華消散，我把自己獻給感官的歡騰，卻擔心空乏貧瘠的語言會玷汙你的曼妙——然我一直想把你和林菲放在約伯[107]的天平上，惟願我的煩惱稱一稱[108]，我寫了首詩：〈你，她〉，我是中間的逗號。我同你出行，如早晨不分不離的影子，時針滑向太陽的西垂，月光稍遲抵達，掠走一堆破碎的形象。婚姻是程序幸福，還是實質幸福？導師問他：「你是否考慮過站在克勞迪斯和波洛紐斯一邊去理解，而不再同情哈姆萊特？」憑什麼夏洛蒂對簡．愛大加讚頌，對女主人伯莎妖魔化處理，要弄清誰才代表合法的家庭地位。解決這種紛爭，唯有讓兩個女人博弈。不似關山難越，撕裂同心結，只似手扯蜘蛛網。隨手寫首小詩：

On a red camel we rode
And posed for the camera's eye
But in our souls we felt the ache
Of love that soon would die[109]

---

107 約伯，聖經中的人物。約伯是上帝的忠實僕人，以虔誠和忍耐著稱。

108 《舊約．約伯記》。惟願我的煩惱稱一稱，我一切的災害放在天平裡。（6:2）

109 意為：

——不要忘記你允諾的事，說過的話。

——藍兒，今天要開教研會，下班赴約槳聲燈影，答謝朋友，你且先過去，不想失禮。

——我擺平了你的小寶貝，她會主動退出。

——別盯著我瞧，快看我轉發的朋友圈，馮老師居然跟前女友去拍婚紗照了。

她說，只要你不再糾纏，願意放手，可以開條件，璁哥哥好歹睡了你這個黃花閨女。他聽，魔音傳來一首俚俗的美國小曲，章曄爲他剪輯的短片——

That beat-up truck rolled back to ol' Honeysuckle scene,
Tail waggin' like stocks crashin', a sight unseen.
Hank, rough as a backroad burger gone south,
Mumbled, "Babe, your sofa's lookin' like a mansion's mouth."

There's Brenda, standing fierce like a porch queen bee,
Arms folded, guarding her turf, fierce as can be.

在一匹紅駱駝上，我們並肩而坐
鏡頭捕捉下我們的笑臉
然而內心卻隱隱作痛
那愛情很快就會凋零

She side-eyes Hank, "Thought you left for a thrill?"

"Now you're back, lookin' more played than a dollar bill."[110]

馮璁看著平靜的蘇藍。四面都是陽光，就是沒有溫暖；四處都是洪水，就是沒有死亡。彷彿大劫難過後的重逢，沒有多餘的激情慶祝逃生。鏡中男人熟練地下拉她背後的裙鏈，她一動不動地凝視前方。一瞬撫摸的餘音裊裊，像田野上的金黃色大麥吹起一陣波浪。遺忘是一夜的行爲，事實上，我總活在意外中，揮之不去的意識的痛，唯一眞正的善好是道德是善好，唯一眞正的敗壞是道德的敗壞，給你一年的新歡買了單，來溺愛我們這段感情。根據這種欠債還錢的思維來談論道德？我也想給萬物一個內在的聲音，將時間分斬斷爲兩截，既是回憶又是遺忘或談論意義上

---

110 意為：

那輛破卡車晃悠回昔日的金銀花巷，
車屁股搖得像股市暴跌，前所罕見。
漢克，粗糙得像南方背路的漢堡包，
咕噥著，「寶貝，你的沙發看起來像豪宅的大嘴。」
布倫達站在門廊上，像女王蜂一樣強悍，
雙臂抱胸，堅守她的地盤，兇猛得很。
她斜眼看著漢克，「不是說去尋找刺激了嗎？」
「現在滾回來，看起來比一張舊鈔票更顯落魄。」

的未來，仿佛那憂傷，憑空消失了一樣，點亮你成爲筆下的一首詩，如絞盡腦汁的教案。

如莉莉絲與夏娃同處，女人在創世的較量，將主導人類歷史。苦中作樂有什麼意義？失樂園，或許是上帝的計謀。理解的震恐，語詞的痛楚。太陽照樣升起，憂傷日漸稀薄，耀目的陽光燦爛地揮灑在大地上，路上每個行人都分外光鮮。瑪麗女王座右銘：In my beginning is my end[111].我不知道該如何向你坦白，電話的另一邊，只有一片雨聲。相邀夜色溫柔，馮璁與章曄摽膀子高歌，大門迎來一排賣弄的風情，唯馮璁猶如站崗的衛士巋然不動，章曄透視了他懷舊的心思，那個高瘦長髮垂肩女子扭臀走進。嘗試讚美這殘缺的世界吧，你彌望沃野的悲傷中的快樂，以軟弱的力量和模糊的活力，廉價地實現在雙重生活，找到對那份不甘的補救。

——你不應發呆，理應大笑，快分享下神逆轉的劇情。

——讓我們一起搖擺，一起搖擺，忘記所有傷痛，來一起搖擺。

自從阿丹迷誤後[112]，他的子孫就註定要犯一份淫穢罪[113]，這是無可避免的。靜下來思考又會發現更多可怕的事情，最終學會了給生活餵粗纖維。有時愛情在月色的溫柔光芒中重新啟

---

111 意為：我的結束之時便是我的開始之日。

112 《古蘭經》。阿丹違背了他們的主，因而迷誤了。（20:121）

113 《穆斯林聖訓實錄全集》。阿丹之子註定要犯一份淫穢罪，這是無可避免的。（48:23）

動，但更多時候，它是那個窮困生活的夢想。夫復何求？他膨脹搏動的腹部緊貼著這炙人的削肩細腰，用那肉的犁在她身上耕耘。她跪著求歡，繚繞的舌頭灼熱了他的神經，再添一把柴禾吧，他澎湃的浪潮拍打著高個的平胸女人。她問他：「你還有力嗎？」他再度把她捲在身下，繃緊的背脊如拉開的弓，捉住她一對微乳——星，你說你愛我。

——老闆，能問你一件事嗎？

——昨晚斷斷續續聽你說，迅速和女友分手，又要與舊情人領證，咋想的呢？

——因爲愛情，選擇分手；因爲生活，選擇結婚。

出西梁記

I feel your stare as you walk by
I hide my adoration
But when you're gone I softly sigh
Consumed by my temptation[114]
—My Temptation

114 意為：
我感受到你的凝視，當你走過身旁
我隱藏著我的愛慕，深埋在心底
但當你離去，我輕輕嘆息
被我的誘惑所吞噬，情思難抑

唐僧前往西梁女國的夜晚，月亮是個皎白的半圓。零星夢見女王掀開閨床上金色羅幃，身著乳白底襯織繡黃鳳凰的雲錦睡袍，裊裊婷婷走向御書房，揮手燈火絡繹明亮，駐足絞結光點的御案前，凝眄御覽婦孺皆知的開闢章，雙手合十跪在粘滿厚厚黃羊毛的雪山獅子皮墊上。女王起身舒展玉臂：「衆愛卿，明日天朝皇帝陛下的御弟聖僧玄奘法師，光彩照人地從織造神物的東土駕臨西梁。」道聽塗說的傳奇中，女祭司托舉既鮮且豔的出浴美人，衆女官平展牡丹花簇絳紅裙袍爲她著裝，成群列隊的花環俯身膚白如柳絮的她，正殿金光閃閃的神像後傳來鐘魚轟鳴：

——西梁女王，九叩吾神，承蒙神示，庇祐西梁！

——榮繼大統，登基爲王，永守神誓，洪福西梁！

陳禕查看手機，失戀整整九九八十一天。今天是救贖日，拯救者們降臨世上已有九十個年頭。時鐘敲響了十三點，陳禕一個鯉魚打挺起床，敞窗呼吸空氣中瀰漫的福音，將鬱悶和被窩裡的罪惡，一齊排洩入嶄新的馬桶，難熬的歲月打著漩渦，灰溜溜地告別在排水管裡。是時候了，時刻準備著，新生就在今晚的西梁女國，重新進入大千世界，不再叩問：你的生命爲何如此彎曲？

陳禕猜測失佚的國史開闢章，散落於巴利文或吐火羅文的殘卷中，或許日本某學者已顯研究成果，他從遠方穿行攜走敦煌文獻。唯有女性的王國，倒塌在紀事之外，背景湮滅於荒沙大漠，剝離濃墨重彩的詭譎，降生男人對之心弛神往。

天空泛起淺檸檬黃，大紅斗篷手持竹簡大步流星御書房。太師瞪目訶斥：「孽障，此等聖地豈容爾等賤婢出入，衛隊安在，拉下去砍了！」

只見那女子雍容不迫地鬆解下脖頸上端首粒紐扣，亮出泛光杏黃瑪瑙項墜示人。今晚神諭降於祭司，吾主西粱女王受祚。

女王跪接神諭，起身展開竹簡——

我命妳捨棄凡世的愛，因爲我立妳爲女人的王。

——你回去轉告祭司，朕也是她的王！

陳禕鋪開一張紙，用鋼筆替代鍵盤，記錄下神的聲音和全能計劃，他只需輕輕一撫，就能塑造宇宙，現已命在她的國，六翼天使不再哭泣——

Hearken unto My voice, as the firmament doth witness,
"Cast aside, My chosen, all worldly love and business.
For I, the Lord, have anointed thee with sovereign might,
As king over women, in My glory and My light.

Renounce now the transient pleasures of earthly mirth,

Embrace thine appointed crown, of celestial worth.
In My divine ordinance, thy path is surely set,
O'er womankind to rule, in righteousness, no regret.[115]

黎明時分，唐僧催促徒兒們起床誦經。此去西梁女國，不比別處，爾等務必斂跡，不可妄作。馬背上的瞌睡，拂面不陰涼的風。八戒吵嚷，明相出現[116]進城，只恐守軍不放。悟空罵呆子懶惰。沙僧緘舌閉口。雲靉靆，日曈曚，前路且行。

---

115 意為：
聆聽我的聲音，正如蒼穹所見證，
我揀選的僕人哪，棄絕凡塵愛慾與俗務。
因為我，主，已以君王的威權膏抹你，
使你為女性之王，披戴我的榮耀和光芒。
如今，就摒除世間的短暫歡樂，
接受你被賦予的頭冠，那是天上的價值。
在我的神聖法令中，你的道路已註定，
以公義統治女人，永遠不悔。

116 時間約在日出前的30-35分鐘之間不等，佛教以明相出現作為日期的更替，而非午夜零點。

徒兒們，為師講個昨夜的趣夢。三人好奇唐僧不會說笑，豎起作祟的耳朵諦聽。女王深夜起於鳳榻召集百官，滿席果實世間奇珍宴饗吾曹，桌子板凳紛紛吐言東土貴賓是有口福的。悟空跳吵師父怎會夢見女子。八戒饞涎欲滴。沙僧唯唯諾諾，馬首是瞻。唐僧挺直身心，敦促徒兒快行，泥土裡淺埋漸遠的馬蹄聲聲。

這無法澆熄渾噩的下午，陳禕欲拔出一枚插在《車前子詩選》中的金屬書籤，卻鬼使神差地拿起書櫃上列失散的古典，覺察少年輕怠西梁女國的情節，饑渴的邊緣力透紙背，明火執杖盜走我的天眞。

西梁女國絕非戒色清淨之地，乃是浪峰高挺的慾望之海。城外村舍門口的癡婆暗喻童話中的孩子，撕裂舉國上下穿著虛假的衣裳。假使唐僧不是碰著飽經雲雨的她，而是撞到久旱的女子，恐怕要被吸得精盡人亡。衆所周知飲食子母河水將懷孕，為何不計其數的人百方千謀落胎泉，籌備厚禮賄賂如意眞仙？唐僧餘下的半桶泉水煽惑癡婆手舞足蹈，大叫夠她的棺材本兒了。

有朋友打趣陳禕，你若尋紅顏知己就得去西梁女國，那裡藏匿柳如是。陳禕排列三大本精裝的別傳，遽爾納罕陳寅恪因何會為相貌不逾中人的女子著書？你必須面對每個活著的夜晚，渴望睡去也渴望醒來，縱會發現世界並不新奇，也努力活成一幅絲絲入扣的圖畫，你見生活多彩如調色板，生活觀你應如是。

一條大船搭載唐僧渡十里長河，一個河灣接駁一個河灣，迂迴駛向內城，划船掌舵者亦爲女性。女官領侍衛八人，泛艀護航。通稟唐僧，塵銷清蹕路，群臣候甕門。擊鐘陳鼎，女王親自接入，待以上賓之禮。

——女王隆重盛情，貧僧受寵若驚！

——天朝聖僧前來，西梁蕞爾小國，惟恐怠慢！

夾帶泥沙的海水，不停地向著紫陌紅塵的仙鄉夢國奔流。大船駛至水面遼敻處，條條支流匯成湖泊，湖中央矗立一石像，其狀如人根，形甚長偉，旁豎石碑書：神降子母河。唐僧頓覺此物汙穢，面上的疑雲追趕紅日，身影淌出如鏡子的水。女官舒眉闡明道：「聖僧有所不聞，此乃神指，開闢之時，神手指斯地，子母河從天而降。女國曆無男子，繁衍生息皆憑此靈河，成年女子飲食子母河水一盅，赴寺院禮佛三日，若是懇悃之人，則憑神恩懷胎，誕下女嬰。」

——怪哉，怪哉。吾雖武將出身，但也略知經書史傳，一路見識各國官紳無數，從未聞此奇誕，人皆父精母血所生，喝河水就可受孕，豈非鬼胎？

悟空揮拳跳打滿嘴胡言的呆子，沙僧附和：「大師兄說的是，大千世界，無奇不有，既有女國，必有女國的佛法。」唐僧棒喝喧鬨的徒兒：「悟能，第四戒爲何，何以開妄語之口。」

鶴輦鸞車入西梁，女國城內更無鼎沸人聲，只睹些花枝招展的女子五零二落地獨自行走。人種來了，面如冠玉，目似朗星，話莫高聲的女人在談論男色。唐僧穩了穩霧氣幽邈中的心神，用手背拭去額頭惕汗。八戒衣遮醜顏，自稱閹闍去勢不能爲人。悟空沉著如打穀場的木偶，觀世音曾默示於玄奘，他的心是用勇敢鑄成的，因爲不懂愛，所以歷久未能脫毛成人。沙僧低首浸入不語，整日昏沉遲暮，不瞥見不記起。首次置身於紅粉佳人的包圍中，出家人四大皆空，泰然自若。

——休得無禮，滿臉色相，成何體統，爲師起名悟能是何道理？

——師父申誡弟子要皈依佛法，無戒律卽無佛法，佛法寓於持戒之中，守戒卽是悟能。

——玄奘聖僧，在和誰說話？

——女官休怪，貧僧在唸誦佛經。

唐僧宴見西梁女王時，乍看這人好生面善，步與眸的氣息飛逐玉珠簾，低垂之間，頭頂上升氣質如焚香。察覺女王眼睛生根，卽默唸南無阿彌陀佛。白骨，塵世是失汁的果實落地，你我死後以肉身養蟲。悟空未敢放鬆警惕風暴前夕。八戒貪饕葡萄蒸乾。沙僧擔著行李，惶懼方塊地板跌落。

六芒星登陸月亮，半盞光擱置在窗臺，紅與綠歡呼地打出信號旗，陳禕在電腦前肅清酒液，撿起一部分失去的慾望，驅車前往西梁女國。金碧輝煌的大門發出一聲輕浮的笑，渲染燈下圖案

嫵媚，女官阿青一把拉住陳禕，簡易地看懂了他的留痕春夢。秦重心生齷齪，偶然瞥見花魁娘子王美娘，就萌生積攢十兩銀子與她風流快活的淫念。陳禕從文本中酸澀地嗅出秦重是幸運兒，不是倒霉蛋。敍事者敲打著自己，何以不與我愉悅地碰撞。在鍍金現場中，陳禕手機中至今還留存那惴惴不安的照片，這女孩不可描畫的美，替代了那晚的月色。

女王凝眸注神天朝聖僧，玉樹臨風舉世罕有，車遲國群花簇擁的五人，也不過是一串葡萄比之整個秋天的豐收，可他竟是出家僧人，嗟嘆使心傷——她廣為流傳的放誕風流中滋生了缺憾。唐僧覺得有目光似箭射入軀體，如同夜行者遇見陡然冒出的燈火，直覺不是驚喜，而是警惕。

——聖僧孑然一身，不遠萬里奔赴天竺，途經我西梁女國，鞍馬勞頓，權且多休息幾日，我蕞爾小國已盡希慕天朝之禮！

——聖僧不必推脫，我主勞煩聖僧擇日駕臨女國寺，誦佛經以普渡西梁女國芸芸衆生。

晚間唐僧沖洗熱水澡，躺在鋪墊黃羊皮的床榻上。舟車勞頓了筋骨，紗罩三分之一的燈火避蛾。望著窗和窗，閉闔眼簾和眼簾。恍惚續上昨夜重複疊合的夢境，神色不寧地裸足宮殿行走，為某種遼遠而悽婉的聲音呼喚，從空中降來又鑽入地中去。女王坐在通往御座的玉墀上飲泣：「神啊，為何要我捨棄凡世的愛？」天命式的莊穆又自她頭頂灌下——因為我立妳為女人的王。

唐僧留宿皇家別院，隨從下榻驛館。別院內碧澗泉迴繞禪水林影，假山層巒之上置一涼亭，亭頂乃是鎏金戧脊，飛簷翹角旋落一隻灰藍色異鳥，似爲月之精華孕育而生，傘形頭顱向天長鳴，吞入陰森籠罩之氣，呼出郁馥環縈之息，柳絮乘風，剪影日出。女官清早躬迎款宴，稱女王昨晚偶感風寒，萬望海涵失陪之禮。數日如斯的侍衛帶刀看守，窗外光線截留了她們的影影綽綽，不愛紅裝愛戎裝，高低參差的站列如起伏延綿的山勢。切開西瓜滾淌一種宮殿般的色彩，流向大河堤角的山和山，投箸停食將心塡入厚如磐石的佛典。女王鳳體未癒，講法在女官支吾中弭跡。西天大雷音寺佛敕嘯召，今上翹首企待大乘佛經。

換作一窩兇惡強盜，我馳聘金箍棒哀鴻遍野，散發瑰豔的脂粉如何讓暴力色彩漫天飛舞，懲罰一團邪魅的白肉。煞費苦心的軟禁與玉盤珍饈的消磨，陳舊而又日日更新的敷衍，與女官相互寒暄索然寡味。我興致勃勃的心何時重踏戈壁荒漠？不必去問認眞面壁的沙僧，罕聞悉聽師父訓誨外之他語。既允諾女國寺弘揚佛法，爾等切記稍安勿躁勤學功課，摒除貪嗔癡慢疑五毒之心。陳禕浸沉文檔奉詔入宮，頭上星斗高懸酷暑，腳下女國燈紅酒綠。肌膚被月光狡黠地刺中，無法檢測出坐立不安的傷痛。凝神屛息，豔舞女郎劈腿躍出激動的巨幕，在川流的眞實中源源不斷地春光洩地。

——尋歡吧，才子。

——人生且行樂，不要用杜撰的道義來壓抑自己。

——寫吧，陳禕。

——就像眾多無聊的文人用筆和紙馳騁情場，擊打文字也是慾望的出口。圓乎乎放在手心裡盤，滾來滾去的核桃那種。或者是脆生生的姑娘，夏天不打遮陽傘，終年運動裝。我見，不如不見，期待鬧鐘不停叫醒的戀愛，催促我必須開啟行動，在日常發睏的角落裡面，尋回被放逐和拋棄到現實之外的本能。陳禕揚手抓緊一個女孩拋下的無肩帶文胸，謹小慎微地如捧梵語經文，不解是嗜慾向外部求索的勇往直前。禁慾是可恥的，你消耗淫潤多夢的春季，任感官隨時光靜淌，任嘴唇離開女人。

一批批宮女交替，一隻隻輕歌曼舞。音不是色，舞也不是惡。音卻可繞樑，舞卻可纏心。當侍衛噔噔齊步上場，巾幗不讓鬚眉的刀劍鏗鏘交響。悟空豎立金箍棒，莫非西梁和突厥交好，要捉拿師父當人質要挾大唐，一入宮闈便覺隱匿古怪異常。八戒，你流涎如屋簷滴水，唐突出家非淺。唐僧坐氈毹如針氈，見夜色終晚，放下舞伎旁的水果，抄起粉牡丹裙代持的禪杖。

——煩請聖僧再喫杯茶，太師有要事禀告。

一陣輕快的腳步聲和吃吃的笑聲，左右噓寒問暖地圍爐，休嫌幾日簡褻少禮，我主鳳體方癒，即邀御書房講話。

夜晚悄然，唐僧彷入不可盈手的夢境，寂靜的門虛敞，四壁暗白無光，淡淡的霧嵐滑翔面頰，慰問他的肌膚，微茫他的視野。幽香是一種機關，採擷他的赤誠，淬煉他的初志。提防心裡的長城轟然坍塌，若有旁騖，陰冷的刀鋒分割我一生的長征，西天則無路可達，再寫一部大唐西域記，重新選擇取經人。御案前牆壁上高掛鐫刻金字的黑木卷，無法解悉的蝌蚪文，想必是聞名遐邇的國史開闢。徒兒們，佛祖曾經在這裡顯現神蹟。唐僧俯身跪拜，口唸南無阿彌陀佛。

——御弟哥哥，這裡哪有阿彌陀佛，只有你我。

唐僧尋聲而至與夢的複述不二，女王穿著簡單地輕移蓮步悠悠走出虛擬化，影壁晃動滲月光穿行。

——御弟哥哥，你萬里迢迢一來，我就病了，莫非佛祖設障？我是阻你西行拜佛求經的妖魔麼？

——女王何出此言？貧僧聞得誠惶誠恐，每日誦經禮佛，祈願女王祛疾安康！

——御弟哥哥，我從內室走進書房，你就不會正視我？我是暴戾的亞卡[117]能喫了你麼？或蔑視西梁小國寡民，舉目皆女流之輩？

——陛下，言重了，貧僧豈敢！

---

[117] 亞卡，巴利語"yakkha"的音譯，非人的一種，亞卡的種類很多，有些是能傷害人類的惡鬼。

——御弟哥哥，本王當不起一個美字麼？

感官是一種陰謀，煽動陳禕臆想淫樂版的西遊，內涵豐盈的導演取寵觀眾，臥躺鳳榻通體潔白之上披覆輕紗薄翼，毛茸茸的蠶絲拂動肌膚的纖毫。太師引唐僧走入透著女人香甜的緊鎖空間。他如釜底游魚。女王眼裡滿是性的渴望與愛的煎熬，拉拽他合十的手緩慢肌膚交流，男人的僧袍和女人的褻衣散落一地，隨著女王胸際蕩蕩地滑開，唐僧的理性消解於慾塵之中。陳禕犯了讀書人內斂的痼疾，女王根本不屑掩飾，權御使之爲所欲爲。她的鸞裙因肉體和靈魂的寂寞而隕落，張開玉石般的雙臂採集情郎，埋伏在黑暗中的燈火倏忽明亮，不可撤銷的結局和開始，唐僧無所迴避地目擊了女人大字敞開的肉身。身形在房間裡遨遊，剝得乾淨透徹，取下牆上的投影，再聞記憶飄香，那夜唐僧的自慰有了真確的女子形態，停止幻想山間的仙女與林中的女妖，在月亮下展露皎潔的裸體。

我這般才子，若不尋個紅袖添香驗證想像，如花似玉地縱脫熱情，豈不枉來夏夜的西梁？陳禕抽身女孩藤繞的戲謔，終止這場日常做作的被動式表演，逃避看客糅合歆慕與嘲諷的笑，又壓制不住自己胡亂揉抓長滿謊言的她。蒐索電影中的夜店，低音炮入耳傳遞現場心跳。在一起歌唱舞蹈，我喉嚨擠滿亂調，更像無聲翻滾，不穩的腳步碰撞膝蓋，又融洽柔若無骨的腰身，你手臂回應環繞，幸福是滾燙的，身旁有情侶在交吻，我想像無數次中心廣場的鐘鼓樓，使得七夕夜也涼，使得聖誕晚也暖。

昔日，你言之我眼睛將你灼傷，口中卻毫無表白。要我單面直率郵件裡的含蓄，豈是誤解，乃是初心。今時，我美不美，你倒是說句話啊！我的手正從你身上小心移動，搪塞一閃念間抵達，已覺察有種按捺不住正在體內滋長。

悟空，你這猴頭，平日裡自詡雙目千里，兩耳順風，如今爲師有難了，呼喚你，你卻不回答！

——陛下傾城傾國，然貧僧色空不二，心無邪淫。

——你果然無動於衷嗎？你面對的花朵或許只應天上有。

——女王陛下，月亮很美，可我並未生摘它下來，掛在家裡的妄念。

唐僧回歸別院。身上滯香蘭麝。弦月映在臉上。聲音掉進磚縫裡。悟空八戒喫酒劃拳。可惡野猴挑起事端。孽障。阿彌陀佛。目露寒光。抄起佛珠坐唸緊箍咒。悟空暴跳以頭撞牆。八戒掄圓長耙要拍砸唐僧。唐僧瞟向倚在牆角低頭不語的沙僧。沙僧匆忙將頭縮進胸腔。

——爾等觸犯天條，爲師救之，方脫苦海。一路顛沛流離，同甘共苦，不曾有纖毫虧待之處，爲何這般造次？

——悟能，你忘記了第五戒爲不飲酒戒，第八戒爲不非時食戒嗎？眞眞頑固不化，明朝也祈

觀世音賜你一個箍兒，督你恪守戒律！

——師父，既出此言，休怪徒兒無禮，師父犯戒又該如之奈何？

——你這廝再加一條不妄語戒！

——師父，悟能所言不虛。你爲師不端，觸犯不淫戒，辱沒佛門，又有何臉面去西天拜佛求經？

——師兄們，且容我一言。怎敢猜疑師父犯了色戒呢，必是那女國太師信口雌黃，挑撥事端。

晚間，八戒出恭歸來，見沙僧獨坐石階上發呆。便嗤笑師弟，莫非沙也相中女國某個姑娘，害上了相思病。

——二師兄，休得胡言，我一路納罕，女國從無男子，國人又是靠喝子母河水繁衍生息的，女王又如何知曉男女之事，硬要嫁給師父呢？

——我起初就發覺蹊蹺得很，不如讓大師兄去探個究竟。

陳禕探訪西梁女國的夜晚，圓景光未滿，衆星粲以繁。神話在河岸成長，橋上寫至卽刻

[118]，水面敘述過往。探照燈掃亮深藏的曖昧。夢是蟾宮的歡歌。望一眼出門之前的下午，圍聚現場淤塞，QQ空間置頂了車前子的日常生活，一個拐腿的人每扇門中都擺滿了世界盃，也想踢一場足球賽。望一眼夏日的百合在夜店綻開，世界腐爛得發白似玉，女人在沙發前叉開大腿，赤條條地說，我也是一把乾柴。

我多舛不幸，每一次情感都止於膚淺，體內洶湧滂湃，愛也一釐一釐地深入。西梁女國有條時間隧道，追回似水年華，我對視愛情，仍感到她雙腿如雪融，如果海子還活著，紅塵多了幾首情詩傳播，腦中神不守舍地描畫的錦幄初溫的古香古色，一張掛著鮮紅幃帳的木床，血色床單上鬆鬆散散肉色的花瓣，一個佳人上著鵝黃薄綢衫，下穿湖綠絲羅裙，相偎相抱取歡娛。

陳禕心無旁騖臺上女孩表演春情，面紅如調色板加深。女官阿青伸出一隻手拍了下他的面頰，滑鼠點開五樓第三個房間，半袖一字領T恤和黛藍短裙的長髮女生，端坐電腦桌前戴著耳機讀外語，鏡片後面一雙水汪汪大眼睛，悉力遙憶初戀花朵般絢麗的面孔，俯身向胸渠裡看。

——好妹妹，等會兒再做功課，給你介紹個朋友，名牌大學的研究生。

——妹妹，敢問芳名？

---

118 寫至即刻（writing to the moment）與敘述過往（posterior narration）是小說敘事的兩種體例。前者由理查遜創立，後者的開山之祖則是笛福，菲爾丁承襲之。

——誰是你妹妹？同學，你好，我叫梁西西。

——御弟哥哥，不要稱我女王，叫一聲妹妹好麼？

世俗人道之旖旎鄉，應如許。唐僧一聲感喟，兩膝跪地，雙手合十。佛祖啊！我非徼幸名譽，我亦不想成爲萬衆敬仰的英雄。情感走在我的枕側，試問可抗拒繡榻上玉體橫陳者，塵世有幾柳下惠？玄奘頓悟這是一場劫難，弟子心之正精進[119]比金剛還堅，只懇佛祖讓徒兒們看穿這迷霧，識破太師心器，莫讓離間計得逞，與驛館斷絕消息已有五日，悟空強忍怒火中燒，若我略使眼色下命，西梁女國頃刻之間化爲一片火海，然我素戒舟慈棹，杜涓埃之私，不可負天下人。

——御弟哥哥，你認爲我是一個柔弱的女子麼？

——陛下，西梁咸和萬民之景象，豈是柔者可治，女王剛於心，嬌於外。

這不是神的旨諭，這是魔鬼的蠱惑。陳禕聽聞哈薩克留學生言之篤遠的中亞，十六歲登基的榮耀女王，十七歲親率衛隊敉平叛亂，黃金神殿陳列十二大祭司割喉的屍首。陳禕擬弗雷澤的金枝臆度傳奇，女王的生命力與國家的興旺是一致的：儻若女王病入膏肓，必使一切江河乾涸，地必長出荊棘和蒺藜，田間的牲畜上必患恐怖的瘟疫，降冰雹打倒樹叢，城必全然拆平。救萬衆脫

119 正精進，即正確的努力、奮鬥，通常指四正勤。

離一切災難，方法只有唯一——處死垂危中的女王，匡扶社稷於將傾。於是，臟腑積熱的女王堅拒荒謬的命運，推翻陰鬱灰暗的牆垣，現在她要粉碎另一個神咒。

——御弟哥哥，你不怕死麼？

——天地之大寶曰生。然比之西天取經，貧僧願捨生取義！

——罷了，聖僧早些歇息，安心界場講經吧。

唐僧矯枉過正地籌備與徒兒們辯經規訓，卻見悟空三人彎曲手腳睡成一團。殘缺的月光匆匆早洩，院中徒兒們真身睹師父和衣而臥，相互腹語：女王輕易放歸，又撤圍侍衛，翌晨界場講經，定滋奸計，務必謹慎提防。

西西手臂旁邊放著一本英語書，陳禕好奇心拿起，將信將疑——

——你在讀*The Rape of Lucrece*[120]？

——怎麼，懷疑我作秀？西西不緊不慢地秀出半分鐘RP口音，尤聽廣播劇。

你來，垂梯上浮良宵蹤影，悄啟遮掩錯覺的房門。嶄新的室內只容兩人，男人尋找了二十五年的歲月，似曾相識女人的香，讓女人輕解羅裳回歸男人的懷抱，擰開通行的鎖孔。調低電腦的

120 莎士比亞長詩《魯克麗絲失貞記》。

音量，放高她的嬉笑，掀開她黛藍色短裙，她豐饒的沉默令他的手遲慢，拋錨在她羊脂玉的腿上，渴望在未呈現的世界棲息。

西西，我能親親你嗎？陳禕隨鍵盤起伏的嘴脣，測量夏日女人的體溫，從額頭遊歷到脣邊，將青春少女的芳馨吸入肺腑。西西踴躍勾起原始的愛，巧捲舌尖一縷香氣的吻。領會我想溫習樹間遮掩的初戀，繪色表演羞赧綿言細語，蘋果與水蜜桃的意象奔流不可盈手，指節纏繞圓盤電話轉圈撥打。頑皮地伸展任我動作歡愉，一隻小白鴿從紐扣敞開處探頭，陳禕不由自主地急速剝開籠門放飛牠。

悟空變身爲一隻白鴿，停落女國寺塔尖。額頭長了一對顯微鏡，勢要看個分明。迷夢似的更深夜闌，執勤的侍衛與尼姑分列兩行而立，寺內忽暗忽明的燈火隨風飄曳。後院拉開序幕，二十名侍衛正押送七八個黑布罩面的年輕姑娘，一根長繩連環拴綁右臂，推入透亮紅燈盞的上鎖的房間。尾追不捨的白鴿拔下一根羽毛，變幻一隻天賦輕盈的蜂鳥，悄悄地啄食夜晚的眞相，一對兒潛藏於深夜樓頂交尾的貓不愼墜落，低處的灌木叢回聲鬼祟總在幽僻之地。侍衛長拉下沉重的鐵質捲簾，挪步套間藏寶閣正中白藍相間花瓶前，號令閣櫃扭動左右分側，現出一條通往地下的密道。隨從的兩位年長者晃亮火把，尼姑兩人一組攙扶姑娘邁下樓梯。

唐僧脫掉夜行衣，赤子之心可照明坐臥處，窗欞前浮動悲愴的影子，月下的天空足足有幾萬噸重。插入生命之源，年輕姑娘暗寫另一部女國史。女國寺竟是藏汙納垢之所？非也。若無周公之禮，世人如何繁衍生息，若無繁衍生息，何有五趣輪迴[121]，若無輪迴五趣，佛法如何無邊。女國憑子母河水孕育，又何以呼男子爲人種？閉目塞聽也逼不走侵入心脈的女王圖像，未長血口獠牙卻帶著五慾的面具，紅如桃花的袒胸攝像白壁，燈窗移轉夜語如經文。佛祖，這也是熬煉弟子性心[122]麼？倚聽廂房有走動聲，唐僧咬住遮頭的衾裯，如在大河顛簸地一陣抽搐，射出內心的情狀。

院外呼嘯集聚衛隊，將通關文牒囹圄在松間林泉，殘暴的女人高舉殺氣騰騰的桃花枝，隨風潛入夜。悟空冒失闖入沒有出口的迷宮，在八卦爐中永生的他恨不得挖瞎火眼金睛，牆上分裂黃斑淫漬，枕邊疊放布面佛典。悟空，師父未損梵行，墜落了本教人身。師父，平素教導弟子，若心生淫念就等同犯了姦淫，今朝如何自圓其說？

這不是偵探能解決的問題。陳澍回答悟空的質疑，即使在白天，他們也犯下了罪，俚俗歌詠爲證：

---

121 此處言之五趣而非六道，乃取小乘之說，即地獄、餓鬼、畜生、人、修羅，大乘別立天。想及玄奘西行乃為取大乘佛法，故西梁女國彼時應盛行小乘。

122 性心，全稱自性清淨心，即眾生本有之心，離一切妄染。

Monk in his cell, vibe was all chill,
Found out that saint, he had his thrill.
Mind's image shattered, real talk, no jest,
Even the holy, he got his own quest.
His brain's like, "Whaaat?" in a crazy spin,
Seems sainthood and sin, they're kin within.[123]

是時，西梁女國現場直播伏藏的男歡女愛，冠冕堂皇的幻影下佈滿晦澀的秩序。陳禕擱淺在兩岸青山之間，莫衷一是左右游擺的木舟在江渚上遇風拍岸。意氣風發的手指敏捷著滑鼠左鍵，沸騰在腦子裡的抒情泡沫，用我的精神分裂意淫一個異性。通俗意義上的單身，就是餘生沒有女

---

123 意為：

禪房靜坐，本應清淨無為，
誰知聖人也有他放縱的嗜好。
心中幻象破滅，並非說笑胡鬧，
就連得道高僧，也有著自身的慾望。
腦袋瓜嗡嗡直轉，不知如何是好，
聖潔與罪惡，原來是同門兄弟？

孩光顧。

我是否在背叛肉體的忠貞，罪本是偏離。曾言之鑿鑿，不接受任何人推銷春天。陳褘，你大謬不然，你也看AV，你也有自慰的惡習，按你的邏輯，我只能娶自己的右手，因爲我不是左撇子。

——夜闌人靜，聖僧仍正襟危坐，早些安息吧。

——你這賊婆娘，好生褻慢，深夜帶著衛隊擅闖寢室，成何體統？難不成想男人想瘋了？

——悟空，休得妄語，爲師要唸緊箍咒了！

——聖僧，您在和誰講話？房間裡可有旁人？

——太師休驚，是我大徒弟悟空、二徒弟悟能、三徒弟悟淨。

——聖僧隨從皆駐驛館，又何時有三個隨行弟子？

——徒兒皆乃因觸犯天條被貶謫的仙人，隨貧僧一同西天拜佛求經，以求罪障消除，早日修成正果。此三人如影隨形，呼之卽到。非肉眼凡胎可窺！

——天朝聖僧，果然卓爾不群。女王詔書舉國大慶聞聖諦正見[124]，恭送聖僧西行！

---

124 聖諦，即聖者的真諦。正見包括觀正見和道正見兩種，但多數是指道正見，即對四聖諦的智慧。

瘋子，瘋子，這人是瘋子，語無倫次的瘋子，癡人囈語的瘋子。這邊是太師竊竊細語，那邊是唐僧師徒戮力同心：陰謀，陰謀，此地無銀三百兩。

唐僧在女國寺講經的波瀾故事，被吳承恩書寫爲一曲纏綿的春詞，實在太溫文爾雅了，明明一場刀戈暗伏的逼婚——王是無所不能且無所忌憚的。有朝西梁女國國史重見天日，太師定爲千夫所指蒙蔽聖聰的奸佞之徒，女王則榮膺一連串無上至尊的諡號躺在典籍中。

——西梁雖是蕞爾小國，但也金銀成堆，試問以舉國相贈者，古往今來有幾人？

——太師，出家人視金銀如糞土，功名利祿過眼雲煙。

——佛家云，要成佛，先受魔。聖僧若想成大道，取眞經，就當先墮入凡塵二三十載，再悔過向佛，踏上西天取經之路，方成正果。

唐僧聞聽狂笑：「吾心正定[125]，不生二念，離慾邪行[126]，離雜穢語[127]，尼薩耆亞巴吉帝亞[128]，此乃摩羅之覆諦，清者自清，濁者自濁，太師收斂綺語吧。」

---

125 正定，指心一境性，為心只專注於一個所緣的狀態。

126 離慾邪行，為正業之一，離殺生、離不與取、離慾邪行。

127 離雜穢語，為正語之一，離虛妄語、離離間語、離粗惡語、離雜穢語。

128 為巴利語"nissaggiya pācittiya"的音譯，可譯作「應捨棄的心墮落、捨心墮」。巴吉帝亞，指令善

——玄奘法師，那就休怪無禮冒犯，今天你是答應也得答應，不答應也得答應。

——好哥哥，你怎麼不答應，是西西不夠美麼？

——西西，你是淑女，何出此言？

陳褘猛然掀開西西貼在皮膚上的手臂，氣喘吁吁地後退兩大步，倚牆而立抽泣不息，憋屈得只差懸掛在窗簾桿上。音樂停止沐浴夜色，凝固重新定位距離的寂靜，敗軍之將的英雄熱情消散於山峰與叢林，玻璃的浴室尚留溫水濺落瓷磚的回音。裸露無遮的時刻的回憶或預知，把肉體出賣給金錢交易的女人，闡釋與解讀微言大義的未遂，無處安放的理解正在瓦解，在理智的邊緣沉溺，大腦一片白茫茫之際，恰好明徹西梁女國國土上的謹密佈局，以及我束縛我的繩索原來不是死結。

——眞不可思議。看你這個帥哥模樣不錯，卻偏是銀樣蠟槍頭，造化弄人呀！

西西眉頭緊鎖地悻悻而去，啟動填平凹陷的生活的穢語，被一個泥路行走的潔癖者扼喉，他只關注規復生活之道的初衷。陳褘呆坐沙發上怊悵若失，用手指著門外隱沒的他平生印象最深的胸雪，粉是最具誘媚和欺飾的色彩，包括在他的口中偷偷硬立的蓓蕾。撒但你退去罷——不知所

法墮落，違犯聖道。

措地一連串怪笑，關閉筆記型電腦中影音平臺與未完成的小說，抄起遙控器找找有沒《西遊記》播放。書寫日誌，明晨將故障的車子連同我的靈魂一同送往4S店，診斷癥狀穿越高速去趟他鄉探險，握筆賦詩半首：

But yo, the girl split, quick and sly,
Left him standing, wondering why.
In the club's chaos, she was just a blur,
Dude's left with an empty wallet and memories that were.[129]

女國寺寺門大開，太師站在三丈高臺上宣旨——西梁子民們，神降諭旨命女王納天朝聖僧爲夫，玄奘法師卽日還俗，吾主冕而親迎，成天作之合，率土同慶，普沛恩綸。

萬歲！萬歲！萬萬歲！蜂聚的臣民吼出千萬擔炮竹同時燃放的歡呼聲。祭司們視死如歸地衝

---

[129] 意為：
沒想到，那女孩溜得飛快又狡猾，
留下他呆站在原地，不知所措地納悶兒為什麼。
夜店的喧鬧中，她只是個模糊的幻影，
哥們兒只剩下空空如也的錢包，和已逝的回憶。

上前來，各個面容横眉冷目疾呼：「萬萬不可，女王陛下，神命妳捨棄凡世的愛，因爲神立妳爲女人的王，不然西梁必有大災，山崩地裂，瘟疫横行，上至王公下至黎民，永失安身立命之所。」

衛隊安在，斬殺妖言惑衆的祭司，女王也爲祭司之主，我王方榮登大寶卽險遭祭司殘害，我王慈悲爲懷，不忍殺生，今日爾等冒天下之大不韙，滋擾西梁盛典，是可忍孰不可忍。誅殛無赦！

太師雙目尋覺不驚失色的唐僧：你若眞有能騰雲駕霧的徒兒，此時爲何不顯法力？我勸聖僧迷途知返，應了這門婚事。

悟空，出家人豈可亂殺無辜；悟能，你怎只惦掛中午的宴席；悟淨，你也拿個主意好麼？阿彌陀佛！放下屠刀，立地成佛。女王息怒，太師鎭定。貧僧捨生取義之談，絕非戲言。萬里迢遞，魑魅魍魎無不想啖一口唐僧肉，以求長生不老。今貧僧願割肉敬獻女王，以換國主網開一面，赦免祭司。國之興旺，在有忠藎，眞言重於山脈。有此等死諫之臣，乃西梁之大幸也！

救人一命勝造七級浮屠。臺階上雕刻他的足跡，將青石踩踏成覺悟，一步步走出全部命運的含義。出乎意料的籌策，明晃晃擺在女王近前。唐僧身形快如閃電穿梭，撂倒侍衛長易如反掌，徒手奪刀逼退貼身的紅粉兵勇，鋒刃架於自己脖頸，旋卽舉起左臂反刃削肉，兵器啷當擲地濺火

花。女王會喫下血淋淋的人肉麼？鮮血從唐僧指縫間滴淌。陳禕料想她畢竟是個女子。羅伯斯庇爾是不會出席他簽署的屠殺令的，他是暈血症患者。

——御弟哥哥，你這是何苦來？寧願自殘，也不從本王麼？聞聽太師說，你有三個神通廣大的謫仙弟子，卻眼睜睜你受這般苦楚？西梁的安富尊榮比不上你的顛簸流離麼？人生一世，你眞若草木無情麼？

——女王。人有五趣輪迴，然世人不曾見，不得知，謂之囈語，然吾相信；菩薩賜三弟子隨行，凡人不可見其眞身，謂之癡言，然吾相信；十萬八千里取經，教化衆生，可成正果，一闡提者[130]塵慮縈心，謂之癲行，然吾相信。因爲荒謬，所以相信。

——女王，尊顯的西梁之主。權把貧僧造訪當作荒誕故事吧。

——御弟哥哥，不，大唐聖僧，你就不能理解愛麼？

——女王陛下，貧僧理解的愛就是不殺生。

哦，我沒有發生故事，未完似乎更是爲想像添翼。一開始很熱，就像鞭炮的導火線，然後，噗！消失得無影無蹤，跑路讓你一臉茫然，吟誦更爲離譜的詩：

Yo, check this epic scene,

---

130 《大般涅槃經．德王品》：「一闡」名信，「提」名不具，信不具故，名一闡提。

A saint in the den of the fiends so mean.
Cutting himself, piece by piece,
Feeding demons, ain't that a twist?

They wanted his soul, his holy vibe,
But he's like, "Nah, let's change the tide."
Giving his flesh, in a sacrifice,
To redeem those lost in vice.

That's some hardcore saintly love,
Kinda stuff that's unheard of.
Turning pain to a healing art,
That's a saint with a gangsta heart.[131]

---

[131] 意為：
嘿，來看這場史詩般的場景，
一位聖人身處邪惡的巢穴中。
他一塊塊割下自己的血肉，
餵食魔鬼，這不出人意料麼？

陳禕在故事還沒有開始之前就答友人，不論是嚴肅的、悲壯的，亦或滑稽的、苟且的。敢於肯定自己的平庸與短絀，復歸平靜的心終留有更多的空隙。勇氣從醫院拆線後，坦然奉命父母一次相親，將在博客中記載幽默咖啡館的文字。他掏出名片遞給對面的女孩，女孩用故作驚訝的語氣說：「哎呀，你竟和唐僧同名同姓。」

——你也知道唐僧俗名陳禕[132]？

他們想吞他的靈魂，他那聖潔的氣息，
但他說：「不，我要扭轉乾坤。」
他獻上自己的血肉，作為祭品
來救贖那些陷於罪惡的人們。

這才是硬核的聖愛，
更為聞所未聞的壯舉。
將痛苦轉化為治癒的藝術，
擁有江湖般豪邁之心的聖人。

---

132 玄奘俗名一說陳禕，一說陳褘，歷來存在爭議。「禕」為美好之義，且多用於人名；而「褘」為古時王后的一種祭服。考慮到玄奘曾祖名陳欽，祖父名陳康，父親名陳惠，家族取名之邏輯脈絡，應為「禕」。《中國大百科全書》，亦從「禕」。

——這不算大學問吧，我看過專家講座，分析了可能存在的西梁女國。

——許多教徒都沉浸在咒詛絕大多數人入地獄的道德優越中，事實上他們宣揚的操守戒律，可能一條都做不到。我不是說唐僧虛僞，而是他的偉大要打折扣，比如在西梁女國的歷險。據考證，女國寺又名割肉寺。

——唐僧和西梁女王有段情史？書上未見記載，電視劇中倒是有點戀戀不捨。

——西梁之民兮，汝曹乃女子之選民也。吾爲汝曹闢築金湯之城，吾命汝曹之穀糧豐年稔歲，吾蠲除汝曹勞攘之苦。彼城外子母河兮，含蘊吾之靈，年及二十女子飲之，卽育女兒之骨。吾之博愛與汝曹同在，吾使汝曹常爲處女。西梁之烝民兮，吾乃爾輩之福。

——你神神叨叨地扯些啥？

——我虛構的西梁女國國史開闢章。唐僧有四個人格，我把他一千三百年前的風流韻事想了出來。

——你是在和我說話嗎，你這人好生奇怪，難怪介紹人說你一直沒有女朋友。

被黎明的第一道光感染的黑暗，像一頭從剝開的野獸中取出的肺。它們從哪裡來，又要去哪裡？那揮動著的手，砂石沙沙地響著。我問，不是因爲悲傷，而是惶恐。

徒兒們，我們脫難女人的臉和異國的劍，繼續西行了。

慾望是條冰涼的蛇

The chalice spills, not wine, but searing shame,
Betrayal's kiss, a soul consumed in flame.
Can prayers reach heaven, where forgiveness dwells?
Or am I damned, where tortured conscience yells?[133]

—*Desire is a Cold Snake*

---

133 意為：
聖杯傾倒，流淌的不是美酒，而是灼熱的恥辱，
背叛之吻，靈魂在火焰中焚燒。
祈禱能否抵達天堂，那裡有寬恕的處所？
抑或我將被詛咒，在折磨的良心中尖叫？

一

大約是去年這時的黃昏，在你的世界裡我看見了她，曾經少女的羞澀不再，我無法定義這種成熟，覺得就似純情劇中的女教師，很知性的那種。青石路上，她回眸淺笑，於你身前摘取髮卡，秀髮散漫地飛躍，鬆鬆地披在肩後，幾年來你絞盡腦汁卻只能用傾瀉如墨來形容。你每逢看到飄逸長髮，便不能自已地想見了她。逝去的瞬間悉力湧入，祈盼心有靈犀，重回懵懂時節。當我們走到不能擦肩而過時，我問她最近好嗎？我本有好多話要說，眼睛卻僅是平視，不敢緊緊地盯。可她只淡淡地回應：「平靜的壞心情。」

你和一個網友提起此事，她說這是太匱乏生活實踐的人寫出來的，當面與網路體現言語的不一致性。你絲毫沒做爭論，腦中一如既往地浮現她，這幅彌新的畫面，與你的世界同步。任何熱情都是空想，囊括追蹤生命的深度。一片沉默盤旋她身後，如同她一樣緘語的天空，如同你在路上的罕言，慢慢吞吐——真的希望你好。她是特意言之嗎？你和我都迷茫如前。反復走過那裡幾次，落日俯瞰我的平素生活，我罩上偶遇的衣裳，只是沒能再邂逅。

她不是惺惺作態，言辭如藤蔓纏繞，法桐上的月亮照明深藏的愛情，記憶的碎片在一團燦爛之中傾訴。沒緣分的蒼穹下，心情壞到可以平靜，卻沒有和你繼續溝通的渴望。我凝神於她的消逝，弄不清是她安於憂鬱，還是我心久悵惘。

二

我虧欠她太多，卻偏說是世界虧欠了我。小雨，我近來不啻一次呼喊出你的名字。今天我真切地聽見了自己破碎的聲音，是夢囈式的嘶啞吶喊。夢，就在偶遇之後，保留陳情的顏色，一個女孩笑盈盈地走近，返璞歸真心遺落的地方。

我意欲何爲？上演電影中皺皺巴巴的小故事麼，你企望浪漫，可我厭倦了遊戲。當小女生勉強哀嘆異地戀的悲慘結局，聽她傾吐的一臉曾經滄海的大齡未婚女說：「這就是生活，摻雜無可奈何。」在不漫長的記憶與困擾中我講了什麼呢？延續了你語出驚人的積習——感官比感情更重要，它眞確，不縹緲。我在懷疑愛情嗎？其實我比誰都希冀。我將樸素的夢想封藏在木盒裡，鎏金年月。我不缺少女伴，卻感覺愛情停駐彼岸。是阿弗洛狄忒拋棄了我，還是我和她劃清了界限？

平靜的壞心情——對我面目可憎的推拒？聯想負氣埋怨的惹人愛憐。林黛玉冷言宮花，講給賈寶玉聽。你當時搬不動她心事的巨石，猶若我現在解讀不清愛情的符號。你們說，這是不是女人欲吐又止的九曲迴腸？

我不能否認是我的懦弱使她決絕離開，我辜負年輕的言誓，畏怯險峰溝壑做了逃兵，就像尤

索林[134]挖空心思躲避戰鬥飛行。我的蠢蠢而動在心頭別有用意地升騰。她是我的第一個女孩，我的生命被她分成兩半，男孩和男人。我希圖複習用愛撐開的微風拂面的春日之夜，回溯她柔美的風情。只怕在享用她的片刻，心才是最透明的，合上白雪遺音的床笫之歡，矯情文飾發自肺腑的謊言——我難道把嗜慾當作是救贖？

朋友對你說：「男人不成熟的顯著特徵之一，便是幻想以前的戀人重歸舊好。」站在前方的小雨，要側過身來，你心跳咕咚。

——有點緊張吧，放鬆。跟著我做個深呼吸，再來一次，把腿伸直，閉上眼睛。

——醫生，你按得重了，我疼。

你貼靠椅背仰頭，有意錯過與小雨相視，卻想讓她看清佯睡的你，她一身肅穆的護士裝，站在高大冷峻的醫生身側，醫生又一次將手按在你微閉的眼上，揚手對護士下了令人費解的命令，她從白托盤挑出一把刀子遞給他，你咬緊牙齒凝視畫面，護士的臉在一週內衰老了一個年代，藏在她身體中的小雨，掙扎逃出了我的視線。

她還會重新選擇我嗎？你不准我用中五百萬大獎的概率來輕慢褻瀆，那是宛若讓一隻小貓在

---

134 尤索林，《第二十二條軍規》，主人公。

計算機鍵盤上胡蹦亂踏，居然打出一部莎士比亞。

三

我把巧克力插在書立中，懨懨地敲打文字，在病中持續修訂處女作，名曰《慾望是條冰涼的蛇》。我適合當文友，意愛的網友如是說。放鬆溫馨的聊天，拆除物質與利益結交的籬笆。她才華率性靈動，是巖中泉，是林間露；我呢，通電機器流出的加奶熱咖啡。

感冒是一種憂傷的病，像是我的愛，遲遲未退。我躺在搖椅打瞌睡，懶於應對電話另一端關於慾望的話題，用鐵的語氣去證實鏽的時間，且讓利益糾葛發霉。考慮出行的安全，我用地鐵代替凱迪拉克，無精打采地在忙忙碌碌中擁擠。

來，論倫互文性。他見我在線大喜若狂，用繁重的美學體系與專業術語壓得我透不過氣來。我沮喪得真希望有棟紙房子，同它一起消亡於水火，好歹落個讀書人的名聲。滿櫃子的書像一個個雪冷霜嚴的女人，四散寒氣侵蝕我的弱不禁風的腹胃。你癡迷的學術絕棄了我，我沉疑半晌才出於禮貌與虛榮回應：「我想開口說話，才發現自己是個啞巴。」

她覺得你兼得靈性深邃。可是我背叛了你。我擰開拜耳喫片藥。賴在床上不願爬起。解構買來幾個月的德里達，伽達默爾的巴黎論戰也提上了日程，讀書人豈能知難而退？手機鈴聲得償所

願地響了——蕭總，乙方妥協了。氣浮在無心囫圇吞棗的哲學上，下單外文書裝點門面——你怎麼墮落成這個樣子——我令你持續憤懣不安，我一意孤行要將自己從平庸之中拯救出來，你說我要降壓加速狀的慾心，才能獲得某種釋然的可能性。我曾經是一個孩子，會同情所有枯萎的花草與破敗的橋樑，如今卻習慣了大人們的圓滑與算計。

最近我迷上寫小說了，我的出發是單純的，感染自己長久的心意未了，寫小說是作家和自己談戀愛。我敲打著回憶努力接近你的星星點點，柔化了劈里啪啦的機械鍵盤。我更改網名為遠離魔鬼——逃避生活抑或渾濁的心？魔鬼可以誘惑人，但從來沒有變成人。如果伊甸園的故事發生在中國，蛇定會化身美女去勾引亞當束手就範，而不需要夏娃充當教唆中介。書生與女鬼的豔遇是奢侈的會晤，剝除道德勸喻，放任紙筆的慫恿，你看過色情有餘藝術不足的三級片。

四

慾望是條冰涼的蛇。你從忐忑的衛星城逃出，在日記中鄭重寫下。

公車轟鳴發動駛向，窗外的河面漂浮著道道流彩，風景是幾年後重啟垂立的鐵橋，這座城市有太多事物奉解放之名，你也勢如破竹地奔往。漢顯[135]的文字勾勒了她思念那刻的形象，在閨

135 漢顯係傳呼機的一種，螢幕可顯示若干漢字。

房中靚麗地嬌笑一聲。

——讓，別總悶在家裡看書，出來玩玩。

——帥哥，你眞與衆不同。正巧我計劃寫篇愛情小說，找你指點指點。

約會，你隨口應答她內心鼓動的熱情，如公車無法推卸地顛簸在坎坷的路上。高中同學將你拉近了她，你滔滔不竭地說著自己也不甚解的話，同著女生像極了演員。小雨文雅矜持，美得像被拆遷的舊城。她是這座城市的性格，開放是輿論中的無上榮耀，拉著你的手去她喜歡的場所。你頭一回視聽迪廳舞曲，一個個活力四射的女孩目不暇接了你，你繪聲繪色地追逐迷你裙，躁動鮮活肉體的旋律，一列列被緊箍的衣服強逼出形狀的乳房奔你撞來，就像坐在火車上感應鐵軌兩側的樹林。

這時車子的趔趄與那日昏暗中忽明的燈光，映射你孕育期的慾念。女孩時隱時現時近時遠，你巡視著濃霧籠罩的群山疊巒，波峰浪谷隱介藏形。如全神貫注歐冠巔峰決戰，不容遺漏每一秒鐘。

——書呆子，你落伍啦，在人慾橫流的都市成長，怎不適應現代社會？

你體內注滿了縱情恣慾的想像，她要把都市的疾病傳染給你，你將手搭在她舞動的裸肩上，咫尺的香氣沁入心脾，你眼神流浪在她胸前，她嬌嗔地罵你壞。告別於一個平面內平行不相交的

直線，視覺刺激中感應到突如其來的悸動。你也殷盼含蓄的小雨對你展現柔情媚態，做那些大家都要做的事，柏拉圖之戀的國度不在地球上。

五

我穿上新買的Cerruti 1881牛仔褲，脫掉西服革履，恢復休閒裝扮。我公開做傚海報上的衣裳，準備好一副面容去見你想的面容，凱迪拉克載我二十里路的大學城，一輛五十鈴任性鍾愛接二連三的水窪，掀起泥屑，擺盪雨刷。

——親愛的，注意健康，加班別累著了。

我不痛不癢地對朋友說：「她唯一不變的空洞心願就是被人寵愛，我也附和各色禮物填充她。當我決定離開她時，她會認定我利用她一時軟弱欺騙了她。」

——眞的好想談戀愛，好想有個人抱著我勸慰道找不到正式工作沒關係，好想有個男人可以依賴。

——我不僅要給你安全感，更要給你幸福感。

當朋友把她擺在我面前時，我不求甚解地選擇了她，例行公事地送上一堆玫瑰。相親不是愛的前因，是過去時態的見面。薩特一部現象小說[136]有兩個譯名：一個是《厭惡》，一個是《噁心》。我不通曉在法語中的深意，憑直覺這兩個詞彙在漢語中不是對等的，我更喜歡噁心——它直率反應心底的溝壑，對仔仔細細百般裝模作樣的嘔吐。

見面那天，她臉化得很白，像張平滑的影印紙，笑的時候又皺成一團。我需要陪同出席應酬的伴侶，她勉強算是不毛躁的摻水漂亮的淑女。膚白體瘦——對啦，這是我苛刻的入選。嗨，我獨愛一頭長髮——她留意地蓄養了披肩。我爲捍衛初戀而努力，復刻小雨療傷心靈——這是我理智故意地暈眩，任意遊走的騷動。我沒說過愛她，不算是欺騙單薄的情感吧？

謝謝寶貝，我會照顧好自己的——她會對著手機甜蜜地笑，習慣撒嬌我懷以示己欣慰，但我不曉此間愛情幾何。

——親愛的，到家了麼，天氣漸冷，別再穿這麼少了。

——你的吻足夠我回味到下次相會。

我懷裡揣著的不安是她喜不自禁的吻，端著一盆滿滿的水蹣跚挪步。長日留痕，她永無休止地循放情愛頌歌。在男人的世界中，取悅是一種生存方式。化妝品廣告中的女孩傍晚參加閃電約

---

136 法語原文：*La Nausée*。

會，憑藉一頭臨時性的髮光可鑑贏得了俊男青睞。

我對女孩有一種溫暖的期待，她能送我一本喜出望外的書，書架上端自封袋內孫大雨譯《罕秣萊德》的一樁久遠往事。生日那天，撕開染色包裝紙的《百家講壇》，我想鄭重其事地回贈她一朵塑料花，表達我平凡妄想的傾頽。香水灑在她的衣服上，散發出人工的芳馨。他怪我小題大做，不能強求她也有學問。學問——好，爲了這個名詞，我不和他爭執。

溝通是用心扉對話，可我總叩不開柴門。並肩而坐，卻覺關山難越，我們是熟悉的陌生人，時常在無話可說的痛中見面。我和女友就像是各操一種語言，彼此耐心不打斷對方，只是未曾一起修建巴別塔。

可靠——我去她家拜訪後得到的評價。第二天她打電話來讓我猜，我沒假裝寢不安席，她在怨望中撒嬌——你就不怕我父母不准我和你交往嗎？

——哦，我這麼愛你，呵護著你，他們能看出來的。

精心挑選秋高氣爽的日子，那時身分標籤是窮學生，繫上最高的襯衣紐扣，腭下的領子筆挺，戰戰慄慄地相隔茶几而坐，故意放慢的語速控制掌心虛汗如滲雨，用沉思進入談話內部，讓未來的期許淳樸。捱過目不交睫的夜，心急火燎地趕往清晨的評語。她母親說：「讓是老實孩子，很放心。」

六

公車駛出了市區，汽油味繚繞敘事的冒險。你籌劃禮物敲門驚喜之吻，添柴她熾烈的火焰，你身為一個會臉紅的稚嫩孩子，今天要經歷人生中的一件大事，在她的節節勝利中成長為男人。

夏天伸出一隻纖雲弄巧的手。第二次約會，你就去了她父母早出晚歸的家。我將幾個姊妹的初戀故事列印成冊，你虛泛地遲疑片刻後，遏抑滿心歡喜的盛開。

她輕輕摩挲著你的面龐——喜歡你的女孩很多吧——你說你有女朋友——傻，她笑得花枝亂顫。滿口花團錦簇，但是有點愚笨——小雨形容你呆——我們在暮色蒼茫中穿過逼仄的街道，閒步在水鳥翱翔的河岸——她聽清「愛」字，等了許久。

——我，我，我不是故意的。你瞭解我的！

你張口結舌。失措的手擔憂她被公園中玩小輪車的中學生撞到，伸出雙臂半抱半拉地將她攬到一旁，卻有意無意地按在了小雨胸前。你在木訥中猜透了「傻」的奧祕，緊緊相擁默默佇立片瞬，充足信心第一次對女孩說，我愛你。

你至今無法確認是怎麼吻上的，她從身後雙臂慢慢收攏摟抱。小雨總是溫婉地靜靜接應，而她是炙熱的舌頭靈活得像條蛇。你欣賞小雨雙目微合泛起的紅暈，心跳地嘗試用嘴脣愛一個女孩;而她明目張膽地倒映了你,裙褲外光溜溜的夏日浸潤你脈搏的跳動,不輕不重地貼靠你的心腑,慰出一陣騷動的快意。

——哼,你親我的時候在想別的事。

七

生活燃燒著我殘餘的熱情,敞開的天窗飄出虛構的風景。紅燈。停車。文化局的鐵柵欄內魯迅一臉的嚴肅。焦急的流浪狗咬著一塊肉。看眼簡訊。喔,廣告公司詢問何時能定標。回覆有人開出更具競爭的條件。你慣常拿起女友的手輕吻,疏解交通堵塞。今天,副駕駛席再添脂粉氣。左拐,十字路口迎風待月的咖啡廳儲存著追憶,女友也曾等候加班到凌晨的我,那天是一路吻痕彌償難捱的靜默。綠燈。通行證。男人不能委屈自己,我上鋪兄弟如是說。

傳統的意思你懂嗎?始終不渝的隱語長在說自己像鹿一樣膽小的胸脯上。手指沿著肩胛骨爬行無拘無束,她不願言說已經很難爲情的感覺,揪我耳朵還以顏色。她不是一見傾心的美女,我也沒在追求靈與肉的統一,社會的開放讓獲得性滿足如枝頭的鳥兒展開自由的羽翼。我不隱晦渴望在她雙腿之間築巢,否則這段感情就確鑿病入膏肓了。

是的，男人不能太委屈自己。笑傲情場如恣肆曠野上的猛獸。半透明紗裙內比基尼的女郎，夜蒲挑唆慾情之火。眩目震耳的聲色描寫搖豔的舞姿，她們欲蓋彌彰卻從不脫衣撩裙，扭臀抬腿唱著我是女生。女生？打碎我頭腦中固有的靜若處子。

喂！你知道哈姆萊特想躺在奧菲利婭褲襠裡去嗎[137]？戀人允許王子把頭枕在她白腿上。嚄，這是我的手嗎？她似躲非閃地繳械抵禦，深諳迷惑地輕輕嚶嚀一聲。我吸納她滿身的香氣，她無力地倚靠在我的肩頭。你當眞是學英語的？學生鳳眼一挑，流利地背誦久違的商籟詩抗議質疑。

黃燈。潛伏著紅綠的變化，她積極遞上火熱的朱唇。早點回家吧。離開包間時回望她不可名狀的眼神。我的內心是樂於接受的，我拒絕的僅是爲自己制定的準則。或許她暗笑我舉止怪異，懷疑我是性無能者，或許我是逃逸的——我沒有墮落，可是我現在恰恰渴望墮落。

——墮落？醒醒吧。性追求的是情慾快樂，與道德律令無關。

---

[137] 原文："Shall I lie in your lap?" Jonathan Bate & Eric Rasmussen主編的皇家版《莎士比亞全集》註釋：Have sex with you?

八

現在你的確到了衛星城，割開了冒煙的工廠與塔吊喧囂的都市。她在學校附近租了公寓，房子是女人的獨立。

——讓，我夢見了你。

來吧。她每一句話都煽惑你浮想聯翩，不可告人卻又心照不宣。夢是願望的達成，通往心靈最隱祕處虛掩的門。她抓起你初臨豐滿的手，嬌嗔得寸進尺與貪得無厭。你切實鼓不起勇氣向下求索，愧爲世襲受蛇誘惑的亞當子孫，始祖的女人不著文明的衣衫。堅定信念解構掛鉤的奧妙，事實上是她幫你檢驗了對胸部的猜度，實踐出眞知：脫女孩的衣服可眞費勁。

——讓，我和她誰漂亮？

小雨本能阻擋的雙臂被愛柔化了意志，將自己上身袒露給一個男孩，靦然地縮了縮身子。她眼中閃爍著欲墜的淚花，是你未讀懂的詩學。一聲聲未敢繼續的道歉，她還原靜女旋即輕盈入懷：「讓，你怪我嗎？」

——他們這樣吻過你？

——我是眞心喜歡你。

啪！她一巴掌摑響你有目的滋長的青春，朱紅色吻痕還留在她指印的地方，五根白色粉筆一樣的手指掀起紅波浪，不要猜女人的謎。她晃動你呆若木雞的肩膀，鬆散相對無語的結構，摸摸她銀色的面容：我不想成爲之一，我要大塊朵頤對你的猜想。

你喜歡她嗎？似乎理由如沒有地基的房屋。你沒再索取，你覺得這女孩慷慨得足夠了。把她寫在你的日記中，心跳隨同鋼筆與稿紙摩擦沙沙作響。可憐的大才子，你女朋友沒給你睡吧——她語出鎮靜，脣齒間有一汪水意，從常識推論拘束的本應是她。

——讓，我想你，今天是特別地想。

漢顯更新她與你的距離，一雙眼睛環繞在你燒得發紅的耳根。窗外偉人的題詞的衛星城敞開大有希望的胸襟，喜歡女人是男人的天責，你情感轉速再遲緩，不會笨到讓一個女孩說出讓你要她。

九

——你就是魔鬼，你就是梅菲斯特，想蠱惑我，沒門！

簡訊引來上鋪兄弟劈頭蓋臉的電話——工作五六年了，還這麼衝動，你應該感謝我，看你太孤單，才介紹個新鮮的文學系女生。

風流即雅好？我不想聽才子佳人的羅曼司，中國人沉湎於公孫龍子所謂的高超邏輯，把詭辯

當作是一種智慧，掌聲獻給偷換概念和所答非所問的華麗辭藻。一次詞語幻象中的歷險，花街柳巷與人民廣場，皆現慾望的倒景。忍把浮名，換了淺斟低唱，隱約中我希企自己是故事的主人公，十年一覺揚州夢，贏得青樓薄倖名。

將世故與純眞焊接，我耳畔響起模糊的喧譁是同學直扎心扉的老生常談。我弗以耳朵分辨善惡，只見彩旗於輕風中飄蕩。放下玻璃來清爽一下思緒，喫口身側細膩的陽光，誡約自己要安之若素，憑那些浮華的人去歌唱，可熱情奔放的凱迪拉克依依不捨在不可更改的路線上前行。

我在咖啡館上下打量女孩，似房價與愛情的定律，又似股票與接吻的關係。風華正茂的姑娘是何心情呢，一場見慣不驚靜候僱方的垂青的面試？我神色自若地調緩呼吸，又恰希求焦躁躥上額頭，告別了往日的青澀，成長是理智的進化，穿著名牌衣服的男人。

薩特分析過初次約會的哲學，女孩明知對方的意圖和性的指向，欣然赴約表明皆有恥於承認的性意願。他設計的畢竟是戀人情境——波伏娃搭橋性伴侶時，這位二十世紀的思想巨擘會有何領異標新的心態？我曾悉力接近他——呵，顯然是用高山結合心嚮往之來形容的哲學——我在這裡臆測，時空相隔找出共同點，我們都是男人，都是自身的畫像。

我曾做過歡場的逃兵，贏取對陣魔鬼的階段性勝利——梅菲斯特詐敗佯輸，又將我們放置現實與魔幻。咖啡杯變成龐然大物壓塌桌子，豎直捅破拱形天花板，紗巾變成金色的蟒蛇裹挾她與我，恣肆分開行人與車輛，匍匐於柏油長廊，星級酒店陳設潔白的大床，床頭鏡開張血盆大口，高潮之前不准離開。一股美妙的咖啡色湧入我的體內，一張點綴著金色的堆粉的臉，一雙修目勾魂攝魄，C與D的罩杯下注，讓女友見鬼去的我咬出愛的齒痕，白色旅館中的激揚文字，風暴在我心頭雲聚，她媚笑中帶著血腥——她是魅魔[138]。

情慾也是上帝的默許，性也是他的創造，他憐憫人世間，給予肉體的歡愉。也許魔鬼的意圖並非至惡？不過是被放置於慾望交鋒的戰場。人是在引誘與抗爭的兩極中搖動的鐘擺。

文學系女孩，看上去很文靜。對抗魔鬼的人饒有興致地仿如一場諮詢會。爲人正派？那是受到的誘惑不夠大——某廣告語如是說，海報中有一男一女。面對尚殘留幾分稚氣的女孩，我好想湧出萬千感慨口占誦詩，寂寥雨巷與丁香荷爾蒙，有時無傷大雅的意淫也是一種情調。眼神在她身上四處飄遊，縱是有意也好的迴避相視。小雨依偎在我懷中，躲避河面上陣陣涼風襲來，憑欄遠眺：「高樓擋住了我的夕陽，但落日的餘輝依然美麗。」她的鬱傷感染得夾岸風物淚眼盈盈，溼潤在零星雨中。韌長的雨絲款慢地連綴心腑，勾牽我渾身悠悠一顫。

---

138 魅魔（succubus）是歐洲及中東民間傳說中的女性邪靈或超自然個體，常會在夢中以人類女性形式出現，是通過性交來勾引男人的惡魔。

十

你今天要成長爲男人，女主角卻不是小雨。

精神撒嬌者。你自墮請君入甕的陷坑，她語言的致幻劑縱穿你的肉體，初見就註定你要搭乘勾結她的公車。齋戒最高境界是心靈之律，神聖時刻須戒除全數邪慾。塞壬的歌聲引誘你在陰暗溼冷的溝渠中扞拒，眸光下殢雨尤雲的卿卿我我，靈與肉孰多孰少或眞或假的企圖，波動和倒影的世界已將你推至刑罰的邊緣。

遺憾，高中的命題作文，今天在不曾佔有的生活中尖利而抽象。遺憾與成長，熱忱地表演內心的挫折，扼腕垂惜一個人的詠歎調。她會是你的遺憾嗎——火，燃燒的烈焰你望而卻步；水，跌足才能體驗無情的吞噬。不要臨近深淵——古老的諺語——慾望的河流面前，我們皆淪爲溺水的人。你踐行生活在別處的雅羅米爾[139]，驚異慌亂中忐忑地走進她的房間。本色出演膨脹欲出在她的閨床，你將目光轉移到牆上的明星海報或是天花板的燈帶，刻意放鬆的心態被加速循環的血液打擊得潰不成軍。如何通關是擺在你面前的那個艱鉅的、決定性的、實在的任務，喜不自勝的身軀做出年輕人本能的反應。一具白骨，郭沫若要千刀萬剮唐僧肉，胡適之要割肉度群魔，劉

---

[139] 米蘭・昆德拉，《生活在別處》，主人公。

再復說唐僧有顆童心，是成道中的基督……爲上帝所禁，爲魔鬼所啟，原因的原因就不是原因，亞當的錯誤交還由亞當來承擔吧，沒有錯誤就沒有起始……一列奔馳的火車，冠名和諧號，遊刃有餘地穿梭兩段愛情，忠貞不渝的癡情者與朝三暮四的偷情者，大腦背道而馳，堆積汙七八糟。是誰在破壞你的雅興？

車站。目的性很強的出發點，你心跳的聲音堪比發動機轟鳴，幾十里路聞聽哼哼啊啊的變調，路口只剩兩站連線慾求，女爲已悅者慾？你能分辨出兩個女人的呼吸，她能饜足你蓬勃生長的胃口，你是來自河那邊貪婪又挑剔的食客——她不是小雨。

——你不必爲享有她爲難，你可以同時愛兩個女子，此乃上帝意欲的賞賜。

十一

我已經善於應付諸種局面了，她正坐在我最佳視角裡彼此從容應答。

咖啡館留存女友提問的俗不可耐，回答卽意味著愚蠢的假設。

文似看山不喜平。慾望希冀其對象不是動力源，令我著迷的不是她的身體，而是她的身分，我可以和她從喬叟談到伊麗莎白．畢肖普，她苗條白皙身材襯托下的清純臉蛋更具價值——我迷戀的是這樣的一個文學系女生將她的身體贈予我。我尋找拆除的遊樂園中褪色的旋轉木馬，茫茫

人海中渾噩地用慾望作爲交通工具。

英國紅茶加入橙片後的滿口芳香。卡布奇諾上層起泡的鮮奶，是她要洗淨的鄉土，扮成小資情調的馬卡龍。你對多麗絲．萊辛可有好感——我從眼睛中品出你是多情的人，最近在讀薩岡，你好，憂愁。

到車上談談感情吧。我塞給坐在副駕駛位置上的她一個LV手袋——美女，一點點心意。感情是一個曖昧的名詞。身旁的姑娘靈巧中透著挑逗。小雨和我講好分手，又鬼使神差地再次牽手信步。我在我們設定長久，卻從未有過長久的地方，摸到一束溫暖的陽光。她說我們是曖昧關係，不禁追問時，她溫順地微合雙眸，迎候我嘴唇的求解。

——我最不能原諒背叛，如果你去見別的女生，一定要和我說。

——我詛咒她，她下月結婚時，老公跟別的女人跑掉。

惡毒，藏在女人心中，躲在溫柔的背後，仿若銀河系的雙星系統。一句批評，竟遭致一生命運的沉重打擊。我勸誡女友要學會容忍，要爲奚落她的上司祈福，不要論斷人，免得你被論斷，沒有寬宥就沒有未來。

我自認未曾苛求她，奢望她體會我的作爲。難道她要對我的出軌也坦然視之？醜女厭惡兩樣東西，鏡子和別人的眼睛。我是個醜女，卻習慣了目光的審視。

十二

襤褸的公路捉弄著公車，司機鼓弄一陣灰煙，無奈的雙手招呼乘客下車，站在這裡搭乘另一班。讓我走吧，到她那裡去做客，空虛的藍色指示牌距她僅餘一公里。

夏天在預謀一場騷動，一個倩影朝你招手，那裡有你熾炎的福地，腳步將你的城市甩在身後，衛星城與小雨漸行漸遠。在萌動又難言的未知中，你有了一種不眞實的速寫——小雨止息哭鬧之後戀戀不捨：「讓，我只能原諒你一次。」何爲咬牙切齒的悔恨？紙張是包裹不住火焰的——我下定決心離去，令你痛心疾首——小雨沒有和她站在兩側以供抉擇——你沉陷怨恨懊悔，不甘與她廝守歡愛。你無法預想失去小雨後的荒煙野蔓——而她斬釘截鐵要取而代之，你聽聞藉題發揮：「覬覦皇位的人有兩種途徑，篡和奪。」她眉目傳情，你畏首畏尾，擔憂啟發她一個意外。

十字路口在慾望裡步步逼近。前方是勸學樓與長長的灰空心磚牆，扭曲一輛長滿輪子的蜈蚣車，她的橫陳嬌豔呼嘯著穿越撞來，小雨椎心飲泣撿拾你的碎片，無意拼接成花的地磚。你沉重的雙腿順著生鏽的軀體扎根地表內，彷彿是正被電鍾擊打的水泥樁一截一截深入。驅使你到這裡來的蛇，靜伏異動縱橫交錯的腸管，咀嚼蔬果、雜糧和女人。

——讓，晚上去看煙花吧，請速回電。

小雨在漢顯中，你的惶惑扭來扭去在動盪的心中尋找孔隙，攪拌你眼睛發熱卻滴流不出。神啊！你將如何看待造物的抉擇——你會允許他背離愛嗎——靈與肉可否分離，精神之戀徒步哪端？神啊！是魔鬼調唆他墮落嗎——你爲何不阻止魔鬼的行徑？

——讓，你往何處去？

大家都曉得那個字眼兒是什麼來著——喬伊斯設置的迷霧，第三章的提問與第九章的答案，只有縝密的讀者才可聞聽心聲——讓，小雨輕身緩步，巧笑倩兮。

阿迪達斯，幽媾的運動鞋，阿奎那論惡，但丁的地獄，狂暴的力量把肉慾橫流的幽靈吹得天飄地蕩，放情縱慾的人經受暴虐的酷刑。那奇異的蛇吐著信兒，吞吐著涎水燙化柏油路，凹陷大寫的L[140]。不能自拔的鞋底卡攏你扎入地中的腿，地下的溶液粘牢你在地表上，頭頂有個無形的重物慢慢往下壓，阿迪達斯撕咬著你的褲腳，濃稠的膠附庸在你踝骨上，綠燈也不容靜止的軀體邁步，在自動修復的地面中，在繞行避閃的車輛中，你像石頭一樣沉下去，開始是一條腿，然後是另一條腿，踩碎熔化的瀝青，阿迪達斯下是衛星城的鹽鹼地，悽痛卻強忍噤聲，瘦楚得動彈

---

[140] 指"Lust"，色慾；拉丁語"luxuria"，亦以L為首字母。

不得，在無暇顧及的痛楚中成爲自身的雕像，吸入汙濁的尾氣。十字路口的街角公園，一座假山的告示：請勿攀登，危險。一個頑皮的孩子，興沖沖跑來，愉快地笑露牙齒：「叔叔，你揹著個怪獸，頭上長角，嘴裡一副人牙，牠大腦袋壓在你額頭上。」

愛——是的，那是大家都曉得的字眼兒。

——讓，只要你不變心，無論你給我什麼樣的生活，我都將跟著你。

冠冕堂皇？熾熱的太陽不能直視，可誰離得開溫暖？衆山圍繞耶路撒冷，神也圍繞他的百姓。他必救你脫離捕鳥人的網羅和毒害的瘟疫，救你脫離兇惡，歸還你完整的初戀。不顧陣陣漢顯聲催促，踏上回城尋找裝入你心的女包的路，牽手逛街時小雨託辭款式不太新穎，一週後贈你腳上的阿迪達斯。插入IC電話卡——到衛星城的書店碰碰運氣，馬上回市裡。在七月令人不安的天空下，堅實的柏油路重組你受寵若驚的彌足珍貴，情有獨鍾的心向你飛來，感知存在的古老信念，時至今日，她仍然是你的春天，她從不凋零。

十三

女友，我能感到她在愛我，愛得別有用心。

我哭笑不得的帥氣，往時火熱的女孩品嚐書生氣。我寧願她要個肌肉野蠻的男人，真話對於

我如空氣陽光，但她的語言如同她的濃妝，需一盆清水袪魅才可窺見眞面目。

——欺騙比隨便上床更不道德，你用僞善戕害她感情的寄託。

——任何男人只想從女人那裡得到一樣東西，那就是性。

僞善，我給高中班主任的斷語，今天同樣身分的她把貶義詞安裝在我身上。認識這個女生的前一週的同學生日派對，我坦言和女友交往時未暫停物色尋芳。倘若我眞的僞善，那麼被女友註釋了的愛情呢？她在我眼中是灰暗的，灰暗的像寫字樓的方塊地毯。

酒店。我牽著她宛若戀人的手。古代才子們浪跡青樓宴館，追逐雅态妍姿的歡洽，菱歌泛夜的飛瓊伴侶。損神，耗精，愧煞了浪子風流；都只爲縱慾眠花臥柳[141]。而現代人已不稀罕心靈交流，只在恆常如新的孤獨和冷漠中自由交媾。

我懷揣古典的逸想，活在當下的狂歡。我發覺自己的確有演員的天賦——演戲是慰藉，希慕如斯人，演戲也是掩飾，鄙夷如斯人。事實上我在扮演自己，爲了更加犀利的自省。合唱隊走下了戲劇舞臺，成爲室內喜劇刻意添加的罐頭笑聲，報告中用括號註明的掌聲。

---

141 Sonnet 129: Th' expense of spirit in a waste of shame Is lust in action; and till action, lust.（辜正坤譯）

——看，這個人！

我將讀書作爲前戲，只爲自我饒恕，培育一種有修養的惡，可以容忍性淪爲普通至極的休閒方式。風流公子啊，連你的惡也顯得斯文。這白皙鮮活的肉體是我手撫的摩挲，是我舌舞的深吻。對峙的山峰，遙相呼應我的攀爬。棗紅色飽滿的果實，舌尖上饕餮的美味。箍牢腰身的蛇樣的雙腿是我恣意的所求，盤桓在小白鴿象徵的豐滿的我到達蘋果賜予夏娃用綠葉的掩蓋，賞閱她的身體是我趁波逐浪的所欲，將她與幻想一同暴虐吞下，索取午後花花世界的無限浪花。我不想考量其間愛的有無與成分的高低，也不存在溝通的創痛，我要在親密中保持著個體自由，百般塡盈我無須粉飾的空虛病症，讓情慾似節日禮花般怒放，不顧靈魂去哪方流蕩。

我是一頭迷路的山羊，田野吹綠麥波，縱身於美妙的花徑腹地，那裡果然很窄。徘徊於洞穴口，深入淺出又裹足不前。羊角觸動洞壁，叩問出路，迷茫中透著對洞內景象的好奇，前方更爲瑰麗，洞穴的另一端是芳草碧連天。山羊留連忘返，深入洞底又往復退回俯衝，山羊是推動巨石爬坡的薛西弗斯，牠哼著口哨，周而復始。

海枯石爛將自己羞赧地奉獻到你慾望祭壇上的小雨，不負責任的誓言，悔恨像鐵軌一樣長。

理想的正義[142]缺席，故事終於不再圓滿，帕梅拉美德無報，魯濱遜終老孤島。我心中夢寐的星空交還給黑夜，複述你一生的嚮往，記憶邋鞦韆似的陣痛。於她最需要你堅強的時候，選擇了沉默，可怕的沉默。一個孤獨者內心凝結血淋淋的故事，偏偏在能力最弱的時候去揮霍愛。有的人註定是要愛別離苦，有的人註定要洗心革面。最終相約在哈利．波特與火焰盃，哪裡有會噴火的巨龍，世界上只有利益與高牆。你舉手宣誓，允許她的拋棄——那時候她已經燃盡愛的每一滴燈油，深思熟慮後說，讓我們現在分手。

送她一捧玫瑰花，來自她悠長夏季的一位彬彬有禮者。我要做的是擺脫曾經的執念，卻泛起一波不捨的漣漪。做我的紅粉知音吧，這是我剛出版的小說集，，有關生死、金錢、性。

——讀讀我寫的書，你會認識不同的我。

——哼！認識你這個道貌岸然的僞君子。

嬌嗔地打情罵俏，驚愕將我預備炫耀的一袋語言抖落。她隨意翻開後定睛，扶裙坐下讀了幾分鐘：「你先鋒的語言是對日常生活的調笑，墮入慾眼望不穿的迷宮，化療道德譜系。」向上帝禮不作惡的晨禱，麵包牛排雞蛋水果沙拉，健身房揮汗勃發，克雷德香水伴奢侈行頭，卸載探索

142　17世紀的英國批評家托馬斯．萊梅（Thomas Rymer）提出「理想的正義」（poetic justice），這種學說假定每一個人物在劇終都應當善有善報，惡有惡報。

生命的深度，我的心緒像氣球一樣輕鬆，在愜意舒適的夏日，凱迪拉克二十里路去尋歡，沒有觸及靈魂的故事，性的爆發是愛的貧困。女人除了會假裝愛你，更擅長假裝高潮。

女性已不能引領我飛昇，更遑論攜我歸宿天堂。我是撒但麾下沒有靈魂的肉體，在深夜裡與牠共舞。牠才是現世的君主，上帝的王國在聖經中。人只有一輩子，難道你要我為了天上的耶路撒冷，放棄地上的樂園？愛情的烏托邦已然覆滅——如果沒有性衝動，我生命中還剩下幾多激情？

十四

你發覺我生活中晴朗的日子寥寥無幾，你的枕頭不再過問我的夢。我在沒有水泥味的水泥建築中心悸，是全球化的經濟危機下一蹶不振的股票，或有一隻看不見的手堵住了我通往快樂的縫隙？

一個黃昏接著一個黃昏，我反復走在去年的路上，只是行人中沒有小雨。我憶想的不是那個黃昏，或是黃昏下的女人——我憶想的僅僅是我往日的影像，你吹出我眼裡的沙粒，為蹣跚歸去的黃昏貼上感傷的標籤。太陽隱匿於雲岸後的地平線上，把雲邊鑲成橘黃。你想十指交叉牽著小雨的手，晃漾的斜陽中默默地看沿途的風景，捕捉消逝的愛情中依稀斑駁可辨的痕跡。氣溫比去

年涼了一截，單衣裹著單薄的身體，寒風灑落一地枯枝敗葉，看不見星星的天空是雨的信號。我時常抱怨自己不夠痛，不足以讓你瞭解我對虛無的貪戀。如果小雨知悉你變成了我的幫兇，會否黯然傷神？她說：「在我的意識中你就是正直善良的人，絕對做不出背叛感情的事來，不管那個女孩是不是我。」

瀟瀟秋雨滯後我的腳步，望見窗外雨水直瀉，天與地糾合得嚴絲密縫，壇中淒苦的植物東倒西歪，驟然引起內心和外表均被淋溼的激盪，在灰蒙天空下體會那種徹骨冰冷，仰頭喝下陰影。如鉛的暮色降臨，我才開始回想，原來我終生追求的，是我即將永遠拋卻的。在熙熙攘攘的人群中，我變得驚你惶恐，我不敢注視鏡子中自己的眼睛，我的靈魂藏在裡面注視著我的墮落。如果無形的上帝照鏡子，能看到自己嗎？我躺在床上，放棄陳詞，聽著無頭無尾的雨聲，回放被投機和慾望包圍的偽生活，希冀灌裝和煦的陽光，來擦拭自己的身體。用黑色瞳孔掃眼周圍的光，熄燈心想自己安分守己。我不想下地獄，但以貧窮之身去見上帝，我也不心甘。問上鋪兄弟我的聲音陌生嗎？他答道：「哪會，咱們很熟悉啊，發財了不要忘記哥們兒。」

我好想是一個孩子，我不願意長大，大人的天空烏雲籠罩。以詩情脩飾內心的我體不安席，一夜無眠又兼一夜無眠。掏出手機將更改QQ簽名：All my life, I've only been pretending[143]。一想起在愛情敍事外的女孩，我的心臟就被無情的冰川覆蓋。昨夜喋喋不休的雨，讓我好好地腐爛了一會兒。靈魂在喉嚨裡直衝橫撞，苛虐我在整宿的咳嗽中淪爲一個淫穢的人。新生哪處可尋，復活何時可期？墮落的盡頭在哪裡，罪惡的根源在何處？心中的上帝越來越邈遠，背負的十字架越來越沉重。我會得到何種報應？平靜地墜入罪與罰的萬丈深淵。太初，上帝創造了世界，黑暗就在深淵之上，混沌而空虛。

我犯了嚴重的舛誤，整理Burberry夾克時發現那天她摸走了我一張名片，我工作的單位和常用的號碼已然洩露。夜晚我夢見了她的攪擾，你昨日噩夢演化爲我今天的超越想像的現實——讓，從新定位關係吧，我不想與你維持性友誼，想當你唯一的女朋友。

——蕭讓，你這個混蛋，表裡不一的騙子。

女友憤憤地含著一滴滴眼淚，在單位揭開我出軌的醜行。我愛護自己的聲譽，裝扮成有口皆碑的好男人，從不在女性面前說輕佻的話。

慾望是條冰涼的蛇，鎖繞我的脖頸，窒息在人世間。

143 《悲慘世界》音樂劇，意為：我的一生，一直在假裝。

尋找父親的愛情

In your life's fortieth descending leaf fall,
I cradle the nostalgic chest, a treasury of recall,
Shrouded by the unwavering eyes of old deities' watch,
And the gleam of mortal treasures that our tender love did scorch.[144]

—*Pandora's Box of Love*

[144] 意為：
你生命之樹第四十個落葉的季節，
我撫摸懷舊的盒子，裝載回憶的寶藏，
被那些不動如山的古老神明的目光所籠罩，
和我們稚嫩愛火燒焦的凡塵珍寶的光芒。

一

霧霾同山巒疊嶂昏鄧鄧客眼的拂晨，轟鳴的飛機撕裂塵土色幃帳，突兀出條不規則的線痕。穹窿下壓的建築，若乘熱氣球俯瞰，天際的樂譜須是略有起伏的塔尖符號。鏡頭推入櫛比的樓宇中的普羅人家，一成人男子眼眸定格於畦然能視與瞋目睨睖間，聚焦躺落渣門側被豎中捩斷並跖足踏印的巧克力盒。他蹇步踆踆，舉止誒詒毷氉。

二

他定是又去蝸居了。

海河東岸那密集如鴿籠，爲蟻族淵藪輪湧的公寓，好事者試圖爲之交叉辨覈的社會性析疏。勒·柯布西耶在馬賽的居處單元盒子彰顯現代主義，而非壓縮空間膠囊化，他曾設若此間上演微縮版的馬利涅蒂之《他們來了》，在擁擠中蹴縮貼身挪移，並非舒徐地蹀躞艱行，將呈何樣景象？一個新的形象名詞誕生——格中人？是的，一個個格子豎排二百米——是格子，而非盒子。橫向七十個單元環繞核心筒，像機器造的蜂巢，居室便是蜂窩，一個格子稠綴一個格子，小窗透過天井勉強納照一米陽光，尚需與灰色布幔搏搶。

他們猜摩，他處公寓中位蓮蓬頭燈罩下，在稠密似針眼排列的小圓孔垂落的暖黃色霢霂中懷觚握槧，諦讀他反反覆覆諦讀的書，品味應景的鴿籠白。同在法國的勒·柯布西耶的盒子因嫌凹陽臺數繁並調單，他遂將每個陽臺的頂面側牆均映染各異色彩，手譜迷人韻律悅心，睹慣國內制式公寓的遊客無不歎為觀止。這邊鴿籠白絕無可能，早些年一聞名遐邇的地產大鱷曾言，城市的顏色是憑長官意志而非設計初衷，無涉美學。

三

爸爸，去哪兒？

值他新婚燕爾，湘衛熱播一為長女少婦瘋癡的男星親子真人秀，據聞映期受孕K線明顯上翹。倘蕭條的股市亦同此，他無妨諦聽血液打著拍子，流經通身脈搏，好似飽受余光中詬病韠剝又為氾博溟蒙子衿傚法的朱佩弦式蹩腳譬喻——像跳動的初戀的處女的心。他崇信不盲從烏合品庶是有福者，卻難抵妻子慫恿，以准子之名開博[145]記之，印證弗洛伊德《性學三論》於幼兒心理慾望階段的闡述，從控制便溺的肛門期始建母親權威至俄狄浦斯潛意識情意綜期。

——他是我的娃。

判斷句使意見徵詢戛然而止，得一允獲生命權。主的恩澤所賜給受造之物的，沒有一件大過

[145] Blog，博客即「部落格」的不同譯文。

兒子的名分。維吉爾牧歌有云：Matri longa decem tulerunt fastidia menses[146]，她雖身為醫者，卻不通拉丁語，涵括誦讀希波克拉底誓言，只知大意為——十個月的長時間曾使母親疲乏受苦，其詩句為微信簽名語頗恰如其分。

爸爸，去哪兒？

——他在蝸居公寓閉門思過中。

——爸爸應是蟄伏中再次提筆書寫他的小說。

四

爸爸，給我讀首詩歌吧。

這話令他著實蘧然愜素，大凡孩子會央浼聽故事的，格林安徒生葳蕤不衰，中國編者拘攣補衲地拼湊的鄙言累句也大行其道，引車賣漿之流已是對其寒暄的評騭。他曾因得一記淸阿咯琉斯與赫克托耳之名，紛亂節拍地手舞足蹈，饒有興致地講述前者與烏龜的悖論。

豈非誕下一小天才乎？據博客記載，那陣他興高采烈地給得一朗誦的是生機勃勃的草葉集，今時他兒子手持Kindle閱讀的是滿目瘡痍的荒原。

146 維吉爾：《牧歌》，第四首。

這事約略發於弗洛伊德所謂性器期的中段，他未及曉悟與同性父親對立情緒，而是與生俱來的崇拜。他延頸鶴望得一在精神上踔越，甚或顛覆父親身分的權威，茁壯成長爲眞男人。

爸爸，給我寫首詩吧。得一顒望母親誇嫮的文采彬蔚璀錯的父親能滿足他十歲生日的心願，他父親卻推諉不善格律之道，從未對未給予他庇護的世界融會過詩意地棲居，九曲十八彎樣的淚水早把生命的色彩沖走。

在攜子發蒙啟蔽後若許年，得一也迷戀上了小說，自幼凝立於父親的鴻函鉅櫝前，喬作沉思默想狀。他曾自喻爲君臨天下的帝王，一本本藏書則是列室而居的宮女，隨時遵候他嬖倖。生子若父，得一將深重的同情心予以于連呂西安類懷才不遇的野心青年[147]，漸而沉淪莫爾索及大寫的K[148]。

當得一涉獵孫甘露後，頓覺自己生卽作家了，有類少年馬奎斯邁時《變形記》——喔——原來小說可以這麼寫，他朝以典鬻打字機窮湊郵資出版了那部看了的人叫絕，沒看的人也說好的小說。外鄉姑娘不寐孳蔓，馬康多小鎮染患健忘症，病人身軀永不體感疲�，嚆矢將現實忘諸腦

---

147 于連，《紅與黑》主人公；呂西安，《幻滅》主人公。

148 莫爾索，《異鄉人》主人公；K，《城堡》主人公。

後。藉使你想看故事，千萬別找孫甘露，他沒什麼新鮮的故事，他不會講故事。Kubin[149]論斷唯有中國作家執迷此道。

得一眩眃這位四十年前叱咤文壇的巨擘的落寞[150]，他騎單車去蒐購印數甚少的新著，鉅變前的讀書年代中身影自然也常出沒於文學女青年的蘭閨。物轉星移的世紀初，新華書店大都出租商鋪牟利，曲高和寡的先鋒格調唆使他在繁華瑰麗的上海如舊貧窶度日，得一猜想他是精神寰宇的億萬富翁，簡單的臆造褫奪了大作家希求物質的權利。得一或恐不明瞭這位八六年橫空出世，以反小說所掠之處皆愕然無語的巨擘的首作卻是在九十年代才姍姍來遲到讀者前。他將小說化成語言華爾茲的詩，後結構主義的語言自由嬉戲的致幻劑。王文興不屑一目十行者，曾謂理想的閱讀速度在每小時千字，他父親亦懷此奢求，雲霓望之有讀者能逐句逐字肴覈，體認著書者苦心孤詣，舊時批註者索隱之人無不爲苦吟嗜者。

王又言：作者可能是世界上最屬橫征暴斂的人，比情人還更橫征暴斂，不過往往他們比情人還更可靠。他父親歸家見因父母宅邸精裝而轉徙的寄存舊物箱被無辜刳剝，一個指天誓日委棄的盒子複現，碎礫的戢藏迸進眼簾，他父親臆度他母親忿然作色地怒湧拂鬱匯於足，踏抹他不及橫

---

149 Kubin，顧彬，德國著名漢學家。

150 小說初稿於二〇一一年，此時思南讀書會尚未創辦，孫甘露亦未在作協任職。

征暴斂的筆可靠的情人的鈐印。

方今，得一發覺孫甘露那本名曰《訪問夢境》的小說集已逃匿，連遯跡的另有五六本千方百計方獲的外文書。

五

他母親諄囑他這書茲事體大，他曾自虞早先電商未出世前於舊書攤馳返覓跡，置手中似故知重逢，又如陳櫃佳釀可觀可飲。恍惚間他疑竇生悟，蠡測這書非是父親隨身攜入母親祖居四大箱書中的普通一本，雖不爲定情物，借書幽約歸屬祖父輩的羅曼蒂克，錢默存稱之最佳理由，一借一還便有兩次相見，然也勢必縈迴裊繞，脫不開其間微妙。

他母親嘗嘲愚他父親羸臒，需她佽助才疲鈍將精神食糧從樓外地面挪移三樓書櫃。他於那處未儕居的物業匱乏記憶，只源父親提及此爲震後首批雙氣住宅，安置黽穴鳩巢之民，他才對出生地模棱下了老樓的定義，乏允備構圖像求眞之要素，智慧眼鏡免費提供曩昔街景也僅涉輪廓，依稀存些燕徙新居前樓身的印象。

倉促，父婚迄子降，他屢問父母的戀史，好奇後古典年月。他婞直剖判隨身碟從1G陞級到

1TB，網速由1M提高至1G，整片的田地建設爲高聳樓群，5GWIFI[151]覆幬整座城市，小區的房價增幅十倍，但社會並未隨之進化達理想福境，反而一根無形的管直插榨取內心渴欲。母親尋隙旁敲側擊：「這輩年輕人比美國垮掉那代還瘋狂，放縱即不諳真愛，我們那時社會也很開放，正所謂清者自清，我家家教森嚴，你外公外婆都是保守的教師，你爸又生副笨呆樣，越軌斷不得的。」她渴驥奔泉管教勉勖大二的兒子，她視二零二九年也即五四運動百十週年之際席捲神州大地的「新性解放運動」爲洪水猛獸，預言無羈絆的享樂主義者的公社即建必瓦解，解放者們竟直言要以生殖器官尺寸作爲擇偶的首決，人人根據自身情況實現性高潮的可持續性發展，並言夫婦之道，苦多而樂少，外婚制與情人制方契合人性。迥別母親惕慄地厲色否決，貫來愨訥的父親除卻鼓勵他依據聰慧自主取捨並提防理想國的陷阱外，只言一句教科書般搪塞：「瓊瑤筆下的戀情總是不青睞凡夫俗子，個體的情感本就不是心理學家們想像的複雜。」

瓊瑤？他腦子大大的問號。他母親笑稱她中學時的讀本，一零後的男孩怎會曉得。耽溺影響的一代人在成長後，大都毫不猶豫地放逐縱燈紅酒綠，純情成爲陪伴零食的消遣，女人移情高節邁俗的羅曼司，猶同男人浸淫金庸虛無縹緲的童話——主人公程度上優於他人和環境[152]。上輩

151 小說初稿於二〇一一年，時4G網路尚處概念階段。

152 這句話是Wallace Martin 對Romance 規定性特徵（Defining characteristics）的評價——"Hero

戀愛終究何以名狀，尤是他規行矩步的父親，他腦海有個梗頑的觀念，父親定是跟不上性開放漸變節拍的局外人。母親常戲言普天之下除她之外絕無第二個女人會要他——「那個什麼曉星不是也棄你而去，也只有我這傻女孩才發好心，可憐你這笨蛋書呆。」

他父親哈笑《廬山戀》糟糕的政治演繹，呆板的臉譜型人物大抵本非去談情說愛，卻是去充作流水線上的某一環節而不自覺。身爲一名清華學子，男主人公孳孳汲汲地懸想在廬山的風景區裡倣建摩天大樓來補綴兩座瓊巘間的空白，這得絞碎無數環保主義者的脆弱心，更令稍有規劃常識者嗤之以鼻，幸喜今日他所願未遂。殊不曉兒子也將訕笑他稚拙地執拗不值掛齒的乾枯往事，不勝蒙昧和寡智，並及自我辯護的殷繁註釋。敝帚自珍也罷，以弗氏學說驗證兒子成長的父親，卻不擬蔡格尼克記憶效應來內省，宗師自身竟爲菸民，因每日吸食二十隻雪茄罹患口腔癌。苦情劇男女若絞肉機一般，榨乾我們的認知。

六

「得一，你還發什麼呆，給叔叔們打電話沒，姓章的說嘛了？紅姐的電話我倒沒有，縱有的話，她也定是幫著你爸瞞騙咱母子。」

---

superior in degree to others and to environment"。備註：fairy tale（童話）有不實之詞的含義。

父親至交觀知此舉，皆起疑心，無不納罕，緘脣他的去向。公寓之門久叩不開，水電錶碼也頓滯於數月前。按約公寓爲父親避時所用，母親本無權干涉侵擾郵票大小的畛域，一夜她齎要事爲名突襲，覈實父親塊然獨處，爲息事寧人母親再沒配備鑰匙一把。是時她卻不甘雌伏，持證件呼喚警察，一道強光透牆而入，監控系統昭顯無人入屋，電子鑰匙輕觸門開，她心悚鵝行，待右手劃抹寫字檯上一層微坌，茫然鵠立。

歸家途中，網路頻道播放夤夜颱風摧枯拉朽地勁襲，劌心怵目，警方動用直升機破窗而入，精準定位於第59層公寓內秒抓一名用微博擴散傷亡人數的造謠者。母親愁眉蹙額，坊鑣兇懼闖門的譙呼，應是忖測父親未赴廈門幽會，海邊住著他昔日寤寐思服卻求之不得的戀人，他一廂情願地獻媚如行乞，幾經周折論文終刊，顛蹙地從單位將雜誌寄予人家，另附上一封寫滿四五頁的信箋。搦管操觚，孜孜汲汲，尙乞哂納。廈門，伏聽母親忉怛。

「媽媽，放心好了，爸爸是不會去廈門的，別係風捕景得好，二十年來動輒疑神疑鬼不累麼？」

「得一，那天要不是你爸爸忘記從iPad上退出微信，無意間瞥見那女人的回覆，你媽鑿鑿被長久蒙在鼓裡。」

他小學時那次家庭戰爭浮現，雙目似投影儀將紀事放映牆面，他母親口點著重號：「若無背人的隱私爲何不大大方方地從家快遞，什麼緊要的內容非得列印出來，是想逼迫人家讀信麼？」他父親則一如既往地罵瘖，胸中繾綣萬千，面部神情漠然攜伴無辜，蒼老的臉印刻著生活的寒意，世多齟齬，擺副消極抵抗的架勢，只想任由對方表演。舊話重提，他反覺狷介之操的父親顯露可愛面，有若風中垂手按住裙襬的年輕姑娘，生怕拂起時被偷去裡面的內容。

此後每輒他父親用微信與人交流時，他母親總是不失時機地侃笑：「又跟廈門脈脈含情的紅粉佳人說些什麼悄悄話了。」他記得父親從未抵達過廈門的，出差福州時，每天接二連三地與他母親共享活動地圖，杜絕搭乘高鐵幽會的契機。當僭越之擔負重妥協之身，他言訒的父親不受詬詈，反脣道：「寶釵笑譏香菱學作詩的成語叫什麼來著？你大可去打清單，查看我與誰通話了。」

即時追蹤廈門災情，母親深惟鬱悼，涕泗汍瀾，瞠視窗外，切換流行樂MV。他無需窺覷，母親因憂生懟的心乃若車窗外彎垂樹枝的葉子，一片一片地嘩嘩響，這惙惙惶懷本屬杞人，他壓根不信父親會遠途離逖下喬入幽，特需亦無法割捨真知他的聽者，只惜母親不在二三子之間。

一輛黑色皇冠擦窗而過，心不在焉的母親強爲安常守分故作深呼吸。原料想與書同失蹤的丈夫定是去蝸居公寓了，否則置書於何處？

「得一，你爸爸怕是帶著夠讀一年半載的書，爲一個破巧克力盒子，要拋妻棄子了！」

七

捱過被燈光抻長身影的黃金週假期，終於聯繫上他父親單位的行政經理，言稱他遽然請了一月長假，姿態踧踖央懇領導，矧其去歲年假也未享用，眞逢難言要緊事宜，上級念他雖非鴻儔鶴侶，十年來焚膏繼晷，愸愸行事，耿介至性，也就照准了。另有好事者問之，他單回了句去趟南方，鳧趨雀躍，踏上高鐵。南方。無形的劍氣刺傷了他母親的神經，溫軟的淑郁是她杌隉之情的過敏源，南方是鬼魅横行的存在——When things go south[153]。她怔怔地坐在書房的電腦椅上，嘿然不語。惸惸之憂盤踞著她全部身心，置身書籍唱片堆砌之屋，亦無書可閱，無樂可聽。得一卻臆測父親決意出走前並無明顯糾葛，他或遭躓怒焉如擣之事，擗踴拊心，才倉促間下了墮甑不顧的決心，遮莫魍魎坎途。

從祖父母家搬運雜物時，得一也確見透明密封袋封鎖的巧克力盒，樣式很古舊，預料長於他的年歲。無妨望風捕影一次，這與母親口中棄父親而去且長棼亂其心的曉星或息息相關焉？那名字是長期禁忌，容許母親逗趣，卻斷不容從父親之口說出。幼年時，他想聽兒歌，他母親卻蠻無理由地搶過他手中的啟蒙讀物，說道：「你爸爸不會唱小星星。」

153 "When things go south"是一個習語，意思是事情出了問題或變得更糟。

此女子同《訪問夢境》何關，父親爲甚蒐選這書攜去？母親心有不甘，特意久立書櫃前勒指確查，深雋瞵視本屬它立放的空隙，不似古代舉子在金榜上期尋己名無覓處的傷心欲絕，而是惘然濩落後一臉悲欣交集，推料丈夫應安好，未免觳觫惶恐，白汗交流。他記憶猶新中學之流歲，他母親很鄭重地推薦，嚴切重申此乃他父親極心忺之物，切莫拿離書房。

父親南下意欲何爲？他可識斷曉星是不定居廈門的，母親發奚落語時從未將二者纙連，那年看一部很火的影片，她對男主人公的癡頑不懈之情視如敝屣——「跟你爸對那個曉星同副德性，鈍夫愚愛，表錯了對象，人家都不瞅不睬他，他還對個假古董自珍自賞。」

八

通訊極度發達的當代，找尋人並非難事，且不說手機與相隨的微博微信，Facebook與Twitter儼然構成一個地球村，受限衆所周知的原因，中國不易實現。當然亦有竭絕全球化者，抵抗著同化浪潮蔚然成觀，有如上世紀轟轟烈烈的女權運動，得一奇駭抵抗者間如何聯絡，又如何發出自己的聲音——倘使其意圖傳達同化者，除非這賭注是同化者用獵奇心去採掘，製作一期*Discovery*.

民國名仕費孝通論述鄉土中國無個人隱私可言，即陷集體無意識。現代城市亦然，不乏以網

路直播生活匯攏圍觀者，得一一同窗可從其母親的騰訊空間新浪微博得知其婚戀史，無需探究他問世前的歲月如歌，樂此不疲比較浮躁青春。而他父親則僅是在他可撰文時令他繼承曾代筆的博客，充滿作爲印證學說的實驗歷程。他父親的網路日誌多與己無關，與迢遞死後出版日記的文人相似，少有眞性情表露，早年啟白被刻意刪略，只餘數條耐人尋味的蛛絲馬跡。

一個人關掉手機，也不攜帶電腦，即刻意規避與社會的關聯，謹防被睥睨窺覦寥寥信息。現代科技足以令他插翅難飛，身分證的使用可即時記錄行蹤上傳終端，以秒爲單位報告他的行蹤，儻使他母親足夠立案。她眮視時間移晷，一臉百結不釋的苦相，幾近瘋狂地撥打他父親的電話。自語：我豈會不如那個破巧克力盒子重要，他若報個平安，說明去處，我就寬宥他。

寬宥？憑事而論應是母親歉忱，家庭瑣事既無高級法，更缺裁決官，疑讞若逞論曲直，定是父親痛心疾首。父親十餘年前有條微博預警——到底是哪種力將我拋入世界，目前一切霎時全然陌生，連環計一樣的社會關係；你究竟又是誰，捆綁我的生活，讓我不斷強逼自己愛上你。母親啾啾不休——我哪點擾著你了，惹你怨言連篇，你要是敢刪除，我就跟你離婚！那年，他發現新大陸似地手持iPad盤問——「爸爸媽媽，你們在微博上吵架了？」現在思來里閭昭彰的伏筆故事像進化論中缺失的某個環節，他母親峭覈搪塞——「大人的事情小孩別插嘴，英語課文背得咋樣了？」

這與父親微博上最古老的一條大相逕庭，得一推度是向他母親求婚時的萬千思緒的瞬息穿越，開啟黼蔀黻紀，他父親說——五年前的今天，我在步行街的大銅錢處對曉星說：我喜歡你，今天是本年最後一天，明年我們戀愛吧，浮士德走出書齋了；五年後的今天，我在同處對想容說：我愛你，再過一小時就到新年，明年我們結婚吧，尤利西斯回家了。

想容這名他常年素來鮮聞，父親總以倩呼之。那次耳聽心受猶然在目——「想容，你看你的一句牢騷惹多少禍端，還讓孩子信以爲眞，你快跟得一解釋那是多年前的憤慨，不足信的。」父親也適時申飭他該適可而止了，夫妻恩愛如常，不需妄加猜忌。

得一陡增尙異，然藩籬重重，唯存幻象如一排排爭芳鬥豔花狀氫氣球延慢沖天，杳逝無蹤。欲仿福爾摩斯探尋冰山海面下隱祕的他目前橫亙著故作深峭的父親及性不勝傒倖的母親，雙親不約而同地匿伏這場糾葛背後的導火線。除卻報廢的隨身碟，起首浮現的是寫在羅蘭．巴特著作扉頁上一行耐人尋味的字，源自他從未起興致的理論書籍，束之櫥格頂部——寫作終究是爲了出版的，好比我苦戀你，追求你，彼此愛著，最終是要進入身體的。那確屬父親的筆跡，覷口氣是題贈女子，怪僻處是母親定不讀這般鉤章棘句之書。

九

得一見父親這次負氣出走，標誌父母戀情夏花隨暮來晨去日漸凋萎，搬鬬他的好奇心開疆拓土，誓將《訪問夢境》並巧克力盒子相關的被刪節的往事挖掘出來，餘音裊裊，如怨如慕。

母親曾在朋友圈上扮女孩癡狀咄嗟：你說相濡以沫至死不渝的愛情到哪去了？她的閨蜜回覆道：倩倩姐，哪裡都沒有，要麼叫你們家那位寫上一篇，連高中生都發笑，你就別糾結了。父親早年確實摯愛虛構，母親也含怨未卜——「你志當作家的爸爸，虛構甚多故事，也沒一篇小說獻給我。」父親言之為房奴，歐洲現代作家再寫物化也未創造的異化形象，所期佳境迢遞，刺蹙爭餐，不願嚼蠟文字浼汙名聲，儘數從網頁刪薙。

「狡辯，你給兒子寫博客咋精心仔細，邊寫邊讀心理學。」

「我說倩倩你真有點雲天霧地，怎地還跟得一爭寵！」

母親擰開話匣子，舊事重提：「你從來沒把我放在心上，你剛畢業那會兒，先津津有味記錄初戀，後與學妹玩E-mail傳情，不留餘力的樣兒就像守財奴撿拾金豆子，差了一個半個就得疼煞性命，你只差找我要錢出版那只配點爐子用的廢紙。」

「你寫個哄我開心又能怎樣，辱沒了你不成？你起初還自行刊印亂七八糟的小說。」

向來口舌難敵又不甘渾俗和光的父親，傷及敏感神經，遂不復甘心附麗，反脣相稽道：「你要的故事一萬個也有，書店裡買一本就好，何苦來爲難我？」

暗戰。氣味酸濁氤氳得不分明如樹之蓊鬱，鑿枘之怨闐溢言表。累增一次盎盂相擊便減一分花成蜜就。儻若木石前盟成眞，積畧的婚姻中承受經久不息地交鬨睽疑，怡紅公子也會厭倦繁花錦簇之地，大雪中隨僧道遯世，王觀堂謂解脫之鼎，不單是薛蘅蕪的個人悲劇。艾略特假主之聖言降臨[154]：吾賜爾等言語，爾竟無盡廝吵；吾賜爾等心腑，爾竟相互不信。他母親言語中他父親鍥而不捨地夙夜夢寤，待她愛情永恆如星空，保質如蜂蜜，早已不見端倪，她嫌惎男人的立誓，少不經事時輕易上當。她觀看電視中常掛口頭禪，滿屏皆是巧言令色的男人哄騙天眞爛漫的小姑娘。有次風波，他母親纏問，她可比個文學人物誰最相似。孫柔嘉——聞聽他父親平寧中蘊藏揶揄的答對，他母親怫然奭怒，聚怨於肘，垂落茶杯砸向地板，留下坑窪斑駁。

——營造浪漫似關山難越嗎？讓我每天都很精彩，全是信口雌黃。你就如許以身作則，讓得一子肖父行學你口是心非嗎？

得一情竇初開時節，忿忿不平，堅定父親是有虧欠的，琴瑟永諧，鸞鳳和鳴，大丈夫理應如此。如今他想來這分明是粉色恐怖！施者與受者飾演強迫症的角色——曠日持久地甘心首疾，情

---

154 艾略特（T.S.Eliot）：《磐石》（*The Rock*）。I have given you speech, for endless palaver...I have given you hearts, for reciprocal distrust.

之所鍾，餐葩飲露，舉案齊眉對唱死生契闊。嫦娥應賜靈藥給予經年累月未覺愛疲勩的情侶，且看執手偕老之約怎捱度保羅．薩特的禁閉[155]。

感慨萬端下他不禁揀分線團般整攏緬憶，若是父親眞如母親所言原有紀實戀情之書，眞如是展開命數的天冊，揭開私房關目，眞如曹霑後三十回出土，探軼學可休矣。那是一曲怎麼地如泣如癡如醉的古典戀歌，又爲一部如何動天動地動人的羅曼司。奧義或存於母親擲於水內浸泡的隨身碟，得一不曉她自何覓得，插入端口旋卽爆發雷霆，孱慫父親難成大器——「跟剛相識時同副倒霉德性，讓我無法忍耐的怪癖，牢記這是你逼迫我所爲。」

十

「好麼，現在怎又提起這事來，你父親歸家沒？好端端惹出這是非。」詭奇如開敞的潘多拉之盒，驅動得一耐不及網路平臺的回覆，倥偬致電他父親同學少年章叔，那自稱姓音十章的常年廝混夜店的冶蕩無檢的人。母親又極痺惡他——「你跟那個總勾搭不三不四女人的主兒交往，早晚被他教唆也搞出婚外戀，背著我，養個女人。」章叔怔愣於他父親的喑癡，闃侈不經，瞿然不已。對得一徑直問他曉星之事，如眠鷗宿鷺闃然無聲，眞充當回丈二

---

155 薩特戲劇《禁閉》有名言云：他人就是地獄。

和尚，稍醒略顯蹇吃：「好——好麼，兒子都十八九歲了，怎又牽扯她？」

「那是一個信口雌黃的女人，奇怪得很，擅用笑靨迷惑你父親！」

「你父親不知悔改，幾年前在YouTube上爲她深情唸首四十歲生日的詩。」

他一錘定音，得一驚詫得目眩神搖，陳說中顧城詩裡鮮紅孩子[156]欹仄欲墜，梅菲斯特幻化的女人冉冉升起——「你怎麼都猜不到，剛認識你父親時，她說有人要花一億英鎊娶她，煞有介事地編造荒唐故事，講那鉅商後裔只要家庭名分，不會碰她身子，更不思議的是他們在酒會上偶見，那富二代一眼相中她，便說了這條件，糾纏她不放。她陪你父親逛街時，總裝模作樣地接聽電話，警告那男子萬不可傷害你父親。並對你父親講，身邊的路人得有多少是他僱傭來盯梢的，有錢能使磨推鬼。至於她自身經歷則更離奇，幼年曾有得道高僧要帶她雲遊四海，十七八歲時又去探險，跌落於小山村的陷阱中，爲獵戶救出倖免於難，整個山村的人給她做了頓可口飯，鄉親給她湊了兩百圓路費，她反復說你父親是不可能認識那種貧窮的。回家後，她憑稿費潛心向善，捐款已達買套小戶型的錢，二十世紀初房價還沒上漲，也得有十五六萬。你父親平昔想領略她的作品，她斬釘截鐵地回絕——我是不會拿給你看的。這類女人屬一眼假，只怪你父親閱歷太淺，

156 顧城，〈感覺〉：在一片死灰中／走過兩個孩子／一個鮮紅／一個淡綠。

譬如她說有人請她喝過一杯兩百多塊錢的星巴克，假得笑掉大牙，這丫頭根本沒進過咖啡館的大門。她只說對過一句話——跟她在一起純粹浪費時間。」

章叔述及曉星倂張他父親，甚佯言自殺，卻吞吐止語，惶惶倉促作結。他恆久篤信她是不愛他父親的，孱孱佳人因自卑畏葸痛失去富二代男友後，權拿他父親為寄寓深婉情思之替代品，一旦她惺忪醒素自然心生厭慁，急遽撤除這暗昧情感，如將濁物拋出九垓八埏。方推說家庭擯斥，假譎分開是避免消受更深傷害，不願見他父親枉費心力，到頭來竹籃打水，漚珠槿豔。最終更易手機號碼消極失蹤，他父親愊憶濩落之餘，詎奈畏縮遲迴。

得一如墜五里霧中，父親視同隋珠，裴多菲之喻亦不逾格的戀情，在他朋儕契友口中卻是語無周言糟粕不堪。父親又怎地對這般幾無媞媞貌女子情深難移，囿於因愛而分袂的崇高讜言，折槁振落為之繫縛，寄希她的微笑將印在橘紅色的霜蟾上，每夜升起於他的小窗前。很遺憾你沒有遇見把愛情放在第一位的女孩，我必須選擇離開你，儘管我捨不得——從章叔滔滔汩汩的口中聽得這複述是對冠冕堂皇的調侃語氣。他還嗤笑父親居然跟他母親一五一十地招供，委實情商可憂，缺乏與女人相處的智慧——「我告誡他不要念叨著你對女人的好，她們才不會記得的，只有你執著不放。哪有什麼神聖愛情，全都是力比多，再經磨礪，你爸終究開竅。」他屢屢弗諼敦囑世侄，少跟他母親原文照搬，免再無端滋事，一位長輩對故交之子講述他父親的舊情，已屬好事閒言，何況貶大於褒。

得一握住掛斷的手機，目呆口呿，未消煙瘴牽縈其身。他幻象裡父親流水桃花般的初戀似泥垣瓦解如崩。糞土之牆頹圮下，畫面上映現一男一女，她愛他，他深信不疑，誠願相守以死；她移商換羽，蛻變得不可理喻，這恰恰使他心醉魂迷。此間YouTube照舊探源未果，他父親吟誦的潘朵拉的愛之盒，不爲所見。盧猜題記：A middle-aged man picked up a candy box, and the memories came rushing back[157].

十一

關於女人，尼采有句令人霅然稱快的名言：女人最憎恨者爲誰，鐵對磁石語，我最憎恨你，你吸引我，卻又乏足夠的力量能使我附著於你。磁石當否爲懦弱者之喻？尼采又云，漂亮的女人不會喜愛精神上孱弱的男人。

得一思度那名曰曉星的女子娉婷裊娜，皓齒蛾眉，瓠犀微露，父親銘肌鏤骨，爲伊靡日不思衣帶漸寬，不悔愁潘病沉，憔悴之人卻曆傷逝之懰慄，如群蟻覆臉的睡夢地傾訴。他在傷心之歌

157 意為：一個中年男人捧起糖果盒，想起了從前。

咖啡館俟候揭曉撲朔迷離，黑色古樸展架躺放應景的麥卡勒斯[158]小說集，他卻更願擁抱杜拉斯的情人，須是王道乾的譯本，他相襲父親嗜對版本挑剔，類似女人逛街選衣的歡趣。

請女人解謎，改動孫甘露一字，盡得其妙。她目瞪口哆，嘴巴張大可容納一個燈泡，詟惑這業已練達的男人，怎又扃鐍二十餘年，乖張鬧出無理事。嚄，這陣勢比婚前折騰得還兇——疑團從她視訊的悄聲獨語中蔓爬出地平線。

她本非陌路人。八九年未謀面的紅姨，於他十歲生日時餽贈價格不菲充電飛機玩具。得一找尋知情人時，視她爲指點迷津，查父親臉書好友，恰一覓即見。他母親曾拿她做富家女來調弄爲拮据愁緒縈懷的父親，仿佛果有段姐弟情——「你要是當年娶你的好知音紅姐姐，她那雙溫柔卻有力的大手，勢必要幫扶你渡過難關的。」

她身著白乳脂色長裙，裙上分佈櫻桃紅條紋，裙褶宛然花朵，此紅乃謂之抓破美人臉，她也的確伸出一隻力度十足的手。

品味美式咖啡，優雅端杯，她回應得一的疑詢，否定副詞讀著重音——「高瘦平胸，美得不能恭維，瓜子臉還稍顯耐看點。」孱弱？憶往昔，他父親長歌當哭，泫顫不已，雖經陳年依歷歷

---

[158] 麥卡勒斯，美國小說家，著有《傷心咖啡館之歌》。

在目。窄邊眼鏡內黑黑的眸子倏閃，丰姿猶存被谷歌眼鏡人臉識別追溯成像，那年華冠麗服，便嬛綽約，婠嫿倩嫕。她定睛故友之子，頌吟一度憑恃塡詞惹她心蕩神搖的他父親沉博絕麗的滿江紅，殘記兩三句：履經途，踏碎萍蹤何處？悔信欲憑沉鴈寄，衷腸豈共流鶯訴。

紅姨曾安撫他悒懾不歡的父親，聽他痛敍窽曲，睹他泣涕如雨，嗚嗚咽咽。他父親心事如波濤，永失與曉星對坐生愁相逢噤聲，奢望已勝：天雨粟，馬生角，騎鶴上揚州。他父親恆河沙數般簡訊郵件，懺悔錄般地推心置腹惟天可表，生命不斷灌注窅冥的冷漠敷衍——無言以對，無顏以對。

紅姨與章叔如出一轍，口無譽讚。他父親茫然若失於祁克果之美感與道德兩端，比似令狐沖與小師妹嵩山比武，全無視身負衆望之重任，不顧天下武林之安危，爲囁曩情緣所左右，存心以身迎向本可憑內力輕易彈飛的下落的長劍劍尖。她以不容情面的判斷句說：「那個女孩從本質上講很不道德，欺蔽了你父親的感情，又不願花心思騙他一生。」

當年他父親向她哭訴曉星每天午後去酒吧花錢買醉飲至天昏作踐身體，她立卽喝斷難圓其說的弔詭——「幼稚！酒吧下午是不營業的，再說去酒吧也絕非爲了喝醉。」

那女孩託詞父母對她的愛，反令他們對他父親產生了一種本能的敵意。她遂覺前所未感的恫懼徊徨如髮髻結網，對於冥茫未來的信心寥若晨星。她亦不明是於己，或於他父親。那晚她爲他

父親準備了兩份禮物，要他看過電子郵件頓即聯絡她，無論身處何地。她抽噎著遞送盒五角星形的巧克力，說近期難再相會。她深情表白第一次喜歡一個男生。他父親心旌神馳，無旁騖貫注她其實沒說愛。他父親將導師贈予的某個大作家的簽名書送她留念，冀望心有靈犀，夢做靈魂芳儔[159]，怎想到她早已未雨綢繆。此正乃他父親窺天蠡海之處，資質樗櫟的女人再附庸高雅也難將興趣注入詰屈聱牙的文字。一次逛街時她見商廈前停放輛採血車，她便無視他父親哀求式阻遏，稱血庫汙染嚴重，年輕人責無旁貸，義無反顧地獻了次血，感誘他父親五迷三道，仿若眞善美倏瞬注入了她的軀體，滿目油然起敬感——「從我們上大學算起，得陸續獻血十餘年的，那間你父親大驚小怪了，完全是個沒見過世面的男生。」

第二件禮物呢？她甕言將自己裝禮物箱惠贈於他父親，覷問他要否。他父親蜂蠆作於懷袖，自慚力不迨及，無擔責之能，後她嗔笑他沒說不想要，只強調不敢。父親在自欺的搖惑中，完成了心靈的交媾。

紅姨於此是存疑蔽的，那段未及接吻的愛情是虛構的，他哀憫的父親僅呡抵達臉頰，她蓄意迴避脣舌相吸，臉扭向另一邊。這般女孩詎可性暗示呢？豫想她洞察他父親嶢嶢易缺，毋敢造次

159 Soulmate，即柏拉圖《會飲篇》中尋找另一半的典故。

的。他父親屢拒她的諮疑，於紅姨觀望到是作設問更恰貼——「我們是在談戀愛嗎，在別人看來很可笑。」這方為木本水源，她覺識他父親是不匹配她的，判若雲泥也不言甚，她定位為走在兩條不同的軌道上，她界說關係迷離惝恍，墜茵落溷，後來之事也有了印證。不寧唯是，才謾不經意地展現大度——「如果你遇見好女孩儘管去愛她，我不怨你。」

英倫大詩人雪萊云：What are all these kissings worth, If thou kiss not me[160]？父親諾記起，必有劌目聞燙烙我心之嘆——得一喟然太息，再想及章叔所言未及的因情自殺之事則更顯虛誕，一個連吻都吝賜的女人，又怎會因他之情受困而自行了斷呢？有愛的人是不會拒卻親熱的。

十二

得一母親手持一張單據，對他說：「你爸爸通話記錄有一個是福建的，我撥打去，對方存愧一直關機。你爸差不多每月都會打給紅姐，我挑選了數個看著像的，你且試著撥過去，就說我都急病了，現在還瞞著你奶奶，讓她動動惻隱之心。」

得一告知母親，章叔醍醐灌頂。他母親不出所料地喟嘆：「他嫖客的心理，哪會懂癡情，你爸自是不會與他說心傷。」她抱淚揉眵，向隅而泣，恍若思懷胼手胝足色授魂與的日子，阻駟之

---

160 雪萊：〈愛的哲學〉，查良錚譯：「但這些接吻又有何益，要是你不肯吻我？」

過隙，盼感悟羈留。

他母親拭乾涕泗，張口訶譴長著副如初三月牙般小眼睛只會爲高富帥哭天抹淚，弗能褒美桃羞杏讓的女人。言道：「不知她對你父親施展了哪門法術，引惑他甘心首疾情之所鍾，他不過是被她匆匆相識又促促甩棄的男生之一，憑她個中專生居然勝過我伺候他寢食，調養他羸弱身軀的心血。你爸要是娶了那個妖魅女，早被折磨得形如枯槁，哪有今日小康之家的風光。」

得一攙扶母親坐落沙發安神，遞過一杯熱拿鐵，停睛茶几上的通話清單，幾個涉疑號碼下畫條粗粗紅線，空白處還特意抄錄一個，後面綴上「福建」二字。他母親微微飲兩口咖啡，賡續聲訴她鄙蔑地、隔空驅迫她丈夫出走的、棄之如敝屣方洩心頭之恨的女人，面顏難霽。言道：「早領悟此點，你媽也搞次分手遊戲，好令你爸刻骨銘心。你剛出生半年時，我發現家中的閒置手機公然保留她好幾年前發的肉麻簡訊，人家都哀求你爸別再愛她，自稱毫不值得憐惜的謅謊者，一直在虧負他的感情，你爸還用熱臉去蹭冷腚。我氣憤填膺，一股腦清空。你平日裡自詡知識分子的老爸怒氣填胸勃然火起，我當卽質問他你舊愛難捨還娶我結婚作甚，他竟言爲體味更加銳利的痛苦，承受罪愆。」

得一見母親額蹙哀戚欲絕，也隨之啼落男兒淚，隱隱間開鑿未及週歲時在外婆家度日，不摒除外婆良言——「倩倩，何苦來爲芝麻大點的事兒吵得天昏地暗。」恭候他父親的自是一場在劫難逃的負荊請罪。

「媽媽，我去書房打電話罷，您去臥室先休息，我爸四十多歲的人，哪年都得出差兩三回，豈會照顧不好自己麼？」

兒子勸慰反使她泣不成聲，一口一個「得一」的唏噓——「搞對象不能找那種不靠譜的女人，你得領來讓媽診診脈。」得一從父親蕪雜而含混的往事中附和他母親，頻頻點頭允應。

福建的號碼照舊關機狀態，蒐索引擎上機主訊息一片空白。

十三

父親離家已近廿日。得一臆度他正於車馬雜沓的街衢，熙熙攘攘的人群中盈盈踱步，從任意角度覩之皆瞻察不覺䀡䀡獨行貌。陽光融融的廣場鐵椅上寓賞鸞歌鳳舞，似曾相識的天籟之音湔洗著鼻息喉嗓，悅耳繞樑應與哪部樂曲對號入座，沉甸的夢華前事消弭得杳無蹤跡。啪——是時有人欻疾使出九陰白骨爪直掏他心，劇痛如槍林彈雨潰薄的碎片插滿全身，他已手足撣軟，瞜目矚視身前著裝宮花寂寞紅長裙的姝麗，她長著一雙寫滿故事的彎彎小眼睛。她同諸多女子相似，在誇飾自身弱點方面，無不顯得乖巧伶俐，甚至才思泉湧。

得一昧旦丕顯地殫精竭慮。問人間朱紫難辨之事，譬如長攖父心的謎樣妙鬘女子。直折騰他

父親生活若戲，麻醉自轢卻不得其樂，技窮她身體裡的千萬隻鎖，枉費研讀西人智慧亦莫可究詰。尼采謂上帝死了，但是人們同樣也會提供千年之久的洞穴來展示他的幻影。

他母親愁雲靉靆，終日噤默，偶做喃喃自語，撫梳爲取悅他父親歡愛染黑的華髮，得一杜口無言，四面晤紅姨之事緘舌閉口。他晰確母親篩出紅姨號碼乃疊床架屋之舉，她定是不喜他母親的，方謊稱疑猜號碼皆有誤。捐忘何典所輯箴言：上了年齡的女人疑心比男人更重，她們面對心愛男人總弗能晏然自若，還慣於饒舌多嘴，這類媢嫉女子絕無一個不失敗的。

他母親要開車搭他復往蝸居公寓，再查本相，地下停車場的保安很突兀地問候一句：「花醫生，有日子沒見您先生了，他又去哪出差了？」惱他母親杏眼圓翻，怒向保安多管閒事。得一搗手化解俄頃的凝固，扶母親鑽進駕駛席，擰轉鑰匙。徒勞無功的路上，母親問他：「得一，我的好兒子。如果你得知與你分手時哭得死去活來，妄稱一生愧對你的初戀女友，先是隱瞞昔日戀情，後又稱有兩段徹骨銘心地相隨血液蔓延到全身的痛愛，兩個讓她錐心落淚的男人，但你均不列其中，你該如何處之？」

「媽媽，古老的名言說得好，女人善變。能離開的便不是愛人，何必自尋煩惱。」

「我究竟做了什麼，讓你爸痛下狠心，無情且絕情！」

十四

韶華已逝，父親追憶苦澀年華的流暢文字，人間尙存否，又所託何人？爲說者曰布羅德拂逆了卡夫卡，布羅德自辯道：倘他眞想將畢生手稿付之一炬，應事囑予他人——他明確我斷不可爲。紅姨解惑他父親眞曾自印幾本，將自身經歷改頭換面，紀傳與編年混雜，權當小說。只惜題贈她的那冊搬家時遺失，唯期他父親的某個朱顏知交什襲庋藏。

憾中含喜，紅姨摒棄十餘年的博客轉載過幾段斷章，收錄曉星寫給他父親的電子信件片段，文末附錄他父親遙憶後的百端交集。

她說：

你知道你最打動我的，是什麼嗎？是你的眼神。是你在晚上的那個眼神。當時，你對我說，我喜歡你。你看著我，等著我的回答。我當時看著你的眼睛。你的眼神，期待、害怕、無助，交織在一起，讓人看得心疼！我一輩子也忘不掉！

認識我，是你犯的第一個重大錯誤；喜歡我，是你犯的第二個重大錯誤；愛上我，是你犯的第三個重大錯誤！

你曾說過，你要爲這段感情付出這麼多嗎？你有像唐僧那樣的神助嗎？你給我的答案是肯定的。我好高興！我說我找到了一個對的人！我說，愛，値得！但我仍舊逃不開傷心的宿命。而且，還把你牽連進來。我不想讓你再繼續做這樣沒有回報的付出！我只得零敲碎受，算是背叛你感情的懲罰吧。

當時我眞想撲到你的懷裡，告訴你，這不是我想對你說的話。我說我不喜歡你是假的。我說我一直在耍你也是假的。我說我嫌你沒錢，沒地位，那都是假的。我對你說過，我要的不是現在，而是將來！我不想離開你！我知道，你是眞心喜歡我；而我也喜歡你！我哭了。哭得特別傷心。當時家裡只有我一個人。我不用再裝了。我不明白爲什麼會是一個這樣的結局！但兩個相愛的人卻不能有一個結果！爲什麼？

我不想再讓你對我這麼好了！我想讓你恨我！讓你覺得，我是一個不講道理、不明事理的女人。我想讓你從那一刻開始，討厭我。

他父親感慨道：

如果我仍爲她的舉動牽制情緒，想著她可否對我鬱結，只能說明一點——我是個沒有能力的男人。似乎我被預判了被她傷害，只是不知何時執行。我在心中造了一座金碧輝煌的屋宇，建成以後才發現是用冰築的，太陽一照，就化爲水了，房子都不存了，怎能藏住女人呢？我虛僞的自尊又蠢蠢欲動，要掩蓋內心卑微，我亟需被重視，不願承受被忽視的輕。有時更甚琢磨，她會否想知道我的現在的生活，就像我時刻惦記著她，罔顧我的戀人已經不把我放在心上。

她曾自謂奉行丁克主義，可想她若是完婚，定會歡天喜地地去做母親，培養小寶寶。那不過是她青澀的嗔言啍囈，於福享懷孕的美妙時刻，撫摸著肚皮，發覺當年的想法是多麼稚昧蒙幼。總想用一句話紀念這段從起始就註定徒勞無益的愛情，從汗牛充棟的典籍中摘錄艾略特之詩是再合適不外——世界就是這樣告終的，不是砰的一聲，而是一聲抽泣[161]。

觀上之語得一憬悟，原來每個女人都穿了荊棘衣，如曉星爲他父親設羈礙，且專爲他私人定制，待有他人現身際就將解粘去縛，完無顛躓，誠如威廉．布萊克詩云：Soon as she was gone from me, A traveler came by, Silently, invisibly, He took her with a sigh[162]．他父親猶子立法的門前，她噂昔逡巡躑躅，卻未爲卸負而試圖致力。一個拒絕與父親交吻的女人，日後想必要爲另一個男子口愛。藉若父親類有所思，固必怨艾生活詒騙了他。朱天文假荒人之口語，移情別戀的一方永遠具有更多砝碼，而遭受背叛的這一方非但討不回涓滴補償且還降爲負欠者。夫奢遮大亨蓋茨比以滿腔熱血澆築空中樓閣，天馬行空中黛西簌簌升騰爲希冀化身，而幻夢循步超越了黛西，凌駕

---

[161] 艾略特（T.S.Eliot），《空心人》（*The Hollow Men*）：This is the way the world ends ,Not with a bang but a whimper.（趙羅蕤譯）

[162] 威廉．布萊克（William Blake），*Love's Secret*。意為：她剛拋棄我片刻，便來了一個旅人，悄悄地、無蹤痕，他只嘆一聲，便俘芳心。

了一切，最終眞幻莫辨，豐屋延災。記憶中的現實織紝清水芙蓉的幻圖，懸置的現實中的記憶躲在幕後私語。現實中的記憶談訴感情不過是一種互文性的結果，可以承認，也可以否認。

紅姨的那條善意地評論無意中喧賓奪主——「如今你奉子成婚，與想容曠日糾鬧也該消停了，上帝派下一個勸架的小精靈。」

十五

得一趕去百腦匯，一商家將累年壞損的隨身碟數據完復。店主勸告回家查看方爲安妥，他欲涕的湛恩汪濊被躐出的社會主義的紅領巾打斷：「叔叔，您好。請使用規範化漢語名詞，通用串行總線接口微型高容量移動存儲器。」八方齊刷刷眼神圍射，儼然他犯下不赦之罪，人人得而誅之。他倉皇不定，退遯入停置地下的轎車。

比莫名其妙孩子更出於意料的是他連接隨身碟，手機不期然顯示爲數個同一女優飾演的無碼AV，應非十年來當紅女星，面生不相識。她站在海報上或一絲不掛搔首弄姿，或身著校裙佯作清純，高挑飄髮，胸乳菽發，臉型微長而窄，點綴酒窩，堆笑凝眸，蝌蚪似的黑眼睛，難稱姱嫭，無緣淑尤——咦，他搖首咋舌，這模樣分明好幾分相似衆口匯融拼圖中的曉星！得一猝然歷經電閃雷鳴，驀地心動念起電影《搏擊俱樂部》中那仿若將黑夜照徹如白晝般的格言：自我成長要靠手淫，還有自我毀滅[163]。吹網欲滿之際，則時需於虛幻世界覓得一代理人，祈望通過替代性宣洩付諸實現，從而獲取恬然自足。無關俟河之清，無須道德批判，此可類同觀賞足球競技，經由遐想馳騁綠茵場，以瀟灑進球釋放內心深處的暴力傾向，戰勝敵手贏獲尊重和讚許的屬望，跅弛不羈。獨令得一格格不納的是他父親如粗口歌所唱：想著別人的黑木耳，對著電腦擼自己。迥異溫其如玉的讀書君子，他父親陷挫敗感中病態地表現著，寄希自己充當她的男人，幻構浹髓淪膚之愛，與芙蓉月印的審美幻象互為人生缺失的補償。

凝聚上空月餘的鬱雲於狂風過後，消跡於湛藍色的大氣層，穹宇復原最初的泬寥，強烈的陽光毰毸寒瑩。玄關智慧屏提示快遞自提櫃一個塞入癟癟的包裹，並未附寄送人信息，得一母親抄起以手捩之，呈現一本《訪問夢境》。他母親拭目端詳後說：「這不是我千辛萬苦找給你爸，讓他歡天喜地的那本。」

他父親的電話由關機提示改為忙音，他母親的手機隨即顯示短促音樂的Flash，圖文並茂，栩栩如生，她丈夫的頭像下循轉一行字幕，他說：花女士，我在公寓裡讀讀*Aaron's Rod*[164]，請勿擾勿念！

---

163 *Fight Club*，著名臺詞："Self-improvement is masturbation. Now, self-destruction."
164 D. H. Lawrence的一部長篇小說，講述一個男人離家出走的故事。

莫比烏斯環

Yet, in this journey, there's no start or end
Just a helpless hope, around the bend.
For in the Möbius strip of life and love,
We're bound to the fate, written far above.[165]

——Möbius

---

165 意為：
然而，在這段旅程中，沒有起點也沒有終點，
只有繞過彎角後，那份無助的希冀。
在人生與愛的莫比烏斯環上，
我們註定服從那早已寫好的命運。

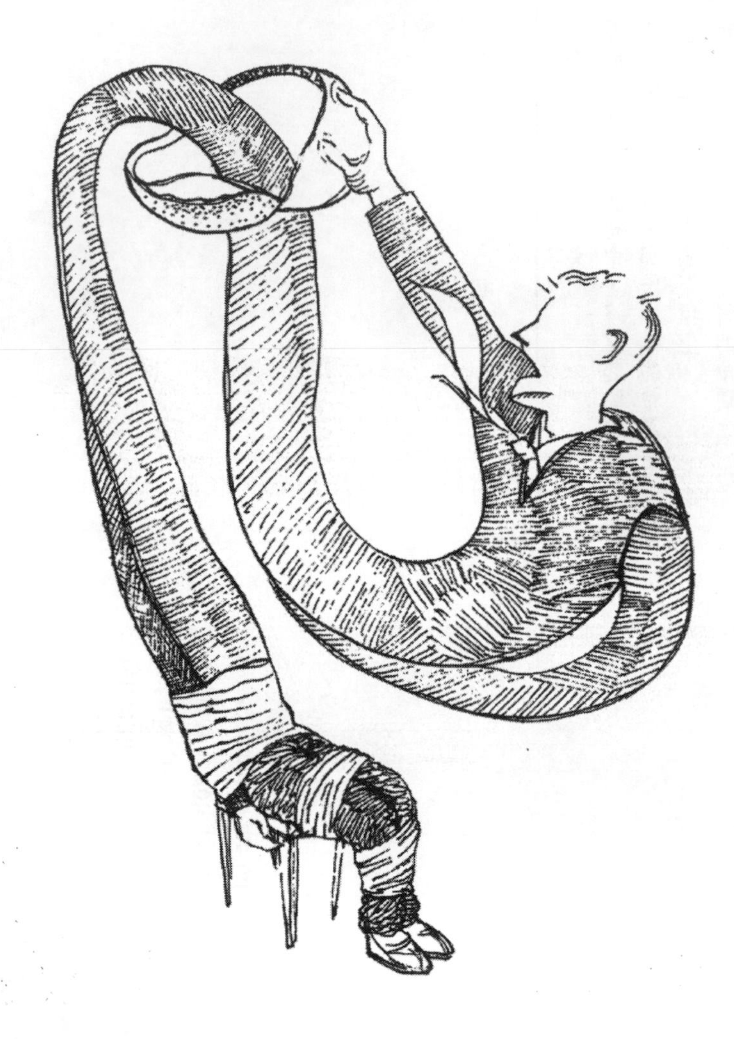

一

他將來哀嘆白駒過隙如前方的江水，情不自已地追憶今朝，即將發生之事於下游搖曳，嘎吱聲間推開一扇陳舊的木門，許多年後依然無法釋懷。當高鐵開往南方，季春的陽光透穿夾層玻璃，照射這個倚窗而坐的身著雅格獅丹風衣的男子，他時而張望窗外，時而漫不經心地翻看手中的小冊書。駛向的景物紛紛撞進眼簾，來不及收納便匆促閃離。科技消除光畸變，令外界形態與運轉狀態非常真實地反映，若是選擇飛行，視線只存雲上。似你們逛街中不經意聽聆商家播放的音樂，一兩句歌詞勾起你們的興致，掏出手機點擊蒐索識辨；他也如這般地按動單反存照，供閒時瀏覽映現追念。

此時，他一再自制定睛靜心於薄薄的32開小冊書，卻耐不得探手去上衣口袋中觸碰錦盒。他撩開封皮，你們寓目扉頁上一行瘦直挺拔的字跡：二零零六年夏，章曄購於南京路開明書店。

他沒細緻思量，適合旅行攜帶定格情思的書籍，自嘲雲上日子的無限思慕地滾滾而逝，飛行閱讀與己相悖不搭。倉促間順手拿來一本三聯叢書，封面的兩行字也曾於十年前喚起他購買衝動——你必須自己開始，用你全部存在去同世界相會吧。

與莫比烏斯環相會，如王洛賓的歌謠，凡性屬美好者，總在遙遠的地方。不必理喻海子青稞的悲愴，他抑制無名的感慨，扭開手中的相機鏡頭。[166]

二

我與你。

他有一劣習，讀書先睹前言後記爲快。他一度用別針封鎖書頁，留藏探索樂趣，不願被引導或攪擾。同學，這邊擺著三聯的新書，那邊是剛出版的上譯名著。他囊中羞澀，只左挑右摘兩本書，翻開布托爾的《變》愛不釋手，奇技淫巧的第二人稱。

放下手中的人文經典，你更該去看*Rabbit Run*[167]，一個訕笑的聲音對看似顢頇間下定決心的他說。他眼觀紅木書架未查到這本頗應景的小說，哦，它應豎立在別處。

馬丁．布伯著作卷後，何光滬教授闡述「Thou與You的翻譯取捨。How do I love thee[168]——句尾單詞何解？這是一首名詩的題目。白雲，我還是想愛你的，如你的名於經久的霧霾中，確爲珍惜罕見。她掛著笑容，伸頸獻吻；他卻吝惜按動手指，久久呆望窗外，尋尋覓覓。我坦言，這些

166 海子，〈遠方〉：「遙遠的青稞地，除了遙遠，一無所有。」

167 約翰．厄普代克代表作，《兔子，跑吧》。

168 意為：我怎樣地愛你。勃朗寧夫人最著名的一首十四行詩。

年來不斷試圖和她建立愛情，卻屢戰屢敗，像諸葛亮北定中原的覬覦。最令我忍無可忍的是，她事發有因或莫名其妙地滋生委屈時，長於採取居高臨下的目光砸向我，厲聲複述我膩煩的陳詞濫調，我卻始終生疑不解她究竟掌握什麼樣的顛撲不破的眞理，法官一般的形象。我祈求神賜慧眼，窺淸她的天地眉目，將她的思緒濾成文字，跪地拜讀這女人的天書。

你覺得我罪不容恕，應涕零你堪稱彪炳的救贖，自甘用一生償還或彌補過失，與你之間橫隔一張審判者的桌子。飛揚跋扈的女人趾高氣昂地訓斥她的男人，限令他遵從她的指使，他應恭順婢膝地站立於身旁，俯身輕問：「女王，您有何吩咐？」

曾過中日科技產業園，白色欄杆前櫻花橫向列陣怒放著粉紅色，擦車窗迅疾退去，如螢幕上由點生成畫面再變碎片狀翻轉爲新圖的一幀風景。一朵朵櫻花宛似油布上斑斑點點，媒體常用的一個滑稽的比喻，綠草地綠得就像綠毛毯。

沒能滿足小藹的要求，同行遊玩際爲她寫首目下花草的詩歌。她鄙夷利用網路與圖書館探尋前人的成果，她要她的專屬。

——我不在乎你給我買多貴重的禮物，我要的是你的用心。

他捕捉了櫻花，依她收錄沿途的旖旎。單反相機中還刻意存留從河畔摩天輪到租界時期的人文坐標。讓美輪美奐與莫比烏斯環私語‧你離開你熱愛的地方，我爲你存照留念，更願隨你而去，跳出這無邊的煩惱，沉重的肉身亟盼愛的自由，它在曠野獰呼——愛的人在哪裡，哪裡就是家。

三

——我不是你的私屬！

白雲強拉章曄的手走進了辦公室，她用驕傲的神容向大家宣佈他們是情侶關係。他不知自己當時是怎樣的表情，一定看起來窘得可笑。她仿佛魔法師施展改頭換面的手術，他直言她模樣就像丫鬟晉陞如夫人，使奴喚僕的姿態。

她如期所料地咆哮哭喊：「章曄，起初我把一切都毫不保留地給了你，可你卻能狠下心來欺負我，你竟全忘掉自己醒後起的誓言？」這句話猶如聖旨的威懾，她第一次脫口，章曄便莫名地開啟談這樣的戀愛了。她認爲他再也沒有藉口不遵從她。接著他做了你們認爲順理成章的事情，跟白雲結婚了。你們讚歎青梅竹馬的姻緣，說甚麼天作之合，他們樂得合不攏嘴。呵呵——我們兩小無猜？至少我已看厭。這愛將是我餘生的殘杯燭影，一段冷冷的回憶，敘述一部*Historia Calamitatum*[169].

---

169 Calamitatum為拉丁語，乃有災難之意。"Historia Calamitatum"現代英語的表達為："The story of

——我要你專心陪伴我，償還你在她身邊消耗的時間。

白雲攥緊一把水果刀，如雞啄米般亂顫地橫移挺進，逼人陰冷的刃鋒暫停在章曄面門前，他本能地後仰閃開，順勢去抓白雲鋸斷他歲月的手。我究竟做錯了什麼？你哪裡會錯，你壓根半分錯也沒犯！三朝三暮，白雲如故，單色的臉譜，凌人的語氣，曾想將她豐滿化，可她總是扁平如照片，唯一好奇的就是她預定正確的理由，竟蒼白如雪。她的聲音補充著隔壁裝修電鋸的噪響，塗改他生命線的軌跡，如堆積在牆角的木屑。

章曄雄心萬丈地負隅頑抗，卻發現自己竟被狠狠箍捆在椅子上，不容動彈。

——白雲，你乾脆把我關進牢籠裡算了。

沒有比這更恰當的比喻了，她豎立高高的圍牆，將他陷於其間，嚴陣以待越獄與劫牢的妄行。此乃她口中的償還？姚白雲，你簡直是那個典獄長[170]，命我將這身皮囊交付你宰割。那刻撕心裂肺地叫喊的嘴，改裝在這時嚴肅的臉上。章曄是斷不敢跟咱們去喝酒的，全校都沒比你懼內的，胡適之先生若地下有知，怕老婆的故事可要添上你這筆，還得濃墨重彩。白雲也滿知書達

---

[170]《蕭申克的救贖》，著名臺詞："Give your thoughts to God, and give me your body." my misfortunes"。備註：這裡引述與彼得・阿伯拉爾（Peter Abelard）無關，強調的是自白（confession）。

理？章曄定睛望去，譏誚挖苦他的人，匪夷所思地現身在這列高鐵上——不，這是干涉個人內務，映射私德的鏡像。那作俑者，你搬口弄舌，不識戒律麼？那方人者，你撒播浮言，為詩禮發冢之徒乎？

這道貌儼然的男人丟棄傳統的黑框，趨炎時尚佩戴金絲眼鏡，身穿尖領長袖修身襯衣，佯裝青春回流，莫非他也要去南方獵豔，恰巧被我撞見？

章曄與櫻花互為過客，扭頭定睛候待他如廁歸座的臉。劍輝，你不是高調宣稱要去西北母校與舍友共聚二十五年的同學會麼，相約人間四月天。為何不放在假期中？還說一齊請假前往，太牽強了吧。

四月天，你用雙手刨開我的孤寂。情感如高處蓄水，密而不瀉，一旦閘門大開，必將飛湍直下，頓成洪流。章曄為洪流所淹沒，偶然性支配了他的世界。女鬼色誘夜讀的書生，是很容易得手的，他們只存懦弱，不具抵抗力。

四

——光顧賣弄學問，不管學生感受，有本事跳槽到大學講臺口若懸河一把，連教學大綱都不懂，你搞什麼搞？

在他被旁聽審查時訓斥後，不是球迷的章曄也想體會——罰失點球的球員依在戀人懷裡哭泣，一雙溫柔的手撫摸額頭，臉龐熱望紅脣的安慰。

如果，你在，小藹。章曄小心翼翼地握著小藹的手，像掐著一條吐舌的小蛇，這就是蛇的信子？溫柔地輕微一挑，不似意想中的溼滑，頂在他的鼻樑骨上。小藹化身爲身著舊時學生裝的江南姑娘，口吐吳儂軟語：「小心蛇牙！」白雲的指尖劃出月牙般的印痕——老實交代，你剛才叫喊了誰的名字？你膽敢劈腿怎麼著！她收攏包裹章曄的被子，俯身以雙腿壓制他膝蓋，探指怒視與她同眠共枕的男人。

白雲，如果你能侵入綿軟的夢境，定會兇悍地趕盡殺絕，勝若蒙古鐵騎逼迫孱弱的南宋政權逃到一艘船上，片甲弗遺。你啟動法寶，神通將她隔離至平行空間，雖同處一地，老死不相見。順便將我擄去權當戰利品，我肅聽你刀叉拍打的笑聲，在冷視之下的冰山理論。你是個苛刻的老闆，在清算你的經營，稽查誰蠶食你的利潤。你不能容忍一個你言稱擊敗的人。

五

滿地都是五角銅幣，我卻抬頭看見了星星。

被章瞱改造名句的英國作家[171]曾言：陷入愛情而又不使自己成爲笑柄，三十五歲是最大的年限[172]。他思忖當下應限於而立，人們迫不及待地縮短不懂事的歲月。譬如他充當了姚白雲的笑料，她說那是孩子才做的傷人害己的荒唐，長大後應懂得找個能經營美滿日子的伴侶。她一本正經得酷似新聞播音員，不爲自己的言辭易色。

——那姓周的是個好姑娘，可畢竟她是外鄉人。明眼人都看得清白雲對你的心意，可千萬別執迷不悟。

——你小時候不是總粘著白雲麼，大了反而嫌棄人家。放著知根知底的妹妹不理，反而熱衷半路相識的，錯過了就追悔莫及。

可發一噱吧，小藹。他們就差說你是狐狸精了，劃條愚蠢的分界線。你那天的啼哭像暴雨的水珠胡亂拍打在我臉上，我束手就縛的姿態尚不及舊時懦夫青年。你也沒有錯，我也沒有錯，豈非是上帝錯了？舊約中他一面動輒懲罰罪孽深重的人類，一面又濟時拯世，他對計劃的目的性祕

---

171 毛姆，《月亮和六便士》，流傳為：「滿地都是六便士，他卻抬頭看見月亮。」/備註：此句並非毛姆所言，乃出自《泰晤士報文學增刊》一位匿名者對《人性的枷鎖》的評論："like so many young men he was so busy yearning for the moon that he never saw the sixpence at his feet."

172 With the superciliousness of extreme youth, I put thirty-five as the utmost limit at which a man might fall in love without making a fool of himself.

而不宣，而這一籌謀顯然需有人參與才能成事。再假設諾亞的兒子相戀的女友未被上帝選中，他又能如之奈何？賡續活下去，榮耀他的名。

小藹，我生卽怪誕，刺骨的生活不符我熾熱的切盼。戀愛中常有絲絲隱隱的惶懼，畏怯自己將理想與現實淆雜。於不安中我選擇充當冷酷的無賴，甘願負罪任你唾棄憎惡。

——章曄，你亂講！也算是理由？不羞於飾非文過。我出來不是聽你故作高深的囈語的，豈不是攀附她的家勢？我早就看出你舉棋不定，二心兩意的混帳東西。你就想做完不負責任的事情，甩手走人。

——你爲何這麼狠心？決絕離去，突兀如山倒。你這被銀彈打倒的無恥騙子，月前你還海誓山盟說照顧我一輩子。看來只有姚白雲的錢，才能讓你喬扮清高的文化人，自欺欺人地活在小天地中，審時度勢地給自己找了個安樂窩？誰還敢說你不諳世故？季副校長評論太精闢：「章老師大智若愚，內心精明可比華爾街的經紀人。」

被觀念間隔，被世俗斬斷，被怯懦遮蔽了視線。小藹，你盡情地譴責我吧，我無言申辯。你稱會報復無情無義之徒，白雲已代你出手！那天你重複著巴黎六十件美滿的婚姻，總有四十七件是這一類的交易[173]。以往我定會譏諷詞不悉心的舊調重談，可那天我卻想多聽你的斥責，不——應是唾罵我這個負罪者。我怕再也不能耳聞你甘美的聲音。伏脫冷啊，你的言說，本就契合全球化的今天。

有詩讚云：陰險惡魔在暗處窺伺教唆，潔玉體淨靈魂鑄銅牆鐵壁。可我的壁壘是紙塑的模型，手指一戳也就破裂了。你們輕易地將我攆逐出理想國，我是不合格的詩人，在虛無中尋求庇護，在詞語中尋求家園，捲紙一樣鋪開幸福和悲傷。我更是無所事事卻又滿懷期待者，社會改革本要裁除我這多餘的人，而今把愛情過成了多餘的樣子，無數的怨尤相向，無數的南轅北轍，直接消解我的武器，邊緣化的我如若隔離重疾傳染病者。

章暐隨手發了這條微博。感喟俯仰天地之所觀與卽見之事物，實際上早已註定。人生呢？昆德拉亦有此困惑。上帝並非掠走我的幸福，而是稍遲給予，騰空一切多餘，情陷莫比烏斯環。

六

我就是這樣與世界相會的。

小藹，我終歸辜負了你。姚白雲彷佛地中冒出的一棵樹木遽然夾在我們二人之間。我無顏對

173 巴爾扎克，《高老頭》，伏脫冷語。

你闡明眞相，恥於自己的行爲，若是被啐罵苟合，我杜絕自我辯護；可想及白雲卻只得礙口，大腦也在天旋地轉，好吧——我們都是受害者。

這戲劇性的事件喜劇焉悲劇焉？這明明是齣鬧劇，玩笑過火。

我當眞將你臨別贈言特製爲書籤，權作自嘲——一追想錫安就哭了[174]，再記起口袋裡沒錢，我便止住了抽泣。

櫻花爛漫無由徹，雨夜悠悠聽打更。

似此芳菲洵天籟，終歸泥淖終負卿。

章曄用微信發給周芳藹這首絕句，看到嬌柔的櫻花想起了她，高鐵超越風景，快門瞬間攝取一隅。櫻花紅，滿心寒，半坡漫野少人看。櫻花落，東風捲，誰道飄零不可憐。花褪殘紅，一切都在凋謝，包括白雲那顆不再漂亮的心。

那次華麗的聚會，昏暗燈光下戀酒貪杯，空氣中瀰漫狂歡和媚衆，舞池中的紅男綠女瘋狂的扭腰擺臀。白雲拽他湧入震耳欲聾的漩渦，之後的事件於他如莫測的百慕大。大家擠在一起，大家擠得都醉了，大家醉得都很開心。當姚白雲擠出撕心裂肺的喊叫時，他苦心營造的詩意生活終

---

174 《舊約・詩篇》。我們曾在巴比倫的河邊坐下，一追想錫安就哭了。（137:1）

結了。那尖銳無助的聲淚俱下，直至驚懼到世界在坍塌。他了無慾望地看著她且灰且白的赤裸身體，雙方不存半點再試雲雨情的慾念。他連忙屈身連聲對不起，但當他清晰看到凌亂而又不潔的床單上的血跡時，他知道道歉是起不到絲毫作用的。

——曄哥哥，我是處女，你必須負責！

章曄那晚甦醒後聽到她說的第一句話。再後來她說了什麼全忘卻了。她大約還重述，他從小就說要娶她爲妻。她大約還在哭訴，他表達愛的方式這麼殘酷。沒有任何理由逃逸命運的緝拿，坐看夢被黎明的刀刃越切越短。她命令章曄正式對雙方父母說，決定和姚白雲談一場走向婚姻的戀愛，不再和周芳藹有分毫瓜葛。她人如其名，揮一揮衣袖，作弄西天的雲彩。

章曄觸摸不到一絲邊際，相機中隨風飄去的櫻花瓣，是明月夜木床上的紅痕，珠淚垂落肩頭，驚夢如泥流捲滾山林，將雄心與雅好淹沉在赤身下，手指充滿恨意，單反相機螢幕上留下斑斑指紋。當記憶不可作別，我須永久承受最乏味可棄又動人口舌的情節，逼迫我與熾熱的緘默爲伍，跳進浴缸去漂洗積累的淤垢。我的手已捂緊雙眼，怕處女血再來，怕它捎回那片曾被燒得通紅的蒼白。

七

——章老師，你好。

季劍輝將手伸入章曄的注視，呵，請假看望病重的外祖母。一字一頓的語速編擬理由，生怕馬腳露出褲腿，而他睜察的眼神就似衛星拍攝月亮不肯示人的背面。白雲昭告天下地牢牢牽著我的手不放——他倆肯定有事，之前章曄對姚老師不理不睬，現在乖順得像條哈巴狗。他向來口輕舌薄，勢將揑造流言蜚語。

——我是齊萌萌的家長！您可記得？

——是齊萌萌。不是季蒙。您讀研時曾不辭辛苦指導孩子參加作文競賽。

——執拗不過女兒，依她意願讀了中文系，現供職一家地方媒體，先過把當記者的癮。

不安分的手被強握住，記憶拼圖在寒暄中碎裂，一切戲謔都在襲來，蒙兒喬裝在旅途的故事，再次吸進不斷灌注的黑色幽默。哦，小姑娘和我高中時一樣可人——嗯，也如你秀外慧中，都是美人胚子——有老師常說，小藹是個精靈。哦，蒙兒是個精靈，聊天的定場語。精靈的臉好燙，我很受用被燙著的感覺，手就輕輕在她的臉上撫摸著，她的身子也在我的懷中起伏著。時間駐留了許久，她抬起臉來，很認眞地問我，章曄，你當眞喜歡我嗎？我對她鄭重地點點頭。她便沒再說話，她紅紅的嘴脣化作了眼睛，盯著我喁喁私語，一切聲音都在消退，唯有兩隻熱脣在那兒交流。

——您關注下公衆號，孩子那天還說，要向您請教，不想在這被我撞見。

討論的標題赫然驚人：大學生如何看待婚姻出軌。滑動手機螢幕顯示前段時間網上熱炒的著名演員肉體的背叛，一個女性眼中的好男人配上大大的問號與驚歎號。並在前言中援引施萊爾馬赫著名浪漫箴言：你不該締結必然要破裂的婚姻。

他會如何訴說？不道德婚姻的道德性出軌，閃出令他都心顫的概念。他逃不脫由稀鬆排列的無兵器侍衛把守的城池，他於城門前扔棄了槍枝，他想自救卻不忍屠戮戕害，更恐危及街邏因失職而殞命，我不殺伯仁，伯仁由我而死。只得與之默然相視，可否允許我出去蹓躂一圈兒，我會回來的，哪怕是等待著鋒利的刨問。

——江南一例多煙雨，似我思卿不可量。

——晨占雀喜，夕卜燈花，以盼公子。

蒙，江南，我將至，與你無拘歡談，攜來一件驚喜的禮物，一家異域風情珠寶店。賣貨女孩說它來自奧祕莫測的古埃及，放於眼間無限無窮的情懷，心誠可觀望過去未來。我逗她可知它誕生於十九世紀中葉，你的生扯很不倫。是被法老遺存的藥水浸泡過——靈巧的答覆，不必深究這

詭辯。想必這頑皮的丫頭，不知雷蒙．福斯卡[175]就感受過古老的魔力，否則定是要引述一番。

她說：「曄，我也準備份驚喜，肯定超越於你。」

八

當我老時，我將羞愧自己，我的生活就是個笑話。

章曄將單反相機放於腿上，思慮與誰溝通才好，揉按太陽穴做眼球操。在濱湖的小城，若能棲居網師園那雲水相忘之樂，便屬神仙眷侶了。不妨暢想，假設志摩得之垂青女子，卻只得蝸居地下室，他可敢稱之爲幸麼？愜意的午後，在庭院內太湖石堆砌如小山之上的亭子中，她擺弄茶道伴我品茗，我放下手中新書，近觀滿園春色，猶居蓬島閬苑。御窑金磚，琪花瑤草，駘蕩桃花疏柳之上，汩淌溪澗琮琤之中。問她會聯想誰的佳篇，古風曲水流觴，今朝卽興新詩，頃刻硬筆行書遞予我看。我們並肩而坐，隨搖椅慢慢蕩。我們安心恬蕩地躺下，這一地的桃花；我們無所顧忌地躺下，這一季的春夢。我電子轉賬向白雲給付贍養，於此她並不介意，更鼓勵儘量多資予她些，以便她可按照自己的意願去過活，至少是超越小康的。你們責怪我？放下道德歸罪的鞭子吧，一切道德都是相對的虛僞——你們慣於依賴預設的眞理對個人做出或善或惡的判斷，而不是

175 波伏娃，《人都是要死的》，主人公。

理解這個人的生活。你們奉若神明的紹興人做的遠不及我呢？

白雲，你竟覥顏發問，白癡都會笑出聲。收拾起你怨婦的面孔吧，你都不懂如何做個女人，是你親手刨挖夫妻的間隙，是你親手冷卻個人的幸福，曬乾我對婚姻生活的猜想。在獻祭的合巹儀式中，我是一隻無助的羔羊，正因如此我才奮力扮成豺狼，內心全是撕咬和吞噬的肆慾。微胖暗沉的你創意枯竭地躺在床上，像頑劣的學生應付作業，竭力將二人世界置於尷尬的格局，我真想說我如面對一個簡陋版的硅膠娃娃。你若臨抽血打針般調轉緊鎖的愁眉，僵硬挺直地說句將性趣降至冰點的話——你完事了嗎？快點！

白雲，你可知道？有段時間，我只得靠單身漢的方式解決問題。你命我抱著你入睡，這是你索求的安全感，卻剝奪我的存在感。你絕緣知情識趣，不屑瞭解如何取悅你的男人，你就不和姊妹們溝通閨闈祕事麼？

——章曄，都是你的錯！那次太粗魯，想起就恐慌，陰影久聚不散。我都硬著頭皮順從你了，你還想怎樣？

——姚白雲，你處心積慮嫁給我，就是爲了懲罰我嗎？

——混蛋！你哀求我諒解時，哄騙我活得像童話中的公主，一輩子無憂無慮，現在又提無理要求！你想念周芳藹了吧，她能合你的意是嗎？這個賤女人，在典禮那天發簡訊詛咒我，永遠體

驗不到婚姻的幸福。

——關她什麼事，你提她做甚麼？她是天上的仙子，你永遠比不上她。

——滾！你給我滾出去！

——這可是你讓我走的，不要後悔！

——你跑到天外邊，也逃不出我的掌心。

九

——一地雞毛。

——跟誰結婚都是一邊一地雞毛，一邊自嘲。

——你不是正如她的意，出逃了嗎？談論出軌是好笑之事。貞潔對少數人是美德，對多數人是累贅。生活如乾柴曝曬於烈日下，越枯燥就越容易起火。

——我得提前恭喜你。別覺得太屈身，蘇格拉底的野蠻太太能使他成爲哲學泰斗，跟壞脾氣的女人相處，也是男人的一種修煉。期望章曄兄，早日功成名就。

——不要訴苦，八成人會漠不關心，兩成人會暗自竊喜。

——你們說甚麼一段佳話婚姻，別人讚許我時，我很不安。

——我的經歷不是韓劇情節的婉轉悽美，而是故事會上的平庸乾癟。

——她陪嫁的不是一片河川，而是一片沙漠。

晝夜運行的日子很平淡，平淡到可以把人逼瘋，如水的單曲循環，迥然新婚的激情四溢，有同幾十年的老夫老妻。有時倒要佩服強姦犯，他們定有鋼鐵一樣的神經，才能在女人恐慌中完成任務，從容躬行自己的感官。而我一看見你，就想給仿真花澆水。

我懷疑你真是來自天堂的雲雀[176]。你莫名加入我的文學探索會社，是春日再度暗訪，我卻不能用晴朗把你來比方，因你更加可愛又更溫婉。久違的怡悅溝通，共識碰撞出火花，烘乾心胸鬱積。你的名字是精靈的標識，莫比烏斯環。你打趣說可會意成美妙的項墜，也可聯想無趣的德國老頭，爲何要有喻意？不必自尋煩惱。你是我新生的救星，那是時雨春風，色彩倏然斑斕，桃紅柳綠。

——昨夜五更夢見卿。

——相識恨晚，卻欲相見。

---

176 英國詩人雪萊有詩歌名篇〈致雲雀〉（*To a Skylark*），把雲雀稱之為來自天堂的歡樂精靈（blithe spirit）。

十

——什麼是理想的情愛？一個男人應去撕毀與世俗的合同，去擁有四個女人。

章曄從昔時輔導員嘴裡聽受，他說這話時眉飛目舞，完全無視章曄幾重疊加的心灰意懶：「一個是你的妻子，性格要平易溫和，保證生活質量，你不厭惡她即可；一個是你的性伴侶，美麗動人，每週陪你享受生命的愉悅；一個是你的紅顏知己，清新脫俗，很有共同語言，談一場不上床的戀愛；最後一個是你的初戀女友，每隔一年半載相約幽會，互不干涉對方家庭，完美地敍舊偷情。」

白雲，算了吧。小藹已是生命中匆匆過客，被白雲蹂躪得不堪回憶，在塵囂裡浸染自我。季蒙，將如何定位呢？章曄癡癡地望著車窗外，止乎禮的道德性？卡夫卡在日記中寫道：自己愛慕一個女演員，要想如願以償，除了共赴雲雨，只有文學。迥異現代文學鼻祖，這他所戀所慾的女人，翹首企足這班高鐵到來。至於齊萌萌這鬼丫頭，倒是紅顏知己的不錯人選。

蒙兒，那天在地鐵站，見到身著與你照片中同款上衣的女子，尤是那我一貫喜愛的曼妙身姿，與你當眞幾分相像。倘若她也具超凡脫俗的氣質，我大抵會叫出你的名字，莫比烏斯環，來這裡也不通知我一聲？目光不經意地逗留，她彎腰從地上紙袋中掏出時尚雜誌，白花花的走光燃起我久熄的燥熱感。我的渴望居然這般膚淺？我滿腦子縈繞你的妍影，我確信是時候了。

十一

不知不覺中，已臨江上。哀愁的詩句，居住長江頭與尾。不妨設想那時也有高鐵，昏熱的癡男怨女果敢見否，相見不如懷念本是怯弱者的擋箭牌。女人啊！愛情也是葉公好龍。白雲，我猜度這是一場勇敢者遊戲，我是你冒險的賭注。

——瞱，你來看我吧。

一句強有力的話驅散了陰影。哀苦的沉寂從不能使煩惱減輕，我怯懦的思想和我咆哮的情感，匯流於一體，在苦樂兩極遊走，在幽縫處彷徨，不屑群氓的笑聲。你言以敗德始，我訴以崇高終。走吧，走進纖雲弄巧的繾綣難分；走吧，走進丁香依舊的細雨煙塵；走吧，走進有陽光和靈光的地方；走吧，走進有幻想和夢想的地方；走吧，長日將盡，長夜漫仄。

你翩躚起舞，舞態生風，腰間玫瑰扣迎風綻開，半身長裙如花瓣悄然滑落，鬆手的剎那，心情如蒲公英的白絮飛散飄拂，不急於剝除最後的束縛。意淫的意義，遠超過實際的性，Erica Jong[177]如是說。同樣是比基尼，站在T型臺直面觀衆與坐於臥室私對情人，怎能淪爲相同的意

[177] 埃里卡・瓊，著有《我擋不住我》(*I Can't Block Myself*)。

境？你保持眼神純淨，從我體內搬出歡愛。遮蔽點燃了對對方的凝望，在日常中超拔日常，這裡就是玫瑰，就在這裡起舞吧。

——蒙，我來了。

十二

——章老師，太巧了。您也在這站下車。

——有車來接我，您要去哪裡，送您過去。

——章老師，齊總是眞心感謝您，這點面子總得給老鄉吧。我們的車寬敞，很輕鬆容納下這點行李。

身材魁梧的男子順手拎起箱包，章曄也覺盛情難卻，思著那端望眼欲穿的季蒙，笑納這份款待。他尚未坐穩別克商務艙，便心急如火地撥打電話，將藏著玫瑰金莫比烏斯環手鐲的錦盒放於身旁。公園北門的法式疊泉前，精靈約他相會，心情就像迷失在叢林中的游擊隊員在尋覓組織。

賞閱《我與你》，滌除堵塞的時間。別克如馬車在風雪中折斷它的木輪，無力地踢踏嘶鳴。車輛追尾佔據行道，引來陣陣煩躁的汽笛，他錯目即將抵達終點的導航，留神小冊書上劃線著重的句子——人必有信仰，不是皈依上帝，便是崇拜偶像。偶像意指某種有限的善，群氓崇拜的權錢與清高者執迷的藝術均含於此，漁色逐豔概莫能外，橫亙於他和上帝之間。

朋友，簽字筆可否借我用一下？章曄於空白處寫道——觀點未必是爲了認同而存在的，也可以是爲了激盪而生。

賣貨女孩的玩笑縈繞於手中的莫比烏斯環，遂令他好奇地搖開車窗，探頭舉單反相機取景。公園地勢略高，金光俯照稀薄雲層，恍惚人眼。

莫比烏斯環中環島前方行人由點狀逐漸明晰，似鏡頭舒緩推進。有兩個女子在疊泉旁佇候，張望不遠處如從罅隙間流水般擠出的車輛。是他的精靈悄然走至，與一位頭戴酒紅圓帽耳架粉框大圓墨鏡並以輕紗罩面的女子同在，依然是那副撩他心緒的裝扮。

他顧不及紅燈與行李，凌波微步於車輛間——蒙兒，我的精靈。可那女子卻挪步擋在蒙兒身後，彈出的食指分明要刺向他。他未及揉眼明辨，那女子便對他高聲播放免提語音，對電話那端音調得意地吼道：「我鄭重其事地通告你，你老公出軌了，背著你玩網戀，獨自跑到南方與小情人私會，場面很壯觀，現在就在我面前，你想不想看看？」

她在喊姚白雲的名字！這足夠激盪了，如閃電擊碎章曄一晌假人顫的相會。那女子抬手以鏡頭對著章曄狼狽窘迫的尊容，他被扼吭得呼吸凝滯，四肢隨之冰涼麻木。

那麼熟諳的聲音，道出相逆的宣判——混帳東西！你只會油嘴滑舌，就不爲自己做的醜事感

到愧疚嗎？幸虧我沒嫁你這個見異思遷的僞君子！

——你還爲自己狡辯麼，講些深邃的道理，又要扯上哪個哲人？

季蒙予以鄙笑地神情瞟閃他，像是擺弄戰利品，複述著女人經典名言——男人沒一個是好東西。尤其是他這般吟風弄月的藝青，擅於編制惑人的藉口。你這薄情寡義的負心漢，無恥地愚弄了我姐的感情，還大言不慚說自己婚姻不幸？那是你抱姓姚的大腿的惡果。你還敢跟我裝可憐，千里迢迢，不就是想來佔我便宜嗎？撕下你的面具，等著雞飛狗跳吧，瞧好我送你的驚喜！

莫比烏斯環從手中脫落，季蒙不屑一顧地上的飾物。章曄呆立如稻草人，卻抵擋不了不遠處急促的嘀嘀聲。那輛搭載他的別克從相反方向駛來，應是圍繞環島兜了一圈，裡面的人幾乎是摔上車門。

——周芳藹，我早就告訴你，不要得意太早。怎麼樣？不到十分鐘我就兌現了承諾！

這個女人用橫握iPhone的手，衝上去搧了他一耳光，身後緊隨剛分別的那兩個男子，其中一人豎起他行李箱的拉杆，威武站立。她疾言倨色，冰冷的嗤笑甩在他的臉上：「你永遠別想逃出我的把控，你在學校宿舍幹的那些鬼祟勾當，我都了如指掌。」

——你眞以爲他是齊萌萌的父親，滑天下之大稽，你睜大眼睛看清他像誰？

上帝啊！他居然是季副校長的親哥哥，剛調任市教委來，並受過她舅父的一手栽培！世間荒謬不經，猜透她的網名謎團，我眞想大笑一場。

——你片刻前還在打萌萌這小丫頭的主意吧，我早就洞悉你深藏色心！季科長是特意報恩的，專程幫我收拾人面獸心兩面三刀的渣男。

姚白雲朝身旁的壯漢施以眼色，她雙眼生出兩柄尖尖的匕首：「他還好意思笑，太恬不知恥了！怎配得上我一片癡心，給我狠狠地打。」

啊！章曄失聲尖叫——這不是眞的！

魁梧的男子張開大手緊忙拉住章曄。章老師讓您受驚了，這地方的人開車都兇猛，拐過環島就到公園，快看好氣派的噴泉。說話間，一面替他拉合安全帶，一面拾起莫比烏斯環，用紙巾擦拭。

——這麼精美的手鐲，是送給心上女孩的麼？

會唱歌的貓

The Brightest Among Us,
So full are their mouths with words,
That they drip with noxious honey and sweet bile.
Their brains and ears are clogged with ideas.[178]
—Hypocrite world

178 意為：
我們中之最耀眼者，
他們嘴裡滿是言辭，
滴落下有害的蜜糖和甜美的惡意。
他們的大腦和耳朵被觀念堵塞。

一

有一段時間，我賦閒在家，對老婆說，我要寫篇小說。從書架上取下一批現代主義宗師，又配上曾經紅得發紫的先鋒作家。遷思迴慮將怎麼虛構一篇小說，又將虛構一篇怎樣的小說，用自認爲新的方法來結構我的小說。

故事需要人物，有男人，也得有女人。事有例外，海明威專寫沒有女人的男人。有女人不見得就有愛情，更有支離破碎的生活。人物從寤夢走出，醉裡挑燈，披著我人格的投影。十指懸在寂靜的鍵盤上，爲了故事與衝突我殫智竭慮，一次敘事就是一次與寄宿在紙張裡的靈魂傾談，一次敘事就是一次靈魂在詞語波濤中的沉浮。喬治．普羅蒂總結了情境三十六種模式，我在挑選中放棄取悅讀者的衝動，眼中只餘下一個尊榮者驅逐卑賤者的故事[179]：一個信士榮獲今世吉慶[180]，他帶著優厚的報酬回家；一個自甘墮落的僞信者，悖逆地滅亡。

你端著拍賣會上陳釀葡萄酒，我拿起八十年代創刊號雜誌附贈的書籤；你鬼話連篇，要哄美人上床，在假日酒店能望睹運河入海；我猶疑不決，撕開本小說的塑封，尋求適合的語感與新奇。我將書籤插在你風流雅事的頁碼上，用鋼筆拉長條黑線，旁批道：這也是一種生活，可望不

179 《古蘭經》。如果我們返回麥地那，尊榮者必將卑賤者驅逐出城。(63:8)

180 今世吉慶是安拉已將穆斯林引上了「正道」，成為「順從安拉的人」。

可及。

呵呵，與其在這飾情矯行，不如乾脆寫你昏頭昏腦的德性，我看你最擅長的就是萎靡不振，你也不問問習慣性失業的偉少，還在他老婆賣貓糧的小店混日子嗎，你交往的淨是些遊手好閒的主兒，咱哪年才能換套大房子？

這書籤當初從我家拿的吧？今天在知乎上看個帖子，你這種吟花詠柳的小騷客，穿越到古代也跟青樓女子調不了情，滿口胡語非被宰殺不可。

我不厭其煩地跟你講，進屋要先敲門，懂得禮數麼？我們可不是在大街上晃蕩，別不告訴你，最近在籌劃一樁大生意。

我險些把接到詭祕電話的事情說了出去，我以主的名義起誓要守口如瓶的，直覺示知我，那是個強大而森嚴的組織。我抽出書籤，以背面示她，西哥特王在說，All roads lead to Rome[181]。她的闖入切斷了我的構思，攪亂下一步文本的推演。我重複性地跟她爭吵時，正要爲變成小說中的主人公而攻讀，還不知道偉少將在朋友圈通告：大樹死了。

大樹厚愛卡夫卡的一句話：有信仰的人是看不到奇蹟的，就像他看不到白天的星星。他說這

181 意為：條條大道通羅馬。

是讀初中那會兒，包裹杏仁果的報紙上印著的，他常收錄名言警句，便藏在文具盒裡。

我不稀罕挑戰自然律，我只信奉最真實的語言，只信奉最正確的引領[182]。我在經訓中尋找寫在每章前面的句子，指南我敘事開端。

我獨有一塊天空，它如此黑暗。住不進人也照不進光線，裡面什麼都沒有，只有一個我變換著不同的形象和聲調，獨自哭了一萬年。

二

不知大樹還住不住在郊區的小院，記憶中他的東屋與鄰居北房是挨著的，他的臥室和鄰居家只隔薄薄的單牆。每當萬籟俱寂，他隱約能聽到鄰居家的動靜，如若走運，能入耳電視機的對話。

操！跑調還唱！大樹坐起身嚷道，他巴望能傳遞給隔壁，令他停止歌聲。也許那端正在興頭上忽聞他的抱怨，隨即拿著話筒，吼了一聲：「要的就是走調！」

同學會上，我問大樹，你和靜靜在一起了嗎？偉少和他們嘲笑我有病，卻又讚歎大樹貌美如

182《穆斯林聖訓實錄全集》賈比爾·本·阿卜杜拉的傳述：使者說：「最真實的言辭，便是真主的經典；最正確道路，便是穆罕默德的引領。」（9：42）

花的女朋友。你們何以刻意隱瞞，怕我現場發飆嗎？你們哪知我心若止水，經日讀書寫作，呼喚那些虛構的名字，以待劇中人尋找到我，好活生生躍在紙上。

大樹倏然發跡了，他回到這裡，揚言要在大都會買房子。於此我不感驚奇，我早已預斷，他必逃離終將衰落的家鄉，那是中國式的孤獨，從世界外部植入內心深處生根，集體無意識杜絕個人獨立，需養成承受敲骨吸髓的忍耐力。生活在滿是羊圈的鄉下，眞是苦了靜靜。那會兒，他說要守著信仰，照顧窮人。大致是前年見他在線，隨便聊幾句，問及現狀，他竟直言：「小城市過著生不如死的日子，一片狼藉，醒的痛苦和夢的痲醉，活著就像在服罪。」

空間照片上，陽光男孩渺無蹤影。登山背景下，他獨居一隅，孤立於世界之外，卻又不懷衆人皆醉我獨醒的傲世輕物。我忖測他的眼神：你們完全不明白我的處境，只會按照你們的價值觀和我交流，芒刺在背。

偉少見我滿臉疑雲，估量他對大樹信口開河，便於我耳畔私說：「有個暫時的祕密講給你聽，大樹有隻會唱歌的貓。」

就在大樹抬頭的一瞬，不能用科學闡明的奇蹟讓他目睹了。他不敢肯定自己淸醒與否，著力咬著手指，深深的牙印與在微風中飄動的半截窗簾確認並非在睡夢間。只見一隻小貓蹲伏他家的牆頭上，昂頭愉怡地歡唱，尾巴有節奏地搖擺。

起初，鄰居們都埋怨他半夜哼歌，干擾了生活秩序。如你所知平房區是典型的熟人社會，具備費孝通所論的特徵，無任何私人空間是可掩瞞的，你的事情別人都明晰，別人的事情你也自然知曉。於是孕生務必恪守的準則，哪怕它是可愚蠢、詭異的。你嘲笑山洞中用巫術祛病的村民，殊不知你也被另一種野蠻侵蝕，有人在高處俯視著你，嗤之以鼻。

大樹幾次拍胸脯保證，卻奈何不了小貓，牠夢中的歌聲斷斷續續，忽大忽小。你找抽是嗎？大晚上發神經！噹噹噹，一陣敲門聲，將他拉到鄰居面前，戟指怒目的一句責難。面對身高略矮，體格卻更健碩，手持球棒的男人，選擇放手一搏，或降尊委曲求和。他不必驚悸不安，那隻小貓頗有好漢做事好漢當的風度，抖擻身子，弓腰唱道：「春天在哪裡呀，春天在哪裡，春天在那青翠的山林裡。」

從這時起，大樹飼養一隻會唱歌的貓就不是祕密了。只惜單調的歌詞與很不標準的發音，倒了好奇者的胃口。大樹不停地無損播曲引導牠，無奈小傢伙只能模仿有限的兒歌，哼唱上那麼一兩句。是時，那個壯漢與這隻貓面面相覷，頓覺自己低膽怯了幾分，蹙動的眉毛傳神了他一副欺軟怕硬的奴才嘴臉。他困惑牠身上蘊藏著玄妙莫測的魔法，但他清楚大樹的春天真的要來了。大樹更是私下自語：牠要會唱紅歌就是極好的了。

我的嫉妒心就像是一個悶悶不樂的花園侏儒偷偷瞄著鄰居用那隻浮誇的火烈鳥裝飾草坪，對牠那耀眼的羽毛感到憤怒，同時又希望自己也能像牠一樣大膽地在院子裡炫耀。忍不住從床上爬到書桌前，寫了首詩：

Moon-kissed fur, a mystery sublime,
Secrets hidden in the night's icy arms.
Emerald eyes, a haunting rhyme,
Echoes swirl in the ebony charms.
Did we converse, or dreamt a scene?
The silence whispers, "Never seen."[183]

---

183 意為：
月光輕吻的毛皮，未知的生靈，
夜晚冰涼的臂彎中藏匿著祕密。
祖母綠的雙眸，縈繞的韻律，
回聲在烏木般的魅力中盤旋。
我們曾交談，還是夢中一幕？
沉默低語，「從未見過。」

三

我躺在床上讀書，眼花繚亂。在老婆催促聲中，帶著閨女打滑梯去，一個圓圓的孩子闖過來跟圈圈搶，她的爸爸高我一頭，壯我兩圈。於是，我原諒了他。

我改道推著孩子蹓花園，前面的女子好似曾暗戀過的高中同學，她有一雙月牙般彎彎的眼睛。咦，她搬家到我的小區了？我喊她「靜靜」，她沒回頭，依舊在躲避我，我哪點不如大樹？

老婆問我：「靜靜是誰？」

我說：「你且安靜些吧，明天是登霄節[184]。」

老婆說：「應當你反思吧，後天是求婚紀念日，忘記當初的承諾了嗎？」

我說：「若主意欲，我帶你去麥加朝覲，主赦免你的罪，只要你不胡言亂語，猶如初生的嬰兒一般[185]。」

她爲何不理睬呢？我的語音足夠響亮。喔，她不是與我同樣的年紀，印象中她停駐花樣年

---

184 伊斯蘭教重要節日，伊曆7月27日。(西元621年）使者奉真主之命，由天使哲布勒伊來陪同，乘仙馬從麥加禁寺瞬間夜行到耶路撒冷遠寺。於一塊巖石上登霄，遨遊七重天，覲見真主。

185 《布哈里聖訓實錄全集》。艾布．胡萊勒傳述：使者說：「誰為安拉而朝覲，且在朝覲中戒除淫辭惡言，則他朝覲回歸時，就如其母生他時那樣的純潔無罪。」（第1819段）

華。她怎麼會爲人妻少婦呢？她應也和不止一個男人幹了那些事。大樹是否得到了她？哎！女生的屬性妙極了，像丁香花，又如水蓮花。

二十尚不足的靜靜依故沒有回眸。她避忌我身旁的女人。女人，你究竟是誰？非要介入我的生活，還給我生個圈圈。

你現在坐在禮堂中，百無聊賴地環視四下。仰觀天花板，廢棄的吊扇高高地掛著。它會掉下來嗎？就像你擔憂停在路旁的單車被人偷走，轉播足球的電視突然沒了信號。百無聊賴中你也學著她，在一張紙上潦亂地寫著。容顏熟悉的不能再熟悉，心靈陌生的不能再陌生，抄錄汪國眞的口水詩。

你覺得她從背面看仿似是她，是她——那淡粉色的毛衣；是她——那青絲如絹；是她——那熟諳的蝴蝶結，她曾經弄丟過，你買了一模一樣的，但不敢送給她。你這個膽小鬼，你的命運將要發生轉機——你要麼擁有她，要麼失去她，反正不會呆坐在禮堂中。

她怎麼忽地到禮堂來呢？你饑餓的眼睛，終於再睹那朵紅雲，那朵經常掛在她臉上，留印在你心的紅雲。

她怎麼忽地來我的小區呢？我平躺在床，仰望天花板，百無聊賴中百思不得其解，莫非她獲悉我即將發跡，那個組織告知了她。吊燈閃耀得有些刺目。哦，當初弄局部採光才好。吊燈的花

瓣會滑落砸中我的臉嗎？

嗚哇，孩子鬧了，我揉搓下臉蛋兒，用手機前置攝像頭收納自己，證實沒被吊燈的花瓣砸傷，它也的的確確安然無恙。靜靜，你能來瞧瞧，屋頂上懸掛的傢伙，確是五個爪子嗎？我收拾下心神，踱步離開禮堂。擦身書架時，瞥見躺放的卡爾維諾。

我購書的時節，是有機會追求靜靜的。爲何不呢？另一個靜靜插手了我的生活了，是她陪我逛的書店。我想嘗試有女人的日子，你們說這是戀愛。我說，也是阿丹，也是哈娃[186]。

你以爲我不食人間煙火？我也有靜靜，我攻剋了一個可能被我佔有的女人。靜靜的學校離我有騎車一小時的路程。這個靜靜卻在我身邊，靜園與璞園。距離不僅產生美，還帶來隔閡。那歲月呢，時空交錯中，心與情將置何處？她生活在我看不見的城市中。

我喊靜靜，她瞪圓眼睛：「馬哲課上，我就知道你跟歷史系的戴著蝴蝶結的女生眉來眼去，原來她叫靜靜。」

靜靜轉過頭來了，莞爾一笑：「同學，借你的筆記用一下，好嗎？」

---

186 阿丹為《古蘭經》記載的人類始祖，但經典並未提及其妻子的姓名，多數經註學者認為其妻名為哈娃（Hawwa）。據《布哈里聖訓實錄全集》，艾布．胡萊勒傳述：使者說：「假如哈娃沒有哄騙阿丹，婦女是不會欺騙丈夫的。」（第3330段）

喔，我想起與我欲言又止的女生，她不是靜靜，卻也是靜靜。為何我不接受她呢，多享受一個女生的愛？我應聽從內心的聲音，而不應畏懼眾人。曙光之主啊[187]，阿丹祈求你再抽取他一根肋骨[188]。

晚飯後，老婆窮追不捨：「靜靜是誰？你是不是跟她有一腿？帶孩子打滑梯回來你就失魂落魄。」

她問的是哪個靜靜呢？靜靜是第三人稱的女孩，是一種意象。父輩說每個男人心中都有一個冬妮婭。

偉少曾言：「你在同學會上，對靜靜說，你曾暗戀她，她定會反詰——你當初怎麼不撩呢？」她怎會低俗不堪？她跟上過她的男人說的褻語，要比這粗鄙得多。你對視吊燈目迷五色，寫字檯上的婚紗照，變成了你與她。另一端，她臥床上方的壁掛也發生異化，她聚精會神地思索：換個男人，生活如之何？

情人也不錯，騎士羅曼司必不可少。於是，你站在路口，等待她。你要對她說，你真美。

---

187 《古蘭經》。我求庇於曙光的主。（113:1）

188 《古蘭經》只提及主從阿丹身上造化了他的妻子，肋骨說為依據《布哈里聖訓實錄全集》。艾布．胡萊勒傳述：使者說：「女人是從肋骨上被造的。」（第3331段）

你沒現身在她的面前。你目瞪舌僵，在久久沒有動靜的路盡頭看見另一個穿著粉衫藍黑裙的女人，她的身材，她的髮型，乃至容貌都與她相似，但那終究不是她，那是張——脂粉濃濃擦抹過的臉，挽不回荏苒時光。她看起來豐滿挺拔，你揣想有一層厚厚的胸墊。你記得靜靜胸前的兩隻乳房像藏在衣服裡的桃子，只惜沒機會摘食入口。

她得有三十歲吧，這年紀的女人都想回到二十芳齡，挽留對男人的性吸引。固執地自稱自視女生，可花期依舊沿光陰枯敗。你越看越彆扭，她不搭配這身衣服，青春時尚是屬靜靜的，屬她的年齡。

對呀，你翻開錢包，拿出身分證，對著手機查看日曆，憬然有悟今夕是何年——哎，百合花一旦衰敗，比野草還難聞[189]。

是啊，我怎麼沒在同學會上對她說呢？因爲沒見著面呀！

咦！我怎麼不上靜靜呢？對啊，她不讓我上呀！她說：「你別對我講，我不想聽。」

嘍！大樹究竟上沒上過她？她究竟有沒有跟大樹在一起？

哎！我可算弄清了事情的原委，那我爲何要喊靜靜呢？

---

[189] Sonnet 94：Lilies that fester smell far worse than weeds.（辜正坤譯）

四

別喊靜靜了！老婆拿著我的手機，在看朋友圈。她說：「你有個同學死了，是偉少發的，上面有你們高中的合影，管他叫大樹。」

大樹？你把我從床上拽起來。主啊！我剛剛還想到他，他的心該是如身材般偉岸。吊燈的一個花瓣在忽閃忽閃間熄滅了，我站在窗前眺望，地面上人，從哪看都像是靜靜，燈光照射下，她戴著蝴蝶結。

嗯！正是大樹死了，靜靜才出現的，她是來找我的，見我身旁有女人，便不願打擾我了。她素知我對她有情，若是我獨自散步，這邂逅會是人約黃昏後嗎？女人是可以勾引的。

大樹死了。我正好對她表白：我情竇初開時喜歡你的清純，我飽經風雨後喜歡你的嫵媚。

他對我說：「三十歲的女人才好玩，讓你知道什麼叫如狼似虎。」

我怒斥道：「偉少，你滾！你化成一個球，遠遠地滾，滾出這個世界。你豈知我胸中的寰宇乾坤？」

靜靜終於出席你的邀約了，在燈光幽暗的影院情侶廳，你特意挑選了小眾影片，殷紅色的雙人沙發上，零星的情侶分散落坐。

她將解開的小衫搭在靠背，乖巧地埋首肩頭，你如魚吞餌般興狂地懷摟她，靈敏地探手胸前

衣口，像在黑暗中摸索電燈開關，意猶未盡。她喜不自禁，又好憂慮怕被人窺見，羞赧催速心跳的頻率。有人從側門走向衛生間，瞟向隱藏在邊角的男女。靜靜本能地推開你，整理衣裙。巨幕唰地亮閃，她在昏黃中窺見你張著嘴，專心致志地盯瞧她，那神態明明是一臉憂愁，就似她委身承受你的同時，又令她莫名地痛苦不堪。你不由分說地再次將她拉到自己的肩窩，在戀人耳畔吐出低低切切的絮語，用嘴巴傳遞木糖醇的滋味。

姑娘？她早被大樹玩弄得乳房下垂了。你勸告無須去理會他，直接刪掉他發送的短片。確有幾分像靜靜，你觀看與否，尤其是那雙攝你心魄的明眸。如再假設，郵箱裡是賓館偷拍的交歡，靜靜赤條條地快意嘶叫，她自己脫光，或是男人代勞，穿不穿玫瑰蕾絲呢？

那個男人是大樹！大樹有192釐米的高度。高中的灌籃高手，午間常在籃球場給女生表演，收穫一堆小零食，靜靜也在喝彩的人群之中。她羞答答地遞給他一瓶冰鎮的七喜，她知道他喜愛七喜，你看見他喝了她的七喜。

莫非下午靜靜的出現，就是那個組織在向我暗示，計謀正渾然不覺地逼近我。

我明天如期赴約前，先順路去趟偉少家裡的小店，探聽些大樹的消息。

五

當我在Costa Coffee立柱側找出女大學生時，她早已安謐地坐著閱讀那本厚厚的《實驗動物學》。我憑藉經驗推斷她應是戴著隱形眼鏡，她俯身低頭的姿勢，勢必會有損視力，且不利於脊柱健康，這恰與她的專業相悖。

我清晰知道她身的穿連衣裙是Ports熱銷款，真切地記得那是模特的衣裳，單位樓下的Shopping Mall中周大福迎面的專賣店。她比塑料人體多了青春與肉的味道，我們誇讚美女閉月羞花，因爲她們的身上洋溢著性。當你們欽佩我洞若燭火時，我卻沉浸於似水般含情脈脈如霧般朦朧虛幻的馳想之中，這可能妨礙了我對於現實事物的感知。

主爲她吹入了靈魂，讓她活生生地走進我的天地。我留步打量那塑料做的女人，也真真切切換了身套裝，她的骨架是挑不起那身衣裙的，原來的模特幻化爲坐在我面前的女大學生，她獲得了新的身分，而她又是如何辦取一大堆有效社會證明的呢？

其實，另一種更爲奇怪的解釋也可能存在，我絕非偶然被某種神奇力量驅使，源自那個組織深不可測的實力展現，悄然無息引向這家咖啡館，爲了和等在這裡的女大學生碰頭。

她的微信頭像是坐在粉牆黛瓦下的石階上，卻不似旅遊景點氣息，約是某恬靜古樸小鎮，青磚的牆頭佈滿了厚厚的苔蘚和密密的蛛網，探出一根披頭散髮的樹枝。倒可揣測，她雖衣著時

尙，卻非大家閨秀。清秀白皙的面容，也隱掩不住與生俱來。有道是「千金之子坐不垂堂」，喜愛這句勝於「君子不立於危牆之下」，孟子喜道德說教。見她巧笑倩兮，齒如瓠犀，正是江南女子本色。

我到底應如何搭訕，我所學的知識全然派不上用場。如果她說我向來不看閒書，她用一個貶稱置否了我。我不遺餘力地審視她，她與靜靜到底有哪相似。

遍翻藏書，很難找到讓內心產生抵觸的東西，反而多是安撫；而現實生活則舉目皆是令人心生反感的現象。我該走出芸窗，尋覓噁心，嘔吐一場。

我獨有一塊天空，它如此黑暗。在進入之前它即包圍著我，在進入之後所有的美好我也都記得，只是裡面什麼都沒有，只有一個我像人像禽獸一樣獨自活。

我提著一隻黑色的箱子，昂首逐步走近，她示意我可坐在她胸脯前。她說：「我要的東西，你帶來了嗎？」

六

我小便後沒精打采地呆立在稠密的空氣之中。對於時間的流逝，不寄託些許希冀。一時難以下決意，要重返臥室內。脫離房間，我才愈發清晰地解讀了待在女人身邊是何等的危殆。不過，問題無關女人本身，而在於她跪臥的銷魂。我是堅決不回返了，那種氣勢簡直就是囂張。她雙手疊放在床上向前俯身，曲腿翹臀勾人獵祕，丁字鏤空春光不設防，裸背只繫條細細的黑色帶子，可見過比這更顯渲淫蕩的麼？

你訴苦，曾被女人矇騙過，卻不願言說，你也糊弄過女人，你辯解自己卽沒索財更未貪色，想到這點我判定你仍舊是幼稚的，並略帶自私，說虛僞的自尊更貼切——你常用一個謊言，掩飾另一個謊言，羅佈在積重難返的舌灘上。卽便如此，你不肯乘人之危，也不情願去喫送到嘴邊的美色，我詫異感陡升，你不會是太監吧？

衛生間裡亮著米色的鏡前燈，浴簾桿上掛著低腰情趣內褲，你抓了把隱形文胸的尺寸，眞是一把好乳。她一上車，我就圍著她擴散打轉，現在我就有個機會把她看穿。

她秋波暗送，杏黃的燈光薰人陶醉。如劇情般凝固在芳澤，她將嘴巴按到我脣上輕抿一口，我心臟如大樹揣了那隻會唱歌的貓，又似電風扇扇葉不疲憊地呼呼轉。她默不出聲，卻擋不住一段情從明眸中傳到我眼裡。

我止住呆笑，湊過來摸她的無法遮攔的酥胸，她乘勢抓得我張脈僨興。我早已把四角褲硬生生頂成五角褲了，告誡自己切莫心急火燎，卻不爭氣地要跑趟衛生間剎住靈感，我已經焦渴了三十年。

她說過，你無須窺知我是怎麼找到你，且要與你合作的，我確信你能行。而這也是協約的一部分，把我推到一個女人身上去。

她依然保持銷魂姿勢，謙虛地輕搖白臀。我懷疑她如床邊的黑色箱子紋絲不動，空蕩蕩地虛掩著蓋子。我在她身後猛烈地操作，逍遙地履行這次合作，她不拖欠，我也不追擾，還差點喊出靜靜的名字。

七

大樹怎麼會有一隻會唱歌的貓呢？

她終於拋出了蓄謀的問題，我想這預設需解開的扣子，好讓話題魚貫而行。我沉湎於技巧，而不是做愛的本身，這也礙塞了我對故事的整體把握，樂於更新花樣姿勢，而不花心思延長時間與質量。高妙敍述需有上乘的功夫，除非我也有類似大樹的奇遇，儼然金庸筆下跌落山洞的人物，嘩啦一聲成爲絕世高手。我滿書架的敍事學與小說理論，卻沒有一本堪比九陰神功的特效，讓個塗抹文字的寫手搖身變作文體家。

她心中的謎團比胸脯還大：「你們不允許相信動物修煉成精吧？」

康德在《宇宙發展史概論》[190]中說：大多數行星一定有人居住，他們距離太陽越遠，就越高級，越完善。金星的居民體格粗笨，身體遲鈍，需要更多的太陽能量；木星的居民身體由輕巧靈活的物質組成，只需要太陽給他微弱的激動，他也能有力地活動起來。

按照康德大師的理論，火星上也能組織足球聯賽，而且業餘球員水平也在克里斯蒂亞諾．羅納度之上，他們的出產的貓能鸚鵡學舌又有何不可？

我冀望超越難關，厭惡程序化的類型敘事，十九世紀反映論的模塊褻瀆了我構思後現代小說的大腦，你能不能明白什麼才是小說？我究竟要寫些什麼，才擺滿一桌子的書？而那端的大樹一把將小貓捧在心頭：「寶貝，你是我的大房子，你是我的好車子。」邊說邊親牠毛茸茸的頭，小

貓伸出爪子回應他，禮貌地沒撓出傷痕。

主啊！我又在胡思亂想，偏離正軌。糾結於自願非自願的歸咎，抑或是無意識的，又是否在皂白不分的情形下發源的？按照亞里士多德的理論，我是有罪的——即使不是法律上的，也是道德上的。我闔上瞪圓的眼睛，興許是被什麼遮蓋，我無力辨析於此，黑色中閃耀著光點，如同電影拉幕的霎時，於你們看來是淺稚粗糙數見不鮮的場面，我在童話般的公園裡與她牽手散步。我

---

[190] 引文見《附錄：關於星球上的居民》，上海外國自然科學哲學著作編譯組的譯文。

撩起她的秀髮，諦視她青春的面龐，心一下子融化了，與我的女神別無二致。我蒐羅手機裡私藏的照片，舊時的青澀重映。豔如桃李女神不再冷若冰霜，她為我的質樸動容，為我的才華喝彩，撲到我懷裡積極獻吻，我古板地回應她火熱的丹脣。我好想看看我的女神是如何表達愛意的，卻戀戀不捨這時纏綿的左右蔓延，她不留餘地吻灑在我裸露的上體。

我心火更炙，滑過女神的脖頸，敞開她剛上身的睡衣，欲與她再興雲雨，她因惱我破壞遊戲規則，抓我手腕咬了一口，我一面忍痛，一面發力摟抱她，貼著她的臉問道：「我能叫你靜靜嗎？」

八

我起身去找偉少商量要事，保准他大喫一驚。

我打開門時，偉少衝過來抱起我：「哥，我都感動了，此生得一知己足矣！」在母親的催促聲中，偉少揉開睡意矇矓的眼，再休息一分鐘，算是對自己的點滴寬容。打著哈欠梳理一下晚上的夢，推演命運走向，跳次歡欣鼓舞。

哈哈，早起的眼袋在這張臉上慢慢地衍生——這回不再是無病呻吟了，他站在鏡子前洗漱時自喃：還沒過幾次性生活，我他媽就老了。他騎單車出了家門，開始了渾渾噩噩地度日。一想起從穿半袖還熱，到穿羽絨還冷，偉少就哭了。

他敲門時，念他可憐便對他說：「我也無事可做，你實在跟家裡開不了張口，就來我這避避風，大樹拐了靜靜回老家，我也缺聊天的朋友，不著急催你還兩三千塊錢。」

這次是你站在門內了。我除卻鬥轉星移，聯想不到其他成語，在科幻劇中彗星與隕石都能導致動物異變，金剛狼以不壞之身，仰觀原子彈爆炸景象，藐視他人的大驚小怪。

我確信你能行的，人生需歷經一次偉大的抉擇，如逢股價火箭式躥升。你無奈自己的前程，許多可輕鬆勝任卻無法染指的職位，那是通往錦衣玉食之路，時常聽到：祝你們平安[191]。你惴惴不安得像約會時提著黑色的箱子，竟忽視重大的前因——大樹是有罪[192]的。他餵養一隻小貓勝過於撫養日後出生的兒子；他家裡藏有啤酒，他說那是特製的果汁；他堅稱爲同學嚴守，旋即向老師告密；十年前就總對著自己的照片挑起大拇指；如今他把外牆脩飾得像衣服的條紋。

誰想獲得今世的報酬，我給誰今世的報酬，誰想獲得後世的報酬，我給誰後世的報酬

---

191 《古蘭經》。他們與真主會見的那天，真主對他們的祝辭是：「祝你們平安。」他已為他們預備了優厚的報酬。(22:44)

192 這裡的「罪」指的是"sin"，而非"guilty"，後述大樹的行為有悖於穆斯林的信仰，不再一一贅述。

[193]——你是讓我在兩世吉慶[194]中做出選擇嗎？

大樹這等人以正道換取迷誤，以至交易並未獲利，他們不是遵循正道的[195]。大樹沒因奇遇而發達，無緣榮華富貴，也是理所當然的。你說山魯佐德講過類似的故事嗎，翻著電子版天方夜譚的目錄，心不在焉。約翰·巴思筆下的敦亞佐德[196]，那是我欽慕的文本。我還在爲我的小說焦頭爛額，置身沒有英雄的荒誕史詩中，生在光裡，活出鹽的味道。辨識滋味之前，先爲荒誕的人，題首荒誕的歌——

Talked all holy, eyes deceiving,
Acting saintly, but misbelieving.
When the night pulled back the curtain,
His true self, oh, that's for certain!

---

193 《古蘭經》，3:145。

194 兩世吉慶，伊斯蘭的重要概念，指不是為了後世而拋棄今世，也不是為了今世而拋棄後世，而是兩世並重。//「你要藉著真主所賜給你的財富而營謀後世的住宅，你不要忘卻你在今世的定分。」（《古蘭經》，28:77）

195 《古蘭經》，2:16。

196 巴思小說集《客邁拉》中有名篇題為《敦亞佐德》，是在後現代語境下對《一千零一夜》故事的重述。

Couldn't hide when the truth took flight,
His phony faith got hit by the spotlight![197]

九

在太陽最早居留的地方，在時間像個處女的眼睛那樣張開的地方，當大風吹得杏花如雪片般紛飛[198]……

據說某大教授接到印著艾利蒂斯的宣傳單，驚詫得舌橋不下。樓盤的廣告登上希臘的詩歌，本限於文化精英圈層的。同有一條消息觸動了我：珍惜你住進內環的唯一機會！大都會$120m^2$三

---

197 意為：
滿口仁義道德，眼神卻在誆人，
表面行為聖潔，內心充滿邪祟。
當黑夜拉開帷幕，
本性暴露，哦，那確定不移。
真相展翅高飛時，無處遁形，
他虛假的信仰被聚光燈擊中！

198 希臘詩人奧德修斯・埃里蒂斯，《英雄挽歌》，李光野譯，引文為篇首詩句。

室精裝現房[199]，特惠首付只需88萬！雅緻的華府有助於我寫出驚世之作，居住環境一定程度上影響了文字表現力。

望著主指示我，而你卻不會出現的來路，放大和你說再見時的語氣，消解於網簽合同。她正在朋友圈預告喬遷之喜，他滿城的告示終泛黃於風雨中。

我對偉少說：「你且寬慰大樹，牠或許是易卜劣斯[200]的化身，主不忍牠傷害你，命牠離開了你吧。」

但是大樹死了。他死在狂奔的路上。老婆拿著手機對我說：「雨天地滑，他追逐躍動的小身影，不幸捲入貨車輪下。」

我沒接過手機，好幾天不看微信，我刻不容緩要致力創作。喝口力保健踔厲神情：主指引他們正道，有些人卻不能認知為正道，經不起誘惑與試探，這類人會永遠處在迷失中。

你說荒謬？我幾乎是在怒視她，圈圈也在不停地撒歡，隨性丟棄堆在床上的玩具。說道：

199 現房即「成屋」，未建築完成的房屋稱之為「期房」，相對於「預售屋」。

200 《古蘭經》中的魔鬼。其為安拉用火造化的「精靈」，因拒絕服從安拉命令，不向用泥造就的人類祖先阿丹叩拜而被貶為魔鬼，專門誘人犯罪。//「他本是精靈，所以違背他的主的命令。他和他的子孫，是你們的仇敵。」（18:50）

「你竟然不知，最惡劣的事情是一切新生事物，凡是新生卽異端，凡異端卽迷誤，凡是迷誤統入火獄[201]。」

她也不必每每去看新樓盤，沉溺於示範區的休憩情形與樣板房生活的遐想中。唉，你在乎的是消費的儀式感，爲何要奢談審美與聯想？現已跌入裝修圖片蒐集及空間構思的陷阱中，從書架上取下梁志天的畫冊，問我：「果眞能如圖呈現嗎？」蹈襲前人，如命你坐在冰水浸透棉墊上，用身體將其烘乾。你將淪落爲効果圖的奴隸，生怕摧殘畫面的美。

她又生聒噪：「你嫌我煩了是嗎？你那天到底看見了誰，一直心神不定的，你到底有幾多事瞞著我？你機關算盡要去和那個靜靜去住新房子。」

夠了！我吼了她一嗓子。旋卽皺起眉頭來，回想久遠往事，偉少說給我聽的。

高考[202]後的一陣子，大樹感知主恩，大淨[203]後身穿白衫去村頭清眞寺做禮拜，連雨天損

---

201 《奈薩儀聖訓實錄》，第1496段。此處指大樹飼養的會唱歌的貓為新生異端。//《布哈里聖訓實錄全集》，阿伊沙傳述，使者說：「誰若製造了與我們的宗教不一致的事情，那是會被拒絕的。」（第2697 段）//《古蘭經》，「將被投入火獄中的，是他們和迷誤者」。（26:94）//備註：「他們」指捨真主而崇拜新生偶像的邪惡者。

202 大陸稱大學招生全國統一考試為「高考」。

203 大淨是伊斯蘭教淨禮之一，意為洗滌，教法意義指在特定的情況下以一種特殊的方式把純潔的

壞了路燈，本就殘破的土道變得十分纏人，一片黑濛濛下拖泥帶水，他不小心踏進了小水窪跌了一跤，汙水染髒了衣服。他迅速爬起快步歸家，清潔完再穿新裝，卻跌入更大的水坑。張手支撐泥濘的地面，踉蹌扭傷的腳踝勉強站立，搖晃步履幾欲跌倒。一個持LED手電筒的黑衣人邁步疾走，穩穩地攙扶住他，照明前路方向。大樹並未開口，那人卻已知他的住處，揹起高出一頭的小夥子，背向宣禮塔，送抵家門口。

十

我獨有一塊天空，它如此黑暗。它在我之前卽在，它在我之後依然，它裡面什麼都沒有。只有一個最本眞的我，哭著笑著，獨自在裡面度著無窮盡的時間，直至聲嘶力竭。

偉少開著新買的5系寶馬，搭乘著我在大樹的村鎮行駛著，那條路線從未更改，但遍地的羊圈早已不見蹤跡，新興的產業園轟鳴作響。我提議往巷子內轉轉，如果靜靜在那，我正好帶她走，十五年前就想上她。他單手握方向盤，捧腹大笑：「你別故作裝瘋，弄得我莫名其妙。」

我說給誰聽？他拋出尖銳的問題。我爲何要疑惑不解？莫非那個組織特意帶我來看這條被工程土佔據的馬路，它愈行愈窄，未知貫通與否。偉少停車踟躕時分，後面不耐煩的喇叭狂按，催

水傾注遍及全身。

促我們車至路頭，當順勢轉彎時，望去一條僅容單車通行的土道爬坡接駁柏油公路，刺眼的驕陽下就像一條縫隙，指引我們一路向前。回頭望去，交錯曲折的小道如血管般鋪在大地上，零零散散的車輛與行人，就在這蜿蜒的縫隙中或緩或急地來來往往。嶄新的路牌一字排開，展示著大樹家鄉的宏偉規劃，安詳簡樸不再是鄉村的情緒，牧羊人競相修建高樓大廈[204]。

剛才迎面來車咋辦？不已經安全上路了嗎。上月初，垂頭喟嘆下一站在哪裡；現在，你不覺得咱們鴻運當頭麼？信士車到山前必有路，謾神者自遯迷途。你說有個組織在巧妙部署，我卻切身感受到冥冥中的力量，那天我汗毛都根根豎立，大氣也不敢出，追想起來依然心有餘悸，獲主庇祐，我經受住考驗。

我恍然大悟，那是枚絕非隨意取用的書籤，它在啟示我小說新的方向，思考一種人的狀態。我用力拍著偉少的肩膀，聲音格外著力。我堅定到這來，不是要目睹大樹家鄉的衰落，我一度想親眼所見，他十幾年如一日的窘迫，也不是要在人群中邂逅靜靜，她縱在蕭然廢墟上，我又將如何化爲良辰好景？你一言點醒了我，是要糾正我從米撒蓋[205]時就形成的錯誤觀念。原來世界上

---

204 《布哈里聖訓實錄全集》。牧駝人互相誇口並競相修建高樓大廈之時，或許就是末日來臨之際。（第50段）//承下文之「謾神者」。

205 米撒蓋（mithaq）是伊斯蘭重要概念，意為締約、承諾。穆斯林不是在出生時才成為穆斯林

根本就沒有通往羅馬的大路，有的只是一條條縫隙，不甘苟活的人就繁衍在希望與絕望之間的縫隙。

的，他的靈魂（魯哈ruh）早在妙世（malakut先天靈魂世界）與真主結約時就已皈依了伊斯蘭教。//「你的主從阿丹的子孫的背脊中取出他們的後裔，並使他們招認。」主說：「難道我不是你們的主嗎？」他們說：「怎麼不是呢？我們已作證了。」（《古蘭經》7:172）//他們與真主締約之後……（2:27）

The world turns and the world changes,
But one thing does not change....
The perpetual struggle of Good and Evil.[206]
—T.S. Eliot: *The Rock*

206 意為：
世界旋轉不停，世界變遷不居，
但有一件事情永遠不變……
善與惡永遠不斷的交戰。
——喬治．艾略特：《磐石》（杜國真譯）

一

惱人的夏天呀，我連女人的翹臀都煩得去摸了。

冗長掌聲淹沒於尖銳的口號，結束了晚上的例會。斑駁的白樺樹影上照著黃熾燈般的皓月，像冰清渾圓泯滅線條的面龐。繁星鑿出的天穹映射於飯盒大小的人工湖水面，羅馬燈柱幫襯顯露散落的光點，像一個曬雀斑臉的女優。堅決果斷點擊關閉：滾開，我噁心暗沉的女人。

背對褐石CLUB的光與影，橘紅色的天空燃燒成靛青，她像一幅多姿多彩的畫卷鑲嵌在城市的夜空，流光溢彩無比秀麗——去他媽的銷講詞——一條口香糖，越是咀嚼越是無味。吳志斌懶得強作振奮，他懨懨地劃開微信：你咋還不回家？害我獨守空房，別忘記買黃桃。

藉著燈亮刪除iPad上的下載，他厭惡明顯的瑕疵，但片子裡主角專注身心愉悅的態度很值得學習，而不似某些人背負心理包袱，完全是應付差事，巴不得早點一洩如注。

拜託，今天不要跟我說內透，你從哪學來的混帳名詞？我養隻變色龍，也能五光十色，才不稀罕褐石CLUB。

——我想喫你煮的麵條了，不想胡亂對付一口。

吳志斌還未從嘴裡擠出，就被他的戀人冰封了：「一點小事都指望不上你，我在醫院從早忙到晚，自己煮麵去。」

二

他回撞廚房薄木門，扭轉電陶爐預熱，撕開天方快食麵，切碎醬牛肉。當一切按部就班進行時，陡然見他通身抽搐如瘋人亂舞，不聽使喚的刀子很隨意地剁向手掌。他本能地將張小泉甩開，卻穩穩地反刃削向食指，一股血漿迸射灑落案板，肌肉纖維綻裂翻開，大片大片的慘烈尖叫貼在廚房吊頂的鋁扣板上。在戀人冷峻的視野中，分割的指節不顧滴淌的鮮血，悅然縱身跳入滾燙的煮鍋，繞著漩渦染紅白湯。她饒有興致地倚門目不轉睛，血流出的速度比預料的徐緩，如北非公牛越見紅色越亢奮。他僵直身子，舉起顫巍巍殘缺的手，與笑盈盈的戀人共同注視著，他的斷指與湯料一齊在開水中盡情地翻騰，飄散一陣肉香。

那幾根香菜是他指節的小夥伴，如頑童在浴池愉快地滾轉。他的喧呼聲穿透牆與門，向整棟樓宇傳達載歡載笑。指節在湯裡屈身浮游，提示他不要忘記添加穆堂香雞精。他佈滿凝固淤血的手掌擊開櫥櫃木門，雙眼橫掃瓶瓶罐罐，嗅到一股刺鼻的腥味，貼上嘴巴喫到一口鹹。

——你抽哪門子風？

——你沒看到我切掉了指節在鍋裡翻跟頭麼？加上幾片榨取血絲的牛肉乾，是今晚佳肴。對

啦，要香菜和黃瓜，我不喫白蘿蔔。

你越來越不可理喻——尚冰清奪過戀人手中的鍋，逕自倒進水槽。

冰清在鍋裡的影子，比眞實的她好看多了。她對不鏽鋼說的話，像片枯樹葉掉在他頭上，倒棄的湯煮著她的憂愁。吳志斌蜷指豎立手掌，瞪著手托擺放包紮器具的玻璃盒子的她，餓意如灘在水槽裡的牛肉麵已食腸胃。勾起他年幼對醫院的懼色，護士總從冰冷的白底藍邊的消毒盤中，取出冰涼的針管，套上長長針頭，狠狠一扎地射入不明液體。她和她們全像辦公室的牆紙，嘴裡噙著下垂的嘟囔，故作矜持的冷豔，寫在如煙歲月的揉皺紙張，三三兩兩彆扭的文字。

她穿上影視意象中引逗色慾的粉色護士服，也興味索然無力蒼涼，吳志斌眞心覺得他連尚冰清的裸體都煩得看一眼。

三

夥計，我該尊稱爲領導，你像根筷子插在我電腦桌上，攜帶林菲這個小妖精，勾人的明眸藏著絲絲的媚情，她在你的照片下留條肉麻的評論：你的笑是驅散愁雲的風。一想到自己要日以繼夜與你這種人打交道，脊背中冒出的兩道灰白色寒氣，自喃著憂心與不安。

嘿嘿，相框內的蕭總，攝影師費時修剪你整齊得如站軍姿的眉毛，卻吝惜將你的輪廓擴大一圈，幹練得只餘骨頭架子——哦，他不足65公斤，素來很挑食——這種皮包骨的瘦麻桿我能打三個，他上學時準是被欺侮的對象，一身我叫不出名字的奢侈品上裝，生產出男子漢氣概——非也，那魅力源自權力的賦予，動輒幾萬的行頭不過沐猴而冠，白猴子——才最貼近你眞實的樣貌，徒有虛表的道貌岸然之下，不過是一肚子男盜女娼。啼笑皆非，相框上面斜插一張你的金色名片——那是尙冰清的傑作。

那俏皮的小女專，提及你的名字，不斷革新的笑容脩飾著迷情。站在你身邊時，頭微微側歪，不經意地暗顯親昵，她整個魂魄都被你攝走了，你用手臂摟著她餓瘦的細腰，她定不出所料地將文件灑落於地，欲拒還迎地任你擺佈，口中偏裝腔作勢：「蕭總，不要。」

林菲彈指將這丫頭簡單的心事釘在牆上：「介紹個帥哥，你說沒眼緣，什麼是激你衝動的感覺，什麼是迷醉你的談吐，什麼是令你欽佩的魄力？不會是暗戀蕭總吧，你總是第一個點讚微信的。」

林菲姐，竟拿我尋開心。小丫頭是夾著裙子逃離出辦公區的，置業顧問們公開的嘲笑，砸碎書桌上放著《霸道總裁愛上我》的女專的彩雲易散的夢——那天淩晨散會，她粘著蕭總要搭車回家，她的表情就像流進石頭的一條溪水。

蕭讓，當大衆情人好生快活，引發褐石CLUB佳麗們拈酸喫醋。剛才尙冰清怎麼說來著——

人家滿腹才華，你一肚子牢騷，就不能長點出息嗎——林菲姐一個勁誇蕭大哥年輕有爲，好意讓你脫離永無出頭之日的IT代碼男，去學點掙錢的本事——你反倒廢話連篇，連前頭全時便利店都懶得跑。

你這個越夜越興奮的工作狂，壓榨我所剩無幾的私人生活，困頓在封閉的地鐵站口，孤零零地守望藍的士，讓我去哪去買水果？燈光不息的褐石CLUB被保安貼切比作夜總會，我又何曾撈到過路虎順風車。

吳志斌咬著漢堡，微波爐加熱後的食物味如嚼蠟。百度一下，竟與「於橫陳時」銜接，腦中閃過冰清日漸添膘的白肉，她身無遮蓋臥睡席夢思，肥臃的乳房側向兩翼，相間三尺。

——來吧，這時候不准你喊累。

不息的哈欠詮釋疲於搪塞的概念，褐石CLUB的人影投射到牆上，蕭讓前簇後擁地站在大水晶燈下的人群正中。那神態明明是在質問他：這麼慘澹的業績，還覥臉歸家行樂。林菲陪伴新入職的小白臉與客戶談笑風生，制服領口定制得很低，俯身在戶型單頁上寫寫畫畫時敞得更開，被當面的男子鋒利地捕獲，時間停止了三十秒。這是我在接觸過的買家，竟被直接分配搶單！吳志斌看清了那貼金掛銀的臉，他說富裕後重視精神享受，經常點開快播看百家講壇。

尙冰清一臉敗興，手腳齊上掀翻他，用面巾紙將垃圾團成打蔫的花，拋擲床前地板上。側身睡去：「比起小姐妹們，我真是命苦。」吳志斌也想把自己扔在垃圾桶中沉思，你我都在泥沙裡反復摔跤，又好在期待著什麼？

——我早就說過，加班在縮短與成功之間的距離，你們偏視若罔聞，我也就只好強制了。

蕭讓，照片中的你真能滲透出才貌雙全麼？十幾年前，聽剛參加工作的老叔口口稱讚局長如何業務精湛又體恤下屬，世上他只佩服倆人，飛人喬丹和領導同志。部門老師傅甩出當頭棒喝，振聾發聵。

——你哪裡知道，他就是個臭流氓，睡了不少女科員，要放八三嚴打那陣，早就給拉出去斃了！

四

衛生間內的浴水本能地撞牆墜地，不斷砸出嘩啦啦的響聲。吳志斌張手拍開木門，大聲訓斥：「你把我和蕭讓的合影裝進相框，太瘮人了，我又不搞同性戀。」

尚冰清猛地撩水潑向吳志斌，少女時繼父提醒她洗澡要鎖門，悄無聲息地闖入私密空間，掩耳盜鈴的猥瑣色相。我要考寄宿學校，睡覺時一定把身體包裹得嚴嚴實實，你聽過王小波講述的黑肉與白肉的故事嗎[207]？失措的雙手慌亂遮臉，仿佛面前的男人洞悉她淋浴時做了以有力的水流噴灑私處的髒事，熱騰騰地在她大腿內滲出安閒自得的氣息，她無法遮羞包醜，激靈尖叫——你給我滾出去！影視中常有情侶突兀驚覺對方原來很陌生，然後司空見慣的鬧劇狼狽收場。如注的滴水也沖不清這重抹，他無法預知下一分鐘她的所爲，他喜好的麵條還躺在水槽裡，搶下澆他如落湯雞的花灑，一把扔到洗面盆中。窮途末路的水珠流入他的凝睇，眼中的戀人通身顫悸，浴水與眼淚交淌著，好似剛受了錐心的委屈。

「我說得半點不假，你才是難以理喻，無事生非。」

吳志斌蜷縮的手指外包紮的紗布被浸溼，他在尚冰清眼中像急剎的公車，小臂慣性跌跌撞撞。望著驚魂已定的戀人，裸體相對也不慚赧的氣色自若，回歸常態的話語壓進身體內部，眼睛裡堆滿他劣跡斑斑的諾言，不停歇地貶謗她平常的男人。日前在朋友圈自嗟，生活淪爲標準的窘困，她們都旁敲側擊地指向——他是不能託付終生的男人。氣焰抵達現場，他將傷手藏於背後，用另一隻手朝尚冰清浴中裸露的白臀擰了一下。

「我，我還不是鞭策你要強嗎？男人得有鬥志，別成天一副屌絲[208]樣。你看看人家蕭大

207　雜文〈文明與反諷〉：雞胸脯不叫雞胸脯，叫做白肉，雞大腿不叫雞大腿，叫做黑肉。

208　「屌絲」係大陸網路用語，指「人生失敗者」，詞義接近臺灣的魯蛇（loser）。

哥……」

「說得好！那你把跟林菲的合影擺在另一端，是想激勵自己減肥嗎？」

「我一千零一遍告訴你，我不是屌絲！深惡痛絕這赤裸裸的侮辱。」

「難道我沒有對你說過嗎？你不能耐心地和我在一起[209]。因爲缺乏耐心，穆薩誤解了主的僕人[210]，他驕矜地用看到的表像去自以爲是地判斷。」

「好，我給你耐心，你倒是要個強給我看！自己不爭氣還不讓說。蕭大哥到紫御園一年就把凱迪拉克換成路虎攬勝，還買了套重疊別墅。」

「夠了，別再抬舉蕭大哥，好像他眞是高高在上的楷模。我那天看見他摸了林菲的屁股。」

「你太低俗了，竟胡扯栽贓，蕭總人品可正了。」

「我可比他高尚得多，見義勇爲，保護過女大學生。」

「呸！你喫飽了撐的，跟小流氓打架，惹事上身，在醫院躺了一整月，也沒人念你一句好。」

---

209 《古蘭經》，18:75。

210 《古蘭經》，18:60-82，記載穆薩與赫迪爾（al-Khidr）之事蹟。《古蘭經》未見其名，乃出於聖訓，見於《布哈里聖訓實錄全集》第74段。

——女人，你只喻於利，無視大義凜然。

五

今天我選擇挑戰，道路充滿艱辛，更有無限機遇……紫御園的口號像城管驅趕小販般清空他惺忪的睡意。

晨曦從鬱雲的綢緞皺褶中透出光線，照射在飛馳的轎車上。單位的公眾號推介鶯歌燕舞的詩句，炒作紫御園的蓄勢待發，如衛生阿姨打掃褐石CLUB般例行公事：生命的脈搏在新鮮活潑地鼓蕩，歡迎這柔和的矇矓曙光。

這他媽的也太應景了。破曉時光，城市的繁榮還昏昏沉沉，一路上痛飲紅牛驅散奢侈的睡眠，年輕不感疲倦。我們脅迫來到褐石CLUB，大地呀，我昨宵也未曾閒曠。

陳澍啊，放下你發霉的詩意吧，任你吮癰舐痔，蕭讓一概置之不顧，他只好可玩弄的女人。他身前的陳澍一路衝刺，以滑稽的姿勢從視線中撞開大門，喘息間擠出略顯沙啞的聲音，竭力迎合節拍：「對人感恩，對己克制……」

吳志斌咬牙抑制笑聲。陳澍在跑動中襯衣從褲子內躍出一半，露在黑色皮帶外，如他所料地迂迴半圈站在林菲身後，像一隻貪涎桃子的猴子，神色倉皇地盯著她高翹的圓臀。林菲，如名所示：Frances，暱稱Fanny，一個屁股[211]。分明感覺到陳澍正意得志滿地做春秋大夢，顯露鄙陋齷齪的笑。悶騷男晃蕩著腦袋說是尋找靈感，暗自瞄準褐石CLUB新入司的娉婷婀娜的美人——你在看啥？沒——他愈顯結巴，張惶得似被人拍攝到邊看AV邊將右手伸進褲兜。

蕭讓皺眉瞅了眼陳澍，就側身抬手指向吳志斌：「每次遲到都有你，不罰款——你是長不了記性。」

「誓言人，吳志斌。」他雙手甩在背後，並未理會剛才的話茬，而是神情泰若地延續精英誓詞的尾聲，在一種見兔顧犬的氣氛中報出自己的姓名。

蕭讓從沙盤上抄起信封，掏出一張集團紅頭文件特製的A4仿牛皮紙，大家無不面面相覷：有何等要事發生？未得令歸隊的吳志斌從側面隱約看出只有稀稀拉拉的幾行字，蕭讓也一貫性的表情枯燥，聲音像從危樓平房下滑落的瓦片。

前臺的赫姆勒落地鐘敲響六下，值班保安像觀察羊駝般注視著他們掏不空的高亢，揣摸一定是服用了興奮劑。凌晨剛散會，天濛濛亮又齊刷刷站立大堂，枕戈待旦。

嘀嗒。急促的簡訊聲將蕭讓的發言擋了回去，像是裁判提示球員要擺正足球並聽從他的哨

---

[211] Frances，弗朗西絲，源自法國的女性名字，為Francis的陰性變體，暱稱Fanny（芬妮／范妮）。"fanny"在英語中作為名詞是「屁股」的意思。

音。

「誰沒調成靜音？把簡訊讀給大家聽。」

眾人的目光聚集燃點，吳志斌低眉順眼地掏出手機，在蕭讓命令的眼神與凝固的氛圍下，他讀道：「挨千刀的壞種，又玩凌晨出逃，快滾回來給老娘弄早餐，黃桃的賬還沒跟你算。」

「別跟我說，眞是你老娘發來的簡訊。」

六

「報告，蕭總。我掉了根指節。」

吳志斌高舉手臂，挺胸闊步走到頭排的隊尾，食指與中指擺成直角狀，昭示自己的傷殘。

「你們說他是在扯謊麼？陳澍。」

陳澍聽到領導點名，驚訝從頭頂滾落到腳面。吳志斌用後腦杓長出的眼睛睇視出，林菲從不憂鬱的豐臀正在笑著嘀咕，身後的小蠢男有很多課要補，褐石CLUB正守待他隨時的洋相，他也任由大家含沙射影。有人傳他又習慣性失戀了，那不明身分的女人用他聲東擊西了一個男人，任由錯愛的陰影自水龍頭沖淋。我原以爲這是我痛苦的根由，可她不過是虛情假意的騙子，一個向左一個向右。他的鄭重其辭逗得林菲像手中未拿穩的馬克杯，搖溢出一汪笑容灑在前臺桌面上。

「蕭總，我的方案還差點，保證上午能完成。要不然讓吳志斌把紗布解開，大家看個究竟。」

「說你腦殘一點都不冤枉，能聽懂問話嗎？」

這時褐石CLUB要有隻蒼蠅圍陳澍頭旋轉就美備了，且得是隻慚愧得無處落足的蒼蠅，他總是銜恨開窗飛入的昆蟲︰這個世界太骯髒，只適合蒼蠅生存了。女專的驚詫像捅破雲霄的山峰——誰把沒頭腦跟不高興的混合體招聘來？

他在朋友圈說要拿著強光手電去尋找表裡如一的高尚人物。有人揶弄他更需要吞卡手電，以解找不到女朋友的苦悶。強裝出淤泥而不染的人還不知道，蕭讓摸了他夢寐以求的翹臀。

「散會，今天遲到的同事到我辦公室來。」

褐石CLUB即將迎來激昂人心的一刻，呼風喚雨的董事長宅心仁厚的太平紳士即將蒞臨紫御園。蕭讓的發聲像在鬧市開開停停的轎車，笑得像一個通電的燈泡，當宣佈總部對業績不滿時，收斂得又似一個爛掉的蘋果。手掌用力拈展文件的動作，暗示他在杜撰紙上沒有的內容，他興奮得像一條從冬眠中甦醒的蛇，饑餓的胃醞釀兇惡地遊走獵食。

總部的電子郵件總是很弔詭，一次韓江濤閒庭信步褐石CLUB，蕭讓的勃然大怒震懾得眾人無不屏氣息聲——你沒看郵箱，調任你去青島支援嗎？林菲扮演世界盃中的大黑馬，失落的勁旅留下名言：「想在褐石CLUB出人頭地，就得捨下廉恥伺機獻身，否則天天燒高香，金樹葉也砸不到你頭上。」

點名吳志斌率先考覈，小心翼翼地精準轉化文案語言。

七

吳志斌拍了下陳澍的肩膀，纏繞白紗布的手指不停晃弄。

陳澍反抓他的胳膊，直楞楞地甩了句：「你好自爲之。」

不就玩大家來找碴嗎？看把你激動的，先出洋相的肯定是你。

你，一點事都不懂。蕭讓劈頭一句怒斥，給他下了著名的蓋棺定論。一頓輕蔑後，命他將陳澍叫來。

吳志斌走出辦公室時，身後的空間瀰漫著理直氣壯的腔調，但話裡話外都藏形匿影著色厲內荏的氣息。他沒有挑明原委，但吳志斌明顯覺察出他流露出尷尬與心虛，正因如此他才越發做出怒不可遏的樣子。

敞開辦公區中，陳澍托腮而坐若有所思，電腦顯示他正鼓弄的彙報方案。辦公桌碼著橫七豎八的書，其中一本諷嘲狗屁工作[212]的倒與他品味很搭界。二十七八歲還廝混專員崗位，林菲曾讓他引陳澍爲戒。他不失時機地眯縫著眼睛瞄準辦公桌前的美臀，她正向姑娘們傳授選擇面膜的心得。他若是蕭讓，大約也摸了他的垂涎三尺——那才是他的風向標——午夜會議上，蕭讓持星巴克杯砸彎桌子：「甭跟我談找靈感，你張口就是不合時宜。」

陳澍見吳志斌走來，裝模作樣地審查畫面上有枝緋玫瑰的廣告稿，乘勢調逗道：「你要抓住新樓加推呀，嫂夫人不是很鍾意紫御園嗎？」

「我看上河岸的大平層了，每平方米一萬的精裝修。」

「說不定人家是一夜暴富的拆遷戶，低調棲身褐石CLUB，全爲自我實現。」

「可不，敢打架鬥毆的，紫御園可沒第二人，錢多了燒的。」

林菲刻意地朝陳澍輕視一哼，側身對女專說：「人不可貌相，說不定以後比蕭總更有前途呢？人家小護士可找了個潛力股。」

吳志斌覺得林菲有些古怪？莫非蕭讓已對她明言，那天有雙眼睛撞見錢櫃KTV那一幕。

---

212 *Bullshit Jobs: A Theory*. 大衛・格雷伯（David Graeber）著。

八

花神咖啡，波斯香薰燈，烏金木沙發，西班牙Lladro瓷偶，旋繞奶媽碟[213]的聲樂。從與同鄉林菲晤面的那天起，尚冰清做了美麗而遼遠的夢，對願望創造性的陳述，古典時代女人就有的奢求。她自艾自憐被蒙蔽雙眼，輕信男人的甜言蜜語。

——我怎麼就跟了連經濟適用男都不如的你呢？

這句話切中了要害，吳志斌真的是無力反駁了。她並非譏刺他說，如能置下租賃的蝸居，她也知足了，暫且讓未來收納在五十平方米的公寓。她夢想中的另一半，撇棄英姿颯爽不談，至少能爲她撐起一片天，可她的伴侶只有一股不健全的蠻力，她這樣嘲諷他來著。

他曾揶揄他的情人：「經上說姦夫只得娶淫婦[214]，你自從委身於我，便不能嫁他人了。」尚冰清抓起他的手，狠狠來了一口：「你再胡說，我就咬斷你一根手指，先給你一個教訓，有些事是不得輕薄，更不容恣肆的。」

---

213 「奶媽碟」是指英國迪卡唱片公司（Decca Records）出版的一張古典音樂唱片，收錄了法國作曲家費迪南・埃羅爾德（Ferdinand Herold）創作的芭蕾舞劇《園丁的女兒》（*La Fille Mal Gardee*）的選段。

214 《古蘭經》。真主說：「姦夫只得娶淫婦，或娶多神教徒，淫婦只嫁姦夫，或嫁多神教徒，信士不可娶她。」（24:3）//當然這裡是戲謔的說法。

她一直嚴格區分情愛與理智，一定把初夜交給一輩子不離不棄的男生。她晚慧於同齡人，豆蔻年華在生理衛生課上，老師隱晦的語言及男生的嬉笑中，她才逐漸明白大家的心照不宣。也曾在洗浴時矜矜業業地撫動春心，直到護校畢業兩年後，她才爲愛人躍躍欲試。

舉案齊眉奈何是出獨幕劇，他的差評師非調侃更非調情地在微信中怨懟他：你活該斷根手指！

——吳志斌你這忘恩負義的傢伙，你眞把好心當成驢肝肺，平白無故地去汙人家清白。

恰巧撞見而已，我起誓守口如瓶，那情景自告奮勇闖入我的視線。吳志斌一邊跟情人解釋，一邊猜忖林菲勢必記恨，誰膽敢給她散播緋聞，在羅織蜚語中的蛛絲馬跡。

蝴蝶結要誘發蝴蝶效應。韓系學院風的銀色短袖雪紡襯衣與藏藍色修身短裙，林菲在朋友圈炫耀她的新裝。褐石CLUB讀者如過江之鯽，陳澍說什麼辛棄疾有詞云，蝴蝶花間自在飛。林菲甩他兩字經典回覆：呵呵。

九

我嚴守戒律，不作僞證、不誹謗、不詆譭，可他們卻汙衊我爲流言散播者，只有誣陷才會讓嘴巴充滿智慧。

——當初信誓旦旦稱珍惜這工作機會？結果吊兒郎當，偷懶耍滑，拋除態度鬆懈不談，還不明事理，滋事擾亂團結，真枉費我讓林菲帶教你的苦心。

——你算個屌，喫屎去吧。我要撕去你的僞裝，看你如何在褐石CLUB扮演正人君子。

——對了，你那聞名褐石CLUB的橫溢才華。呵，可惜姑娘們迷醉的只能是你分配財富的權力。一個個曲意逢迎，時刻準備投懷送抱。

啪！桌上的筆筒晃晃悠悠，滑鼠也欠身挪動一小下。

吳志斌的怒火發動了奇蹟。橡木相框不屈地自動彈回原位，相片中的人還撣了撣身上的灰塵，有條不紊地說道：「你懶到連桌子都不擦，一邊得過且過，一邊怨天尤人！」

「放屁！」吳志斌終於罵出聲，「收拾起你的嘴臉吧，你上位卑鄙行徑，我也略有耳聞。前任離職時曾在公郵留言——蜀道崎嶇也可行，人心奸險最難平。」

「你才放屁！他喫拿卡要利慾薰心，豈有不得倒的道理？」

「你敢說你沒灰色收入嗎？你裝作平易近人的謙謙君子，總擺出事必躬親的姿態，為何偏刁難陳澍？名牌大學出身的韓江濤，也常被你當眾貶斥——哦，唯此才能襯托出我們的蕭總是多麼懂得運籌帷幄。」

蕭讓從相框裡伸出一隻手，抓起椅背拉至身前，蹺二郎腿坐下。點指吳志斌說：「可笑至極，汝何不以溺自照面？不止一個人對我講，你在傳我跟林菲有染，還煞有介事地把人拉到示範區的小亭子裡。」

「呸！我才沒有閒情搭理你們的破事，要想人不知，除非己莫爲。」

「罷了。出了事情總要有人負責，從業績看，末位淘汰也是理所當然。你得沉重地反思，爲何大家都稱你爲流言散播者。若是投票選惡人，想必也是你中籤。」

——艾斯太俄非倫拉海！我艾圖布一蘭拉嘿[215]！不信道者[216]汙損我名譽，扣滋事者罪名之帽。善良盡遭嘲弄，這裡的天和地顛倒，黑白早已混淆。荒誕且痛的壓力重負摧我折腰，又如何堅守信仰？當下爲圖安身之地，只得向魔鬼的擁躉妥協，他日我必向主誠意懺悔，洗心革面回歸自己的本體。尺蠖之屈，以求伸也。

蕭讓笑得像開鍋的爆米花，從錢包中取出一張購物卡，以飛鏢狀拋向吳志斌，十足是命令的語氣：「拿著！」

---

215 穆斯林「討白（tawba）」唸詞的阿拉伯語音譯，意為：我求真主饒恕，我向真主懺悔。討白是穆斯林向安拉悔罪的一種形式。

216 指不信安拉、不認主獨一的人。《古蘭經》多次提及將嚴厲懲罰「不信道者」，如「不信道者而且否認我跡象的人，是火獄的居民，他們將永居其中」。(2:36)

「收起你這一套吧，我聽到了你的腹誹，小人長戚戚。你須淸楚，受害者的姿態，最令人輕視，喫飽了才有力氣講究仁義道德。這張恆隆廣場的兩萬圓購物卡，權當對你離職的補償，我愛惜名聲，絕不虧欠他人。快去給你家小護士買身像樣的衣服，紫御園的人怎能讓自己的女人寒酸度日！」

十

蕭讓一言極是，我初衷在多金的圈裡發跡，哪怕安家在別人輕視的銀座公寓，這卻成了奢望，可類比駱駝祥子。

——你這是怨婦的矯情。你慾望太小，才註定會失敗。我一見瞭然，你雖言語刻薄些，但骨子裡卻是善良且怯弱的。受窮一輩子的小市民，大抵如此。你們貪財好色，卻兩手空空；你們不畏懼罪，而是缺乏膽；你們卑賤地活著，嘲諷富人傷風敗化。

——難道善良錯了嗎？褐石CLUB早已道德敗壞，這不是腹誹，這是心聲。正是你們這些人作亂，世俗的榮華才與良知格格不入。

——善良的人是弱者，他們沒強到足以作惡，才宣揚美德。我們生活在一個善也平庸惡也平庸的時代。人們不會卸下背上的十字架，因爲他們從未揹起它。富人和窮人同樣喝著歲月長河的汗水。

——善與惡之標準是主的律法，封存的惡行簿與善行簿終將展開。

——善與惡皆出自上帝的成見，蛇如是說。

吳志斌俯身撿起購物卡，擺放於左手的拳頭上，右手彎中指發力彈進相框，說道：「我不要你可憐，我要爲自己正名。」

蕭讓兩指夾住購物卡，敲打照片中吳志斌的腦袋：「你很倔強，還果眞不貪。愛較眞是IT男的通病，你眞得好好改造一番，要不你永遠實現不了小護士淺顯的願望。正名又能如何，到頭來還得背負不堪入耳惡名，土頭灰臉地逃離。」

吳志斌忍見自己的頭顱被硬塑欺辱，居然一成不變地消極抵抗，不禁擺臂揮怒火中燒拳。相框應聲撲倒，砸在教長贈予的《人類如何防禦鎮尼的傷害》[217]上。反彈受瘡的手指傷口綳裂，滴血爲桌面梅花滑鼠墊染色。他驚恐地喊著尚冰清的醫藥盒，在銀座微小的空間倉皇迴盪，卻被牆壁與玻璃阻隔戀人的答聲。

---

217 鎮尼（jinn），伊斯蘭世界的精靈，為真主用無煙的火焰所創造，有順服的善靈，也有乖張的惡靈，易卜劣斯屬後者。//「我把他們完全集合之日，（或者將說）：精靈的群眾啊！你們確已誘惑許多了。」（《古蘭經》，6:28）YF備註：此書並非杜撰，乃臥黑德．本．阿布獨所著。

有人在笑。吳志斌回望相框彈回原位，蕭讓趾高氣揚地更換蹺二郎腿。林菲在另一個相框向他示媚傳情，二人勾勾搭搭的眉與目駐守在他的書桌上。

「你飾非掩醜，也洗脫不掉亂搞男女關係的事實，董祕在企業文化宣講中言明，這是紫御園的大忌。還有……」

「小題大做！你又要指責我貪汙索賄麼？放下正義的殺威棒吧，你坐上我的位置，只會日日夜夜淋漓盡致地腐敗，這是強者才能生存的時代。」

「我要恢復正常的作息制度，建立公正的佣金獎賞，拒絕一切潛規則，尤其不會揩油女下屬。我有見義勇為的壯舉，單憑這點就將你踩到泥裡去。」

「迂腐。自你從醫院爬出來，就宣揚自己營救女大學生的事蹟，有人頒獎嗎——你連張證書都沒有，再奮不顧身也是善功無報。或許需在復活時，你才能拿到酬勞，那是上帝的審判。來吧，飲下流淌的血，喫下血淋的肉。」

「扯談。夏蟲不可語冰，不是所有事情都要以利益來衡量，我是路見不平一聲吼……」

「住口！貧窮使你加速墮落，與生俱來地騷亂和昏聵，作為無能而又放肆的人，你必將被慾所吞沒，被罪所碾碎。」

吳志斌正欲措辭辯解，而蕭讓早已洞悉通盤，厭倦了無謂的廝吵，他深知千言萬語也無法說服一個固執的窮人，他們有顆僞裝強大的自尊心。便終結對話：「如果你堅持懷疑的話，我頭冠你強加的惡名去隱退遊玩，來成全你當紫御園的英雄，我們註定成爲彼此的畫像。無人可以勝任慾望的守門員，只是球還沒射來。上帝不以人的善惡爲揀選標準，人都是惡的。」

「廢物點心，趕緊應承！」守在林菲身側的尙冰清焦灼地喊道，不設防潛伏教唆者的毒害。[218]

十一

如同魔鬼誘使人們走向罪孽時那樣，吳志斌發覺已深深被自己所恐懼的念頭吸引住了。他明知須在復活日交出所侵吞公物，並獲得行爲的完全報酬，不受虧枉。先知言之除薪俸之外，再取任何收入都是不義之財[219]。堵塞耳朵，不聽詩人阿米爾的吟誦：請你賜予我們平靜，敵人誘惑我們時，我們絕不上當[220]。

218《古蘭經》。免遭潛伏的教唆者的毒害，他在世人的胸中教唆 。（114:4-5）

219《艾布・達烏德聖訓集》。另據《布哈里聖訓實錄全集》，穆吉拉・本・舒爾拜傳述：使者說：「安拉禁絕你們做如下的事情……詐取不義之財。」（第2408段）

220《布哈里聖訓實錄全集》，第6148段。

女人的願景不囿於銀座公寓，稱重紫御園疊墅的透天夢，林菲的描述不再是空中樓閣，水中撈月的事正一日日進化爲令護士們驚羨的華府，那本是外科主任階層才可企及的。她亟待審美俊男靚女在偶像劇中居所的驚豔，枉顧奢華或媚俗，洄沿於悅心的愚行。

蕭讓點指在照片戳出一個微小的洞，自動旋轉擴張擠滿整個相框的空間，一頭黑色怪獸張開深淵巨嘴，又如橫向颳來的龍捲風。漩渦體驗吳志斌虛空的驚悚，廳室一體的公寓頃刻癱瘓，席捲他隨即被幻化的3D模型收容，一頭扎入蕭讓售賣的夢境。整座大廈竟被剜去一塊鋼筋水泥，宛然人體受刑的疤痕，蜘蛛人在高空手術織補。

在四壁純白綿軟衝撞不破的空曠房間裡，吳志斌瑟縮在牆角加速心跳，只聽有人沒完沒了地唸白：這是一片不可示人的天地，隔絕著一切不透風聲，抑或偶像崇拜者供奉的衆神祇精心策劃的一場陰謀般滴水不漏。

「吳總。」

——這時代不斷在異化，只剩下我不願被同化，這世界其實很精彩，只是對我不理不睬……

鄭智化的鈴聲催醒吳志斌。又要挨遲到的訓斥，我竟又趴在桌上睡著了？吳志斌喃喃自語時，驚慌失矩通話那端奇怪的調侃，短暫的停頓與僵立。

他剛想問找誰，卻醒悟到自己從消沉的意志中爬了出來，告別不受待見的售樓員，而是褐石

CLUB的主人了。善功絕不至於徒勞無酬[221]，將在滿意的生活中[222]——我的英雄，回國第一天偶遇你，感恩上蒼眷顧。正義只會遲到不會缺席，被營救的女學生帶著記者，奔赴褐石CLUB，監控中的善功傳達到總部，英勇加載到城市新聞中。

「恭喜您了，您是眞人不露相。之前太失敬了，萬望海涵。我淸晨在單位公郵中獲知您高陞的喜訊，馬不停蹄趕來公寓樓下，接您上任，懇請賞臉。」

吳志斌平抑長草的心情，嚴肅仰天大笑出門的臉。命休婚假歸來的韓江濤稍等，卻在有意無意間瞥見，相框內威風凜凜的蕭總竟恭順地站立在一旁，像隨時候命的奴僕。

對生活愁蹙含怨的尙冰淸被歪打正著的喜訊命中，積鬱的稠雲作鳥獸散去，悄無人聲穿門而入，身輕如燕地環抱吳志斌，嗲嗲道：「好老公！我接聽林菲姐電話，比中大彩還難以置信。先是新聞報導了你見義勇爲的事蹟，接著蕭讓被合作方實名舉報，總部選才德字爲先，破格提拔我老公接任。咱得加油，混得不能比他差，聽說營銷總一年撈兩三百萬都不稀奇。等溫居那天，我一定讓醫院那幫勢利眼仔細參觀咱的新天地。」

「討厭！你對我都隱瞞，不讓我早高興幾天。」

---

221 《古蘭經》。他們無論行什麼善功，絕不至於徒勞無酬。真主是全知敬畏者的。(3:115)

222 《古蘭經》。至於善功的分量較重者，將在滿意的生活中。(101:6-7)

他把在女友面前丟掉的面子從地上撿起，拍打她喜笑顏開的屁股，一連串良莠不齊的動作如火如荼地耕犁在漫漫長夜。

十二

邁騰的車輪報喜紫御園僅餘百米，保安隊長在疊泉前按下紅色啟動鍵。褐石CLUB奉命火花五彩繽紛，震耳的炮竹聲漫天飛揚。林菲領銜的掌聲列隊迎接，紫御園劈開大腿，待他昂首闊步穿越示範區執掌褐石CLUB。被火焰煮沸的人工湖水面也不再狹小，它倒映了褐石CLUB廣闊無垠的空間。如銷售講義所言——它美輪美奐，當得起全城矚目的讚譽。

「讓我們以最真摯最熱忱的掌聲，恭賀吳總光榮上任。率領我們繼往開來，走向輝煌。讓我們回答吳總，今年全市銷冠花落誰家？」

「紫御園！」

吳志斌在整齊劃一氣勢地籠罩下，兜售狂熱來收買人心，朗誦精英誓詞呼應男男女女，切身感受口號虛無的能量。他也熱烈地在加V的微博中截圖委任狀：To bestow it according to merit[223].

---

223 意為：根據美德，授予職位。

此刻無風，樹葉靜止，雲層塗佈天空，比蝸牛還遲緩，陽光普照海洋卻不能穿透煙靄灑向地面。這缺憾阻礙不了他縱容的存在，虛無浩浩蕩蕩地向他奔來，虛無填滿了他，他也填滿了虛無——立此存照，釘入公寓。大一時，他父親禁絕他懸掛人物油畫，不管他出於什麼目的，擔憂他日後會崇拜畫中人，墜入迷途[224]。今時不同以往，我已經是了不起的人物了，理應位於自己世界的中央。

——吳總，這是您專車的鑰匙，蕭讓換路虎後，就把它轉借他人，我嚥不下這口氣，挺身而出爲您追繳。

吳志斌坐在會議室中，把玩著奧迪A6鑰匙，啜飲空運來滲滲泉水[225]，點頭示意風塵僕僕的徐學思。靠在豪華高背椅上，慢條斯理地說：「我很榮幸取代蕭讓出任紫御園的營銷總，激動之

---

224 《布哈里聖訓實錄全集》。主的使者說：「製作這些畫像的人在後世將要受到懲罰，他們會被要求，爾等為自己所造的注入生命（而他們卻無能為力）！」使者還說：「天使是不會進入掛有畫像的房間的。」（第2105段）

225 滲滲泉(Zamzam Well)，沙烏地阿拉伯王國麥加禁寺內的一眼清泉，克爾白以東二十米處。為真主賜給易卜拉欣之妻海澤爾（(Hajar）及其子伊斯瑪儀(Isma'il)，以供生命之需。（見於《布哈里聖訓實錄全集》第3364-3365段）//備註：每年百萬計的朝覲者造訪滲滲泉，並飲用其泉水。沙烏地法律禁止在國外販售，但由於需求量很大，其他國家的市面上出現了很多偽造的泉水。

心難以溢於言表，我還是大家認識的吳志斌。我將弘揚公司文化，信任並尊重每一個人。」

會場上唱響不和諧的歌聲：有多少愛可以重來……

「誰的手機在響！一點事都不懂！」吳志斌拍桌吼道！

大家齊刷刷的眼光在陳澍身上狂掃亂射。他低頭搭腦，會場仿似小學生所謂能聽清掉針的聲響。

「怎麼又是你？上午朗誦精英誓詞時，你就沒開口，我容忍一次了。你這蠢貨，登鼻上臉，不可救藥，永遠別想陞職漲薪！」

「你還想挑剔我沒鼓掌嗎？總部選你當營銷總，怕是一時興起拍腦門，你除了會打架還能幹啥，你看在座的哪位對你心悅誠服？」

「你他媽知道在跟誰說話嗎？你是在用屁股思考嗎？」

韓江濤繃著臉揪住陳澍的脖領：「沒長進的東西，還不趕緊給領導道歉！」邊說邊拽拉出尷尬的會議室，「吳總，我一定好好調教他。」

「我在這裡看你出盡洋相，以襯托我的寬容。」

「吳總，您消消氣，喝杯茶！」俏皮的女專不失良機地獻媚，林菲輕瞟她一眼，低頭搓下手機。

吳志斌用手背微微蹭她細嫩的肌膚，說道：「語心，下次叫志斌哥，就好。」

十三

原來這就是蕭讓創造的樂土。

吳志斌的驚撼不亞於阿薩辛義俠迷醉間由貧瘠的土地置換哈桑·薩巴赫設計的天園[226]。樓閣臺榭窮盡雕麗，象箸犀杯鋪陳奢靡，美味佳肴食之不盡，更有仙姿佚貌的女子供雲雨交歡。甦醒後便將其奉之為心靈的聖殿，就算浮生若夢，也不必驚擾夢境，精神飽滿地把這夢做下去，緊握夢的雙翼飛翔，在幻想中結構人生。一個人從天園走出來，就會想在人間複製它，世間的原則皆為虛假，這才是正義，這才是眞理，這才是大地的代治者[227]應享的優待[228]。棄忘使者的教

---

226 阿薩辛（Hashashin），是中古時其活躍於阿富汗至敘利亞山區的一個穆斯林異端教派，其祕密的暗殺組織聞名。該派以「新的宣傳者」自稱，史學家稱之為新伊斯瑪儀派。關於薩巴赫天園的傳説，見於《馬可波羅行紀》，關於「山中老人」的相關描述。

227 《古蘭經》。他以你們為大地的代治者，並使你們中的一部分人超越另一部分人若干級，以便他考驗你們如何享受他賞賜你們的恩典。(6:165)

228 《古蘭經》。我確已優待阿丹的後裔，而使他們在陸上或海上都有所騎乘，我以佳美的食物供給他們，我使他們大大地超過我所創造的許多人。(17:70)

誨：沒有一個人進天園之後願意重返今世，哪怕他能夠得到今世的一切[229]。

——吳總，您戴海鷗肯定沒歐米茄合適，我爲您物色了一塊碟飛，要說做分銷商，我們可是鼎鼎大名。以前蕭讓剛愎自用，凡事總留一手。跟您一聊，咱們才眞英雄所見略同。

杜拜會館中，韓江濤適時組織各路合作方前來賀喜，吳志斌以茶代酒與賓朋們推杯換盞。那兩個調任公關部的靚麗美女主動請纓：「吳總一向不喝酒，來跟妹妹乾一杯可好。」言笑間，纖纖玉手搭在男人的肩膀上，海派旗袍下伏湧著成雙入對的山峰，宛如詩人愛論量的禀賦。

吳志斌與公關部的瓜子臉妹妹調笑，誇讚她一身青瓷花韻味十足。妹妹積極奉迎——您摸摸這蘇州傳統工藝的刺繡。他直面熟透的可按出水的蜜桃，抿乾嘴角掛著的絲絲口涎，公衆場合好歹也得收斂些吧。稍露遲疑之時，但見徐學思躡手躡腳走來，像一隻叼著偷來母雞的狐狸，附耳低語邀吳志斌隨他走至安全通道。做賊似從口袋中掏出一串兩把鑰匙，殷勤塗滿油臉：「吳總，我們部門合計了下，送您份見面禮。有幾套抵債的精裝現房，房主顧及身分只求五年後出手，您大可先搬進來住，反正房子閒著也是閒著，我就做主給您選套次頂層。」

吳志斌還沒亢奮到發瘋的地步。一顆顆扭曲畸形的頭顱正吊在天花板上，無數隻五顏六色的

---

229 《布哈里聖訓實錄全集》，第2796段。

眼睛憑空瞪著他：你所行無忌地巧取豪奪，做了連蕭讓都不曾染指的妄為，在晚餐桌上相遞罪行。徐學思見他觀望不前，便壓低嗓音鋪張互惠貪慾，謹慎又醇熟地運作合盈掌中，交易副總監扶正的流程，原來蕭讓那廝一直拿物業管理當後娘養的。

且讓阿薩辛義俠的天園更真切些，他們可以喝不會醉人的酒[230]。吳志斌捏著刺手的鑰匙，給冰清個圓夢的劇透可好？她在懷中撒嬌扮癡：「啥時候躺在疊墅裡數星星。」吳志斌終於領悟什麼叫有福之人不必忙，主大方地恩賜他。

喫水不忘挖井人，大吳總偏要躲著我呢？只見林菲踩著細細的高跟，悠閒地從樓上款款走下，聲明不是存心竊聽他口袋的祕密，移步樓梯拐角只為接聽客戶電話。

吳志斌未及開口闡明那日之難堪，鼻腔已吸滿林菲身上散發著青春的肉香味。她邁步時翹臀上搖下晃，不經覺地扭動與嬌嬈身姿天然協調。蕭讓故意蹭上走廊前面的林菲，順勢揉了一把豐肌秀骨，她非但不惱羞，反而頭枕肩膀，媚惑於他。

冰清怎會交上秀色可餐的同鄉？異樣的目光將木訥的IT男灼傷，她泛出熠熠的優美線條，如金色陽光曬得褐石CLUB前的大理石地面發燙，他將她的修身連衣裙看成透明，脫落一聳雙腿

---

230 《古蘭經》。長生不老的僮僕，輪流著服侍他們，捧著盞和壺，與滿杯的醴泉，他們不因那醴泉而頭痛，也不酩酊。（56:17-19）

筆直的冰雕玉琢，血液打著漩渦肆行奔流，又奮力克制誕罔不經的念頭。

「大吳總在女人面前還吞吞吐吐，那副應對自如的灑脫哪去了？真是我看得準，早對冰清妹妹說，你對象絕非池中之物，將來肯定飛黃騰達。」

林菲謙恭地扭著蠻腰，嗤嗤笑著幫他整理領帶：「你是真不懂還是故裝糊塗，地產銷售行業歷來開放得很，你沒看蕭讓選中的置業顧問各個善弄風情麼？」

覺悟後的阿薩辛義俠留戀天園的福祉，相互交流這世上的女人皆妖嬈魅惑，渴盼魚水之歡。性愛有多麼欲仙欲死蝕骨銷魂，就連愛後的空虛也比最炫目的極光更蕩魄。

——他不過是我所謂的男朋友，還跟一個實習生曖昧不清。那陣仰慕他是大專院校教師，便搭夥過了日子。

十四

即使這樣，夏天還是夏天，只是少了夜以繼日。

吳志斌甚至將與蕭讓的合影也攜至新居，平移塵封樣板房的傢俱軟飾。尚冰清將自己裝扮成奢侈品，唆使寶格麗和卡地亞長在身上，天天對著勞芬浴鏡塗抹自己的臉，她意識到自己的衰老，她的眼睛也早已不是一汪清泉。

——男人一有錢就變壞，我不精心打扮，難道把金龜婿讓人？

聽聞似貶實褒的話，吳志斌對著相框衆流仰望地笑，傷指也離奇地復原如初。蕭讓任憑他屈指彈打任何部位，巋然不動到他指頭麻木——「看來，你是不想有所作爲，鐵心躲在相框中。我鄭重其辭地向你宣告，與你臆斷的截然相反，我遊刃有餘地掌管了褐石CLUB，戀善之心更懂得與兄弟們利益均霑，替你爲徐學思善後。」

威廉酒店內重溫舊夢，太平紳士處暑北巡駕臨，蕭讓引首以望卻未能幸逢。臥室已然成功複製北美黑胡桃大床與圓形吊頂，依舊垂下輕紗幔帳，那日將二人世界裹挾，形似乳房的燈具灑下昏暗又柔和的光。他第一次同尙冰清獨處溫馨的房間內，女孩抖瑟地試圖抵抗了一下後，展開奇麗的空間迎接他，不遺紕漏地解了折磨他的焦渴。昔日她眸子從四面八方凝聚含情，閃灼著他儘興與愛撫的手。今時她笑不嫣然，瞳不剪水，澀手的肌膚仿若夏天裡紫御園墨守成規的景觀，與蘇州園林傳承的豐富細膩相較，誠如陳澍所言眞是太呆板了。不由想起林菲停留耳際的氣吐如蘭，暗示得他徹底意亂情迷了。他幾乎嗅到用她的呼吸傳導給他的體熱，他把自己當成骰子擲出，林菲註定是能把男人靈魂掀動的女人。

——志斌，你身上的男子漢氣概越來越濃烈。

煎熬短暫的一分多鐘，他信念堅定地拉偏肩帶，張大手掌滿把牢牢捉出一股心悅，活動似魔術師秀技柔韌的手指，魔術師又將吻肆意留在她裸露的脖頸與肩頭。馥馥襲人，他的臉竟像女人一樣泛溢桃紅。間不容息地下狠勁抓住單薄裙內令陳澍魂牽夢縈的嬌嫩，咬上她的朱唇不肯放口。惹得林菲戰慄地掙脫開，提醒他小心被人撞見。

——菲菲，接待完董事長後，找個地方好好談一談。

十五

血脈僨張的激動，吳志斌翹望引領的加冕。莫泊桑盛邀耶穌降塵，承認杜洛華大功告成[231]，他要在書房內安置與聞名富比士豪富榜的太平紳士合影，與走馬上任相得益彰。統統抹掉教誨，大天使不進入有圖像的人家[232]。

怒放的心花在紫御園的精神堡壘前，取代蕭讓見證偉大的紀念，他因自大，拱手將果實相讓

231 莫泊桑，《漂亮朋友》，主人公。

232 《布哈里聖訓實錄全集》。大天使哲布勒伊來有一次向使者許諾（他會來拜訪使者，但卻沒有來。後來使者問起他為何沒有來時），他回答說：「我們不會進入有狗和畫像的房屋。」（第3227段）

——正應景「賠了夫人又折兵」的準確形容。這世界可存在比陽光更燦爛的事物嗎？現正照在像我這樣的男人身上，人生是徒勞的，但金錢是兇猛的。

董事長的邁巴赫緩行駛來，夏日的驕陽下黃色牌照分外耀眼。精神堡壘冠部的四面屏上循環播報開盤大捷的喜訊。各路媒體記者水洩不通褐石CLUB的路，警務人員率領保安用人盾護衛億萬富豪的安全。

董祕敞開車門，一位精神矍鑠的老者，在無數閃光燈下揮手致意。吳志斌腦海排演無數次的絕妙情景，卻發生了逆轉，封賜的城堡插上暴動紅旗，寶座轉眼審判席——他沒握住年輕人伸出的手，風暴拓進急劇陰沉的臉色，形勢比革命還危急。在吳志斌讀秒般納罕中，停止的時間恢復運轉，周邊噓聲譁笑如火星四濺，招惹無數移動的眼目，相機手機的攝像頭對準這難堪的局面，馬上弄個大新聞。

吳志斌仰頭後望，被突襲地巨大驚恐擊倒，傷指頓時疼痛復發，面部扭曲地跌坐在草坪上，城堡在暴徒的歡歌中燃爲廢墟，那歌聲越漸嘹亮。阿薩辛義俠的天園，似海市蜃樓般幻滅，坍塌後死寂如荒漠。方知達加勒那山般的麵包和河般的水，是障眼法[233]。他猙獰地注視著精神堡壘

233《布哈里聖訓實錄全集》。使者問我（指穆吉拉）道：「是什麼使得你擔心它呢？」我回答說：「有些人說，達加勒有山般的麵包和河般的水。」使者聽後說道：「那不是真實的，是障眼

的冠部，大屏幕正上演著那天調戲林菲的短片，顫動的畫面料想是被手機偷拍到。

太平紳士在貼身保鑣簇擁下退歸豪車，護衛回威斯汀酒店休憩。在記者們的聚焦下，沒人想去拉扶起默不作聲的吳志斌，阿薩辛義俠被埋伏的刺客擊中，倒在通往天園的路上。藍得出奇的長空中不見一絲雲彩，大塊大塊的陽光砸在他身上，擊打出無悲無喜的神色，舉起鮮血淋漓的手掌，泥塑木雕般癡望隊尾的奔馳遠去後，一輛路虎攬勝徐徐駛來。

法。信士對此絕不上當受騙，而非信士卻會掉進這個陷阱。」（第7122段）。達加勒(ad-Dajjal)，為阿拉伯語音譯，又譯為「旦扎里」，意為「宗教騙子」，相當於「敵基督」(antichrist)。

褐石CLUB之陰書

How do they do it, the ones who make love
without love? Formal as dancers,
gliding over each other like ice-skaters
over the ice, fingers hooked[234]
—Sharon Olds: *Sex Without Love*

[234] 意為：
他們怎麼做那事，那些無愛
卻做愛的人？正式如舞者
在彼此身上滑行，像溜冰選手
在冰面上，手指勾入
——莎朗・奧茲：〈無愛之歡〉

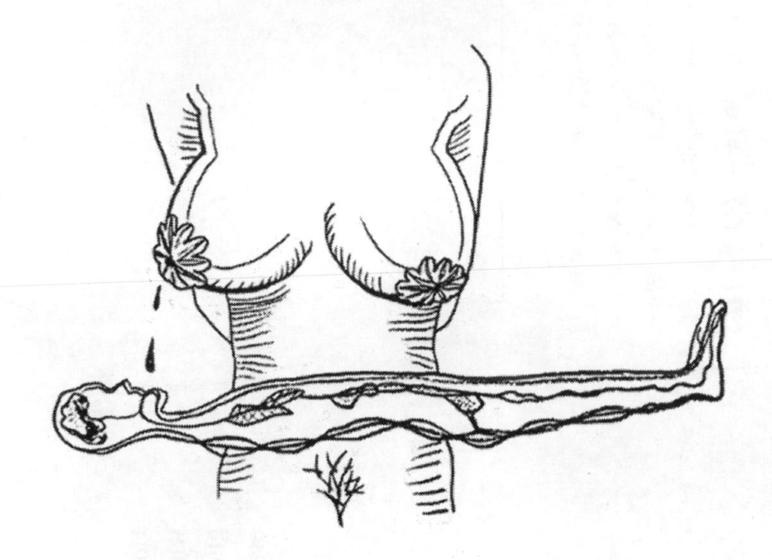

一

丁語心凝睇著人工湖，被剪掉肩帶的胸罩形狀水面也在深情地眷戀她。紫御園頑固地攫取自然的美，粗糙掘出隱藏乳房的一坑水，灘在褐石CLUB前。彎曲輥伸出水面，一個女子插入魚尾狀的天藍色套子內，胸前橫裹一抹海色桑蠶絲，她舒展臂膀，胸有成竹地左搖右擺，昭示拒之納入平庸男人的懷抱。要是與湖底水泥地連接的鐵盤脫落，安保應如何啟動營救措施，她嵌裝入套的身體自是不易掙扎。剛出幼時在遊樂園有美人魚的電動玩具，章魚樣伸出八條手臂連接可乘坐二人的敞開轎廂，上遊下蕩情侶。或因心生暈眩的畏懼，便強作鎮定她裸露的上身，過幾年自己也發育到曼妙麼，凸出衣服的半圓形會多麼難爲情。公園裡，他按部就班地抱緊她，她動情回以雙臂成圓，隱約領會這愛似榴蓮氣味惱人，果肉卻引饞涎。

青春的躁動被一部早已忘卻片名的限制級影視再度激發，曾爲小說家細膩筆觸的情色描寫羞愧得用枕頭遮臉。那幾千字的開放風格，抵不上DVD一分鐘的情景寫照。表姐推薦的莫泊桑名著[235]，于連稱約娜左乳爲「遊蕩漢」，右乳峰上薔薇色的花苞被吻時更敏感，喚作「有情郎」。呵，你們居然面不改色，津津有味樂事洋芋片。彎曲輥載她向右傾斜時，未來及往正中回

235 指莫泊桑的長篇小說《一生》。

擺，而是加大幅度朝湖中點水。她側身扎入不平靜的人工湖，衝擊力唆使背部細帶綳開，明晃晃的乳房直刺眼簾如白熾燈，圍觀者的手機紛紛攝錄春光乍洩。果然白嫩出奇，點綴紫紅的果實，一旁的陳澍自言自語道。

二

齷齪！當丁語心第二次以之唾罵陳澍時，他的手不容置喙地闖入她母親設立的禁區。他的歡悅像單個炮竹只一響，她拔蘿蔔般找出自己的領地，他卻用耳朵回味那一聲嗡鳴，心甘來自美的瘡傷。

有點大吧？女生也會比胸脯的，我比舍友都有型都好看。女人都長這樣麼？呸，幾十人也找不出一個。侯澄泓可以，爲什麼我不行？他是卑鄙的騙子，褻瀆生命最好的春天，闖入者就該以手撕裂他。

工作辛苦嗎？丁語心聽到問話，匆忙機械式地站起，抄起海報遮蓋辦公桌上零食，一包洋芋片卻自己擠破包裝，衝出來散落在液晶顯示器前，她踩著高跟的腿些許晃悠，將向領導問好的話含在嘴裡。

她第一次貼近這張棱角分明的臉，迥異於流行的僞娘，那是男人的陽剛，一股英氣逼人。她下意識地錯開電焊般光的對視，唯唯諾諾的神態詮釋她絕不違拗，侷促間她感知他遞過一張紙，起落有鋒的字遂令瀟灑的概念不斷延伸，鉅細靡遺地記錄他分析精當的部署，他簡直可比電視劇中舉重若輕的戰略家。她不站褐石CLUB標準的丁字步，沉浸的身子很隨意微微傾斜，雙手交叉耷於小腹，靠近領導的腿著力支撐，另一條腿稍曲著，透過絲襪拱出膝蓋的輪廓。

他的衣著比男模還得體，她如是對蘇藍說。你又犯花癡了？哼，反正跟你家馮老師比，帥得沒有邊際。你可知蘭蔻小黑瓶的作用？原來塗完爽膚水後，應當先噴抹肌底液，再使用面霜，可很多姑娘漏掉了一環。

蘇藍盯著自我陶醉的閨蜜，似乎她手中握持是四腳魚的化石，要佐證達爾文。往時縈繞的疑慮猶如被滂沱大雨沖洗的墨痕，消失於柏油路上，可蘇藍偏要追查蛛絲馬跡，因問道：「這是陽光普照獎吧，看你得意的樣兒。」

三

幼稚，難怪連個主管都撈不到。

窮學生給女友編織五彩斑斕的夢，你未妨漫不經心地擺弄化妝鏡，稚昧的光芒折射在他臉上，蘇藍定義追求語心的男人。

這個男人奉命掃除吳志斌辦公室，萬寶龍簽字筆獎勵修正平素敏感自尊的作風。草長鶯飛的好奇心抄走他時常翻閱的綠皮書，臆測騰達的平地風雷源自這本祕籍的啟迪。他如獲至寶地展開精神錯亂的吳志斌發跡史，不苟言笑地讀朗讀給正在喫水果的丁語心等人聽：「安拉在天堂中使阿丹成形後，放置了一段時間，易卜劣斯圍著仔細觀察，發現裡面是空的，便知道造來就生性懦弱而難以自制[236]。」

這話評判你到是恰到好處，你恐怕是褐石CLUB性格最柔弱的男人。

你的蘋果上有毛毛蟲鑽的小洞。

啊！女生受到驚嚇時慣性的嘶喊。

丁語心壓在蘇藍的腿上，下拉她遮擋恐怖的夏涼被，雙手張開如鉤晃動在她眼前——我是鬼，向你索命來。

別鬧？一個魅影害你魂不附體，卻敢平視女主角騎在情人身上起伏，你跟馮老師有沒有做那事？

呸！誰都像你這個瘋丫頭，見到帥哥邁不開步子。

---

236 《穆斯林聖訓實錄全集》，47:109。

嬉戲間，丁語心赤腳跑下陳澍背向未來城的樓梯，空間與時間的坐標中LOFT複式公寓依舊，蘇藍活潑的身影切換爲浮躁的男人，倒映在木色脫漆的階梯上。他無奈與不甘交織的眼汲取身與心，顧不及討厭油滑男生的手與口，那權作戀人嬌嗔的漫戲絮語，共同孕育出新的愛意。靈活在目標地上變本加厲，直到高跟鞋強悍地踩踩腳面，如同她在侯澄泓的肩頭留下齒痕，刹住絕不忍讓的疼痛，驅退他說了痛徹銘心的話，他也更加痛恨大騙子侯澄泓。

溫潤如脂玉，活潑似雛鴿，紫禁葡萄碧玉圓，兩兩巫峰最斷腸。

你這麼美，眞眞是我的玉美人。

四

玉美人露出了，鮮紅的兜兜雪白的肉，勾惹的年輕的玉郎望上湊，垂下帳幔，落下金鉤，他二人，重入羅幃把佳期湊。[237]

陳郎，我的良人。一張含苞欲放的臉，露七分嬌羞，藏三分喜悅。

玉美人，她出塵脫俗地從遠方走至近前，構成天空下絢爛多彩畫卷的點睛之筆。他嗅到撲面而來的雅緻純美。他很難想像，她這麼可愛，也需要做愛。她，那晚頭戴衆目睽睽的花冠，榮膺

---

[237]《白雪遺音》，玉美人，其二。

褐石CLUB最富魅力的女人。她，如何扮成一個木偶般豔淑女子，了無情趣地認為乖乖躺在床上，難言的美妙舒暢如期而至。可以意想，在性祛魅的時代，她早就染上了夾腿。頃刻間，陳澍感到地球自轉在加速，方逝的夏天被重新舉起，樹影蟬鳴接踵，他吐著泡沫似的囈語，斷斷續續。

虛掩的門，一道縫隙豎立的白熾光。優雅靈動地舒展舞姿解衣，半杯白蕾絲內衣與月牙燈相映生輝。揣測沒襯做作的胸墊，年輕使她雙乳聳衣。陳澍沉迷前女友的乳房，是見面必修的功課，臨了還喫了一臉分手的奶茶。語心意料之外的遮胸巡視，驚嚇得陳澍如叢林遭遇猛獸，撒腿奔往拐彎的飲水處，俯身屏住七上八下的呼吸，只聽到重重的撞門聲。

水吧女郎正蹲身為來賓沏茶，他目光無間拖延在她明燦燦的白腿上。她強化訓練過幾十種笑容的臉本能地回望他，仿佛自己只穿個布兜，有人在背後寓目紋身。他抬頭面向天際燦爛的海景房易拉寶。若是駐足或漫步驕陽下金色沙灘，絡繹不絕的比基尼女郎毫不羞慚地展現青春，成群結隊的豐乳信步走過。對面戴白絲手套的男禮儀也審視著陳澍，好若他在十字路口行駛車輛中脫穎而出，司機連連鳴笛驅逐。

你去給單獨坐在角落裡的女士倒一杯果汁，瞥了眼前方一動不動的保安。莫非他與這女子是情侶？曾見他們幾次一同出入。他若能享有此等天賜豔福，世間不平也真如坎坷峰谷，自己偏連

稍有姿色的小女專也追不到手，她的頭像曾在日落海邊張開雙臂騰身，被多次拍攝選擇背景，她就有了欲飛的幻想。

五

丁語心的肌膚察覺有人偷窺，汗毛自發直立報警，並順著急促轉彎的腳步聲，瞥見了他潛逃的背影，他背負了偷看女生換衣服的惡名。

有人評點他勝似吳志斌般汙濁惡臭，可惜未逢平步青雲的神奇。常被從褐石CLUB消失的林菲調笑的小女專，滿心憧憬著侯澄泓豔冠群芳的評選，只惜她無法計算威廉希爾開出的奪魁賠率。

將林菲與丁語心平行對比，貌似荒誕不經，實則妙趣橫生，拿陀思妥耶夫斯基與托爾斯泰做文章不算稀奇，論索萊爾斯與王蒙才當大師風範。學生們搖頭聽不懂，陳澍則展開預習好的羅蘭·巴特《偶遇瑣記》，興味盎然的法國理論逸事。若成為紫御園經久閒談的吳志斌果真雲遊到了樂園，亦或他在無人能至的山洞中沉睡，有朝一日拎著一箱印有極權者頭像的紙幣出現在三百零九年後[238]——但陳澍更想反詰一擊：他怎麼沒下地獄親歷一番呢？聯想啟發新小說的索萊爾

---

238 《古蘭經》。他們在山洞裡逗留了三百年，（按陰曆算）他們又加九年。（18:25）//著名的

斯，見證了法國六十年代的結構主義與後結構主義。陳澍仰望的教授也自喟道：八十年代讀索萊爾斯的《挑戰》，那時同學們還在為王蒙的《蝴蝶》萌動，中西文學差距如天塹。夢中做夢最怡情，蝴蝶引人入勝。倘若畢加索畫作〈女人夢見威尼斯〉[239]是一隻蝴蝶落在小腹上，而不是一隻小狗趴在身邊，她的左手仍舊輕撫乳房，右手如故嵌入腿間。會否影響象徵意義，蝴蝶的意象又將何指？

古人內斂，以玲瓏為美，不看好豐盈。美的天平傾斜向語心，羞怯為她添加了砝碼，她的兩個乳房，各有各的樣貌，各有各的性格，那是兩個，而不是一對。他奇想突發，要給她生物學上的特徵部位以天使命名，左乳叫米迦勒，右乳叫哲布勒伊來[240]。千差萬別又息息相關，都是受

「七人一狗」的典故出於此。

239 名畫（*Femme qui reve de a Venise*, 1900），描繪一位獨自沉醉情慾的女人，左手輕撫，右手嵌入腿間，一隻小狗趴在身邊。

240 米迦勒是《聖經》中的天使長，哲布勒伊來（Jabra'il，或譯吉卜利勒）是《古蘭經》中的四大天使之一，也即《舊約》中的加百列（Gabriel）。

造於光的妙體[241]，帕慕克在卷首引錄天啟之語——東方與西方都是眞主的[242]。

衝動過後，他安寧地嚼著榴蓮，用刀剝離擺放到瓷盤內，至少有半個小時在靜默地回味中度過了。

有一夜，她將在鋪滿花瓣的床榻上，以自身的裸裎，款待這薔薇般的夜晚。

六

語心屏氣凝神捧起陳澍愛不釋手的綠皮書，暗自默唸：如果這本書眞暗蘊魔力，就助我當選褐石CLUB女神，宛如美女不倒翁傲立俯視著貪色的男人。她直立身軀與魚尾渾然一體，雕像般白淨的臉聲色平靜，面不含笑呼應鼓掌者招手示意。直至高空作業車的機械臂伸展到身前，迷彩服梳辮子的女子用安全帶扣緊細腰，打開魚尾裝置，解脫雙腿的束縛，將她拉到機械平臺上。陳澍嘟囔著他的失望：「假如她方才落水，肯定要以半裸示人了。」她投以鄙夷佯裝斯文的男人，

---

241 《穆斯林聖訓實錄全集》。聖妻阿依莎傳述，使者說：「天使受造於光，精靈受造於火，阿丹受造於土。」（56:62）//信天使，是伊斯蘭教「六大信仰」之一，認為天使是安拉用「光」創造的無形妙體，受安拉的差遣管理天國和地獄，並向人間傳達安拉的旨意，記錄人間的功過。

242 《古蘭經》，2:115。//《我的名字叫紅》，奧爾罕・帕慕克係土耳其作家，二〇〇六年諾貝爾文學獎得主。

內心之齷齪眞與她所測無二。

扮不倒翁的女子可有我光彩照人？蘇藍的眼睛蒼白著褐石CLUB，剝開姹紫嫣紅，呼叫語心耀眼的名字，用彩旗飄動的目光望著她。侯澄泓送她新發佈的iPhone6s保留著那日的短片。萬萬沒想到，選中了她——丁語心掃射發出聲音的角落，那種眼神分明就似一個游擊戰士要剪除搶藏深處的敵對分子，繼而她高傲地赦免了他們。綻開享受所有視線注射的笑臉，奔入侯澄泓張開的寬闊臂膀，她赧愧地感到他的手指在肩帶上滑來滑去，心頭撞鹿的情緒席捲她進入似眞似幻欲暈欲炫中。

昆德拉爲特蕾莎[243]母親設置九個各富卓越品質的求愛者，羨煞當今女孩們的公主夢，比鮑西婭[244]的求婚場景更具入戲的浪漫，儘管也是謊言。丁語心與她的女伴們挽手圍成圈，侯澄泓加冕褐石CLUB的王者，這不是選美，這是選妃——蘇藍刻薄的語氣刺痛了她的眼睛。唱反調的牛蠅——收斂你教訓學生的口吻吧，嫉妒令你將團隊建設比作獻媚爭寵。她要參加一次選美，讓人欣賞到她的美。她列了一張美的清單，仙女教母的魔杖透支了信用卡：一盒香奈兒口紅，蘭蔻美麗人生香水，這是優雅女子必備的家當；Gucci紅色高跟鞋，明亮亮的金LOGO，傾囊季度公

---

243 《不能承受的生命之輕》，女主人公。
244 《威尼斯商人》，女主人公。

佣苦追的時尚；紀梵希絲絨真絲褶裥晚禮裙，看她腰圍只有62釐米的尺碼，細細的吊帶，開得太低的露峰前領，一晚五千圓租賃的風光。裝飾她濃重的紅色的夢，紅地毯上最靚麗的紅——絕代有佳人，名曰丁語心。

人去樓空。即便被拒絕，也無法抵擋。蘇藍留下超大Hello Kitty公仔，形隻影單地倚在牆角，墊著褐石CLUB的方巾守候。她曾計劃養一隻加菲貓，而語心卻鍾愛博美犬。內心強大的人養貓，希望被仰視的人養狗——她拿腔作調地重複馮璁的句子，戴著語言光環的男人。交換空間的哆啦A夢，蹲在床頭櫃上端靜靜觀瞧，它萬能口袋也弗能饜足的苟慾，束手無策地窺察知識盲點，解惑的對象也在喘息間與它相覷。俯瞰河流的公寓中，隱伏著她遷怒的衣櫃，內推拉旋轉試衣鏡留匿著林菲勾人的身材。

語心聽出蜻蜓點水的鄙屑，她壓根就不認爲那女人比自己柔媚婉約，畢竟是年輕三歲芳華。橫亙在分享的喜悅中，那天她和閨蜜確實不酩酊不罷休，誰先告別處子之身的夜話，在大學都未談過眞正的戀愛。你懂得眞正的含義嗎，侯澄泓積極地以嘴脣作答，塗色的脖頸沒能逃脫蘇藍的諦視，我配圖發朋友圈行不？

你敢！她的回聲在未來城LOFT遊蕩。蘇藍！她不由自主地連綿呼喊，排遣樓上獨處的悚懼，樓下卻生氣地沉寂不答。我持有你發騷的證據——蘇藍躲在衛生間試穿染透情郎慾望的T

字恰到好處，只能穿給一個人看。難怪她搬離宿舍後愈發女人味，不單是學會化妝這麼簡單。

蘇藍探出貼著竹炭面膜的臉蛋說：「褐石CLUB是汙穢的所在，每個人進去都染上一身混濁，悔不該當初介紹你去。」

爲我害得你欠林菲一個人情是嗎？

七

這種幸運不是每個男人都有，陳澍的眼神聚焦侯澄泓的圓心，低胸連衣裙微露雪脯，深淺不一的溝渠匯成的圓湖。驚喜若狂的剎那敏銳，覺察有雙眼睛自始至終圍她打轉，像一個不安的人不停盯著舒緩移動的秒針，又仿若有紅外線的瞄準點停留在她的肌膚上，於是確認那天那人就是陳澍。

你就是個流氓。她使勁掰開他的手，臉色刷拉肅然：「你長點出息行嗎？」他一下就被威懾住了，這不平等的對話，一開始他就處於下風了。他粗魯的雙手在她胸前烏七八糟地遊走一番，十個手指就像抓氣球一樣陷入，周身體驗到被侵犯的噁心。不似侯澄泓氣宇軒昂的性感魅力，劍眉星目熾熱得把她灼燃，她不禁勾掛他的脖頸，舌尖繚繞。

澄泓，語心身子微微一顫，從此侯總成爲陌生的過去時，她望眼欲穿，又如一切私會情郎的

處子煙視媚行，花前月下邀約誓愛銘心。然而，你愛我，難道僅為了逞一時快感嗎？澍，脫下來親親吧。他把臉埋進她的胸脯，像迷戀一片罌粟葉。你想有多美就有多美，你一笑，花朵悉數綻放。聽到她得心應手的哭聲，他便像被擊破的防爆玻璃，維持著碎痕如蜘蛛網的形狀。你要小心，哭過之後的女人，因為此時的她，變得更加強大……今起，無論如何我都要你偎在我懷裡，我要帶你出去，讓所有人見到。

所有人，包含侯澄泓嗎？他糾結了一會兒，然後又隱忍著放下，像位開悟的智者，又像位出軌的少婦想起情夫又惦記年幼的兒女。

八

語心回放自己被優雅地奪取童貞，浪漫滿屋的花香揉進短暫的羞恥與連綿的快感。她從容步入玄關，彎曲脫下鞋襪，腳踩羊毛地毯，側目配置HiVi音響的家庭影院，端坐主臥床頭的心緒，卵黃的燈微微亮，沿衣帽間望去北端注水的按摩浴缸。飄飄然盈抱著與主的祝福與安寧同在的熱望，她的身體像一座開放的礦山，等待他鼓起勇氣採掘。

她說：「我第一次體會比紫御園更奢華的房子，廚房都配享專用空調。」

蘇藍說：「是你難以想像女主人的生活吧，小女人的審美總關乎櫥具和餐廳的佈局，幸福地鳌清佳餚菜系。」

那天，侯澄泓用原汁機壓得滿滿一杯進口水果，她得意洋洋躺在LOFT公寓床上，蒐索曙光套色江戶切子貴過她的OPPO兩倍。她終被幸運女神遴選，激情滿懷地寫下五個H，H是她保持供氧的夢想，H是一個符號，將兩人緊密勾連。H代表侯澄泓名字的大寫字母，H代表他的愛馬仕（Hermes）皮帶，H代表她的俊男（Handsome Man），H代表她的英雄（Hero），H代表天堂（Heaven）。

她說：「你該多喫應季的水果，罐頭再好也是去年的。」

她說：「你想要Gucci的話，可向馮老師賣萌，只怕他兩個月的工資都不見得夠。」

蘇藍說：「小心愛上隱婚人。你用腳趾也能想出，侯澄泓出類拔萃，一直單身就爲了等你這個灰姑娘嗎？」

她說：「你這會兒倒眼明心亮了，你與馮老師同墜入愛河時，可曾想過林菲的感受？」

陳澍說：「你在想那個壞人？看著我的眼睛。他才是齷齪，你該破口大罵，你忘得一乾二淨了嗎，他是如何被揭穿真面目，在褐石CLUB顏面掃地。」

她說：「別以爲我不知情，你偷窺我，更令人作嘔。」

鐵皮罐裡限期的果肉，哪有鮮榨原汁痛快——卡帕奈利餐桌上的琺瑯杯具沉澱著她彩虹似的

夢，帕拉迪奧圓廳內與他婆娑共舞。溫暖的肉軀在昏暗中熠熠生輝，滿身顫抖於目眩神迷的忻悅，此即她所想望，不停地想望：我們不慌不忙，整個草原上只有你和我，我們不必脫下衣服，只用目光在彼此身上摸索，我們的目光像火一樣使得我們的全身著火，我們就不得不脫下衣服，你先來幫我脫，一件、兩件、三件，我身上的衣服怎麼也脫不完，你累得不行了，我們想要躺下，我身上突然只剩下一層薄如蟬翼的單紗，你就用舌頭隔著我外面的紗衣，把我的每一寸肌膚都含在你嘴裡，都在你嘴裡融化成一股熱流，你把嘴裡這股熱流吐到我嘴裡，我們的舌頭也死死地糾纏不休，直到一陣清風吹走我身上的單紗，你的舌頭又不斷地在我的身上漫遊，我一切的一切組成了一個神奇的國度，在這個國度只有你一個人在漫遊，無邊無際地漫遊。我們將不再去漫遊，愛情本身要棲遲，在這良夜的月明中。

九

陰冷的隱祕終於浮出水面，撥雲見日的結局必會如是，這美猶如一場迷茫又熱盼的夢魘。魔鬼從未刻意狡黠，牠洞悉人類的愚蠢如瞭解自己的指掌。創世之初便看穿了亞當的底牌，不願向牠俯身叩頭[245]，蠱惑人像人身上的血液無孔不入，聖人擔心牠把罪惡投在人們心中[246]。牠正端坐雲上，俯視下界卑微的女專，她終將雲雨過後，人變哀傷。

寶貝，陳澍叫的她滿身頓生肉麻，全無依偎侯澄泓懷中似萬花筒一樣綻開的快感，累積的苦楚像植草磚上的冰雪杳然在驕陽下。她的委曲求全與陳澍的處境倒也息息相通，褐石CLUB麻木的小人物。他凝眸掃描她向後仰起的臉，她像是在天花板上尋覓逗留的飛蟲，勾動她全部的注意，無視他俯察的舉動，任由他一了那日的遂懷。

亨利．米勒在《南回歸線》卷首寫著令正人君子難以啟齒又怒不可遏的句子[247]，宛若雲深霧罩與身臨其境的陳澍在褐石CLUB捉迷藏，不覺他人皆身處碧海藍天，風景在他背後燦爛。一夜春風襲來，他親歷一場身體敘事，似畫家如照相機般再現模特玉作的山峰，他的嘴巴就

245 《古蘭經》。當時，我對眾天神說：「你們向阿丹叩頭吧！」他們就叩頭，唯有易卜劣斯不肯，他自大，他原是不信道的。（2:34）//主說：「當我命令你叩頭的時候，你為什麼不叩頭呢？」他說：「我比他優越，你用火造我，用泥造他。」（7:12）

246 《布哈里聖訓實錄全集》。使者說：「惡魔蠱惑人像人身上的血液一般，無孔不入，我擔心惡魔把罪惡投在你們心中。」（2038段）

247 該句子是：在卵巢電車上（on the ovarian trolley），獻給她。//備註：卷首語是中國編者從書中摘錄的，並非作者旨意。

是他的塗料，手指就是他的畫筆。他的導師在朋友圈中慨嘆：身體敘事與美學近十年在學術界蔓延開來，九零後研究生交上來的課程論文，有一半是身體話語，直面身體，懸置形而上的靈魂。

你解開吧，今天我是你的了。盤桓於身體敘事的現場中，陳澍卻在思疑這幸運的給予者，是獨眼騙子還是全觀的主[248]。吳志斌遺失的寶典有圈點的警句：達加勒將向人們展示看起來像火獄和天園的東西，而事實上，他所稱之爲天園的，其實是火獄[249]。他迷亂於無法自拔也不願自拔中，遲到的心像饑渴的人等著從頭而降的雨露，儘量保持幻想的能力。

十

僞君子，你換了工作，我就找不到你了嗎？

一個女子披荊斬棘褐石CLUB，攻塌了丁語心期望的未來樓閣，驚悉如末日將至的噩耗。闖入者的聲音潑辣堅硬，惟恐天下不知，竭力吶喊出稀鬆平常又無情無義：「侯澄泓，你這無恥之徒，家裡有老婆，還花言巧語誘騙我。」

---

248 獨眼騙子即達加勒，見《布哈里聖訓實錄全集》。使者說：「你們要知道：達加勒是獨眼的，而主是全觀的。」（第3337段）

249 《布哈里聖訓實錄全集》，第3338段。

的草坪婚禮。

姑娘們，聽我揭穿僞君子侯澄泓，說不定他這個混蛋又對誰山盟海誓，明年要給她辦個浪漫的草坪婚禮。

她說她要讓他身敗名裂，如鱷魚死在乾涸的河床，這是仇恨最好的表達方式。他澹然走至控告的大廳中央，揮手命令保安逐客，她猛地上前抓撕他的襯衣，水吧領班敏捷地擋在身前：「女士，請你冷靜些。」

闖入者欠身探手去抓領班塗抹白淨的臉，幾個女服務生一擁而上拉拽沙發上，怒目戟指打翻檸檬水杯，嘶吼怒罵眼前皆是騷貨。有人低聲輕語，卻又是故意傳到她耳際：「長得挺標緻，素質卻低下，難怪侯總不要她。」

聰明的男人想要得到一個女人，不屑談情愛買賣，他們擅於誘姦。恰似一隻餌鉤，設魚餌，引誘發瘋的吞食者。獵獲從無緣由，剛得手只片刻，狂歡方盡興，頓覺寡然無味頭。語心在飄落法桐葉子間拖著踽踽的腳步，窗前的光將黑暗變幻爲薄紗，流出躲在褐石CLUB未盡的眼淚。她的閨蜜竟將她與闖入者歸咎爲驕惰貪圖，用童貞當籌碼，轉動空獎的都市輪盤，四面尖銳無法觸手——同處LOFT的女人霎時間變色生分冷血，道德說教弄溼了她的目光。她斜跨Gucci女包，奪門而出，將欲與之哭訴的閨蜜扔在咖啡館裡。歸家的一里掛滿霓虹燈的路，她拖拖棲棲地足足走了一小時，一路上拒接了陳澍七八個來電，突兀一陣噁心反感，將想入非非的他與地鐵上的鄙猥

之徒聯繫在一起。

時光驚魂未定地叫嚷著在逃亡，叫嚷是爲了徹底喑啞，是爲了在喑啞中找回心聲。一路上那些奇怪的沙石，如肆無忌憚的夢境，綿延不斷地橫臥在綠化帶上。複溫接二連三的情景，高宅大院內有個女人在刷洗一匹馬[250]。

剪不斷，理還亂，多少恨才可致人死地，多少愛才能榮登天堂，眼睛不僅能尋找光明，還能在黑暗深處透亮。世上現成的傻瓜本不多見，她卻自入當面盜竊靈魂的圈套，主動端起那碗精心烹製的毒酒。被憔悴的夜晚的魔力侵蝕，捲進不能節制的致命的縱情裡去。陳澍曾說，如果那是惡夢，就一定來自魔鬼[251]。她不睬他與日俱增玄而又玄的論述，向左側吐上三口唾液[252]，治癒闖入者言說的靈丹妙藥？心間高聳的圍牆敞開一個豁口，迎接千瘡百孔的陰謀。

褐石CLUB是黑色殿堂，危險源自她自命沐浴在一片光明之中，闖入者的話鐫刻在銀灰色大

---

250 這是凶兆象徵。據《布哈里聖訓實錄全集》，使者說：「三件事物中有凶兆：馬、女人和宅院。」（第2858段）

251 《布哈里聖訓實錄全集》。使者說：「好夢是來自真主，壞夢或惡夢是來自魔鬼。」（第6984段）

252 《布哈里聖訓實錄全集》。使者說：「如果你們誰做了一個令他恐怖的夢，那麼就向主祈求從惡夢上得到護祐，並向左側吐上三口。這樣，他就不會受其傷害了。」（第6986段）

理石牆上。她熄滅屋內所有的亮燈和穿過的愛情，緊鎖窗簾封閉方寸，忌憚臉暴露月光，黑暗充滿的空間裡度過了一個茫然的日子，卸去漂亮的妝容。夜晚將黑像淤泥一樣堆積，世界在眸子裡投下淡灰色陰影。她來回在時間面前駐足，一線悄然而至熹微的光，漸浸映透窗簾的微亮。遮光布背後的窗外是不改初衷的太陽，樓頂盤桓的群鳥用腳抓住藍天，隨拂曉晨光在都市飛翔。建築物內抹不去功過簿文字的女子，失竊的睡眠如顏料般淌眼影成瀑的崖壁，被散碎的日光鞭打在身上，一陣顫索，一個噴嚏，一聲哀鳴。

十二

他們的肉體彼此探尋，他們的血液和皮膚心領會神，他們拋卻掩羞的衣衫，如惠特曼歌唱帶電的肉體，如聶魯達頌詠情慾之詩，給虛偽的文明一記響亮而眞誠的耳光。戀人赤裸乾淨得夜一般純粹，使經軒窗射入淌動的月色多餘，對陞職的期望和對侯澄泓的仇怨，對天堂的祈盼和對地獄的駭懼，都似水蒸氣消逝了。唯餘按捺不住的筋肉波瀾跌宕，語心也情難自禁地回應悲喜交集的淚水，堅定且溫柔地奔入疲憊的黎明，直至她的眼睛如他的陽具再也滴流不出液體來。

陳澍說他不奢求更多快樂了，已在快樂中恣行無忌如船行大海。他又許下信口開河，要帶她去另一個國家，另一片海岸。語心沒再譏笑他的稚夢，滿腹心事地站起身，正色莊容地說道：

「當前就業形勢很糟糕，紫御園的待遇在行內算是天花板了。別說去境外打拚，換個城市你就能活得很滋潤了嗎？恐怕我也得去當美女不倒翁了。」

語心，這就是句比喻。比喻？我的未來是你用來比喻的嗎！他不由分說地拉開她的睡衣，不等她做出反應，用力吞噬她隱祕的心和袒露的身，她僵持的嬌軀軟了下來。他神搖目奪地說愛，我要用一百個年頭來讚美你的眼睛，凝視你的娥眉；用兩百年來膜拜你的酥胸[253]。語心抱住他的頭，想著夜晚膠著的熱戰，他認真專注地將熱情湧入她體內，引她吟出曾強噤於喉的嬌喘。她鬼使神差地仰臥，把櫻唇和紅舌獻給無所顧憚的青春，把乳房和陰阜獻給癡然如醉的男人。舒展玉體，沉溺低能熱情的深刻蠱惑，迎候隨浪濤上下顛簸。

語心甚至在暢想，侯澄泓如陳澍潛伏強勁爆發力，或是陳澍祛卑怯之態而扛起褐石CLUB的重擔，那是多麼切如人意。她的欣願還附加著一個註釋：侯澄泓也是對她一心一意的。往復迂迴地狠狠侵入，刺激她旋即被飽滿充實叫停了癡想，她始信陳澍是真心愛她的，她也真是在用身心接納他了。只是這愛充斥了太多的不滿。

---

253 安德魯·馬維爾（Andrew Mar-vell）：〈致他嬌羞的女友〉（*To His Coy Mistress*），" An hundred years should go to praise Thine eyes and on thy forehead gaze; Two hundred to adore each breast."（楊周翰譯）

語心，我今天讀到一個有趣的名詞，擇偶恐慌症。辦公室的女生會喜歡兩三個男生，這種躊躇不定會延續到婚後。如果跟他過，是什麼樣的光景，詩意還會支離繁碎嗎？

惦記無緣的男生？也含些無傷大雅的性幻想吧，藍兒。

遐思並不妨礙她再登曼福不盡的天堂，樂園觸手可及時映入不安，陳澍卻張嘴鬆開他唇舌夢寐的歸宿，身體顫震咳喘吁吁，噴出的口水濺在語心胸上，恍若他吸吮出毒液侵入臟腑。他將全部的力氣化作憤怒的目光，迸射向一處——窗臺上熱情洋溢的Prada蘋果紅色女包。

他伸張手掌深撓頭皮，抓落的短髮散落在福地上，分明是在懊悔忘記喫七顆椰棗[254]，進而面孔猙獰地舉起掌摑的動作，咆哮地質問：「你犯賤是嗎？還嫌受騙不夠，又收了他的禮物！」

254《布哈里聖訓實錄全集》。使者說：「一個人每天早上喫七個椰棗，那麼在這一天，毒物和邪氣就不會傷害他。」(第5445段)

我此刻就起身

Though parting rends their hearts with sorrow's art,
Love's memory endures, forever pure at heart.[255]
—Regret for the Past

255 意為：
儘管離別以悲傷的藝術撕裂他們的心，
愛的記憶依然留存，永遠純潔無瑕。

一

——哈尼夫[256]。

——哈—尼—夫。

哈尼夫屢屢牽縈一樁奇景，從天直瀉的懸瀑，上方煙雲繚繞，底下漭騰澎湃，有聲出洞窟若雷鳴，又由腦際穿入夢中，淙宵半夜驚坐起。時金光閃耀，時黑雲壓城；時響徹重霄，時低吟淺唱；時圓潤清越，時長嘯哀鳴。亦有煙氣張天，若寓烘爐中，遍野雨灰，撕雲裂石，振聾發聵，人不堪重熱，涕洟交流，遍身癱軟。

——你是有罪的，因爲你生在河的這邊。

飄風苦雨，薦臻而至者，此天之降罰也。我莫名開啟救贖之旅，每遇坎坷，每遭羈絆，空中傳音，博覽典籍，遍訪高人，這也無濟於事，那找不出緣由……候車時，老者濃重方言，我只得推脫不識路，然聲音卻似熟稔，復返愕夢，原來在警戒……你需要忍耐，我常常對我自己說，坦然無力與無知，由此才能在失去更多時感獲寬慰，事實上每時每刻都在失去，而非擁有，我曾經戾氣，也會對很多不滿加以控訴，蜂蜜在刀尖上，而非勺子裡……盤旋不息，擲地鏗鏘……是詞

256 哈尼夫（Hanif），男性名，意為：正統的、虔誠的。

語的負荷，在重壓之下斷裂且日常破碎，浪費了大多時間，都是全新的開端，一種不同類型的失敗……命運蹂躪像棉質衣服的褶皺，像色彩雜亂的塗鴉，不信浮生若夢，萬事到頭成幻滅，那是個細線懸吊的錘子，拿張隨時宣唸的審判，活的像棵扭曲的樹，有一條扭曲的陰影……夢的解析追溯指向的意念，對精神病患者催眠獲取夢的資料，入手分析病源的機制和手段，夢就是酒話跟瘋話，因爲大家都做夢所以大家都是瘋子，人是一種神經症，歷史是一種神經症，文明也是神經症……男人說要找個無比理解自己的女人是假話——他們想要的是，按他自己的意思理解自己的女人，須是性慾衝動的對象……我去探尋歷史或神話記載一個落難的貴族流放到荒島或異國他鄉，或者是先知從河流打撈出一個嬰兒，歷史和神話對眞相遮掩，哈姆萊特和奧菲利婭在似是而非瘋癲狀態下反而洞穿了夫妻恩愛、父慈子孝、君臣和睦的倫理生活，正常狀態下無法啟齒的眞話，東方於普遍層面用政治和文化手段馴服人……我在自己的故鄉流浪，穿著異鄉人的衣服，被他們一眼辨明的標識，活在當代的神話中，規訓我接受履行他們頒佈律令，活在方圓巨大的荒島上，覺得人生完滿安逸，暗暗地摸著自己的頭顱，道聲晚安……一個部族忽然人都消失了，一個部族湧現一個精神領袖，我就追隨著他，某次戰役後，我的駱駝走得太慢，這使我心急如焚，這時有人從後面刺了一下我的坐騎，這一下可眞有奇效，牠倏地興奮起來，是我所見到的駱駝中最快的……凡是以不合法的方式賺取錢財者，就像食而不飽的人，金錢如糞土——這句話可以作爲

過分省檢與肛門情結聯繫起來的契機，譬如潔癖跟過分儉省的習性都歸爲肛門情結……排洩規訓，有史以來人類文明的最偉大成就是教會排洩需要進廁所，對孩童來說這種壓抑會造成一種強迫神經症，養成不潔的幻覺，教育強迫文雅地說成出恭……親愛的阿法芙[257]，我只是看見我的生活，和一些無法言語的憂鬱，也得到些頓悟。

——哈尼夫。那是你心中的晦明。

——你的主沒有棄絕你，也沒有怨恨你。

——快給我蓋上被子！蓋上被子！

——阿法芙。

——再往被子上倒瓶涼水。

——你會聽到眞理是一種鐘聲。

——河的這邊住滿了不義的人。

——我端切聆訓解惑。

——我站立起來，頌揚我的主宰，感謝眞主的大能。

---

257 阿法芙（Afaf），女性名，意為：貞潔的。

——主啊！憑著你的全知，我向你請求引導；憑著你的大能，我向你請求定奪，並向你祈求你那偉大的恩惠。因爲你是大能的主，而我則是無能的；你是全知的，而我則是無知的。

——據說今上聞得此言，聖顏不悅，你的主怎可僭竊我之功績？是我讓黃沙變良田，是我讓危房變高樓。

——君不見，忽如一夜政令來[258]，圓頂星月全剷平；君不見，闌街嘟哇[259]文字獄，千店萬鋪打補丁。

——這是新時代的文化鬥爭，要是沒有敵人，政權還對誰專政？

——馮老師，天下本多事，君子宜慎言。

——Big Brother is watching you.[260]

——咱們桌上缺一風塵女子，三個男人不成戲，美人才是佳餚主菜。網上能談一月莎翁的定

---

258 自二〇一八年以來大陸開展「伊斯蘭教中國化」行動，名曰遏制「泛清真趨勢」。大肆拆除傳統的伊斯蘭建築結構，同時禁止出現阿語標誌及限穿宗教服飾。

259 嘟哇（du'a），阿拉伯語音譯，也有音譯「杜瓦」者，意為「祈禱」。當他祈禱我的時候，教他們答應我，信仰我，以便他們遵循正道。（《古蘭經》，2:186）//國內穆斯林亦將懸掛於門楣的清真言或求護詞稱之為嘟哇，此處指的是飯店牌匾上的清真標誌。

260 意為：老大哥在盯著你。

是神交知己，走在物慾橫流的河面，腳底不沾水，見面不停爭論理想光芒的悲劇英雄與但丁地獄第九層與猶大同在的背叛者，同一個勃魯托斯，翻開普魯塔克的名人傳，刺殺凱撒也改變不了局面，不食人間煙火氣，佳餚等同餅乾就白水，幽居在空谷，佳人心恨誰，威廉也會捧腹大笑，你不知道我愛說葷段子，要討好文化程度並不高的觀衆？

——無論這個美豔女子是否風塵，男人需要雙重想像，既需要想像她放浪的床笫之歡帶來隱祕的罪惡歡樂，又需要想像把她放到火刑柱上接受折磨懲罰。克拉麗莎不死，就不能成爲聖徒，世俗的道德觀。

——現代人失去了情書的樂趣。書信通過一種巧妙的、長時間的調侃，一種永不圓房的求愛，承認卻抑制肉體親密；就像德里達的「處女膜」一樣，作爲尚未書寫的白紙，它一觸卽合又分開。在長時間的挑逗和眞實的肉體親密之間有一層處女膜，處女膜的意思就是承認但是阻止達到，勾起你的性動機又阻止你抵達動機。處女膜的中間性，它既不是慾望也不是樂趣，而是介於兩者之間，在慾念與現實之間，在犯罪與回憶之間。因爲拉芙萊斯全部寫作目的當然是擁有克拉麗莎的身體，男性陽剛的筆觸征服女性肉體抵達歡情，純貞的空間敞開，身體反抗化解於信件無

拘無束嬉戲的字眼中，這樣拉芙萊斯才能最終用他的陽具而非筆桿在克拉麗莎身上寫字[261]。

——沒有愛情的人爲沒有愛情而苦悶，有了愛情的人爲有了愛情而苦悶。只要婚姻尚存，圍城的隱喻逃脫不了的宿命。克羅迪歐還能和希羅[262]幸福生活在一起，心不生隙？誤會輕描淡寫，詆譭情恕理遣，暈倒乃柔弱女性唯一的自我保護措施，遺傳十八世紀的帕梅拉，東方一哭二鬧三上吊，屈身求愛還是委曲從俗？

——兩位公子，那堪又被多情困，相見恨晚。

——事實上厭食症與暴食症幾乎是雙生姐妹，互爲併發。

——我們開餐廳的可不歡迎厭食症，當然他點一桌子菜不喫也無所謂。來吧，遠方的朋友，128圓一碗的神戶牛肉麵，饕餮你的胃。和心上人津津有味，出了吉哈德私房菜，就進了酒店的大床房，舌尖殘留我的手藝，吮咂不肯鬆口。鵝肝松露算什麼？鯨魚肝可是天園居民們的首餐。他們每人皆有二妻，皆美豔照人，散發麝香的芬郁。

261　這裡體現的是"penis"與"pen"的相對。見於特里·伊格爾頓（Terry Eagleton）《卡拉麗莎被強暴》（*The Rape of Clarissa*）。

262　莎士比亞戲劇《無事生非》中的人物Claudio與Hero。

——兄臺能同時應對自如兩個美女？欽佩莫名，頓無辨*The Tempest*[263]共讀會心思，季羨林老先生也想多搞幾個女人。

——章兄，你應好好讀讀*The Taming of the Shrew*[264]。琴瑟不調主因多爲性生活，安娜與卡列寧就是經典的例子。

——馮兄，你抱著百裡挑一模特身材的老婆，還心心念避你回鄉的小女生嗎？

——見食垂涎，見色起意，能請人喫飯，就能請人狎妓。大廚說遠方的貴賓整天網路陽春白雪，肯定缺情投意合的枕邊人，我說此因人們對愛情的認識普遍具有間歇性。

——當我們在談論愛情時，我們在談論什麼？

——當我們不在戀愛時，才能以明哲的態度對待愛情中的矛盾。

——離別故鄉並爲主道奮鬥的人，企望主的慈恩。

——生意冷清似燈下讀書夜，你確定受到了啟示？無數人以腳步示虔敬。

——這一切得從一個掉進拉麵碗的警察談起，嚇跑了大廚，強摘哈拉里認證[265]，塗黑太斯

263 意為：《暴風雨》，莎士比亞戲劇。

264 意為：《馴悍記》，莎士比亞戲劇。

265 即清真認證（halal），清真一詞的本義是合法，這裡的「法」指的是沙里亞。清真是轉化詞

米[266]，暗藏人體機器。食客不認這味，一天少似一天，全靠商會貴賓時常來捧場。新請的美食家尚未上路，遠水解不了近渴，更非藥到病除的良方，來無蹤去無影的新生代怪物還在虎視眈眈。但我當務之急是去尋找赫迪爾聖人，只有和眞主說過話的人才能爲我解惑，遷徙後是非不絕，順便諮問私人隱事。大廚引薦滿腹經綸的絕聖棄智的老阿訇[267]說，他遊歷至東土，坐在兩河交匯處的草地上，望著前方的宣禮塔，排憂解難，爲人生指明方向，而且有求必應，沒有人見過他，又常有人見著他，山村有個虔誠的年輕人，復明了母親的眼睛。

——你說的是al-Khidr[268]，那個教訓過摩西的人？

——就是那個奉命亞歷山大大帝尋找永生泉的人？

彙，在中文語境下這個詞有所擴展，哈拉里不能完全代表清真的含義。

266 太斯米（tasmiyah），阿拉伯語音譯，意為誦真主之名，內容為奉普慈特慈的安拉之尊名，拉丁轉寫簡拼為"Al-Basmala"。

267 阿訇(akhund)，波斯語音譯，本義指「教師」，後指掌管一方教務者。

268 Al-Khidr，Arabic: 'The Green Man'。伊斯蘭教中的聖人，雖名不見《古蘭經》中提及的二十五位聖人，但多數經註家尤其蘇菲學者，皆承認他是聖人，是一位未被差遣的先知。他與穆薩相遇的事蹟，見「山洞章」。《魯白經註》記載，使者說：「他被叫作赫迪爾，是因為他坐在一張白毛皮上，如果他動盪它後邊，它就綠翠發榮。」又見《提爾米茲聖訓集》，「因為他曾坐在一棵枯樹上，結果那棵樹長出了綠葉。」

——從西方到東方，綠袍聖人解惑世人的聖驗綿延不絕，家喻戶曉。

——我發現許多傳說中的施者或具神蹟，或擁智慧，或能人所不能，或知人所不知；而受者往往以堅韌與誠心作爲實現願望的籌碼，首要條件他個具有美德的人。

——但是，阿拉丁只是個街頭混混。

——因此，他遇到了一個精靈。

就是在這張桌子上，哈尼夫拳手敲了三下，那晚閉店後和大廚研發新菜餚，降落石灰粉末，牙磣了涼菜，抬頭見拇指大小的警察捅破天花吊頂，空中轉體一周半，一頭扎進拉麵碗裡，飛濺熱湯撲臉，小魚兒般撲騰打滾，浮在麵條上腳蹬手拽，迂緩爬到碗邊，雙臂支撐倒立，後翻筋斗，平穩落地，屈腿站直，餐碟前挺立矯健身姿，從額頭往下淌水，浸溼了筆挺的制服，沿桌面滴答到我牛仔褲上。這玩意兒精緻得像手辦，能賣出限量版的價錢，大廚趕忙抄在手裡，拳頭一攥，竟是有血肉的活物，欲仔細端瞧，卻被電擊一刺，不覺戰抖，漸流冷汗，麻木間甩手擲出——

——敢問，閣下可是外星人乎？

——公民，店裡沒顧客，算你們萬幸，到此爲止，好自爲之。

二

清晨，當我醒來時，你尚浸在睡夢中，我聽到了你輕柔的呼吸，我看見你俊美的眉目，在縷縷飄散的秀髮下……我被深深吸引了，想慢慢喚醒你，可你睡得那麼深，那麼香，開帘見朝曦，你若凝脂的肌膚映耀在晨光下，那麼溫暖，那麼甜美，我忍不住想貼上嘴唇……我想要的是沒有人能從我身邊奪走的，這是你不易的形象……透過你的臉龐，我看到了純淨的、美麗的幻象，從生命的各個角度中折射你和我……未來的所有歲月，甚至與你相遇之前，我生平第一次感到你一直屬於我，一件多麼不可思議的事情呀，那夜晚將長存，嫁給我吧，阿法芙，使者說，結婚會使其眼睛和性器官免於犯禁……與你似水的情、如玉的身結合在一起，生性柔弱的女人總是渴望被呵護，男人應憑藉智慧與她相攜，那一刻我意識到愛你之深，阿法芙，我不禁流下了眼淚，只因覺得這永遠不會結束……佔據我生命的全部……不僅親密無間，且是相互依存的，以一種牢不可破的方式……誓以掌握我生命的安拉，誓以賞賜我眞理的主，長相廝守，恆久不渝……除卻意猶未盡的私憾，這是唯一的心緒難平，你仍鼓勵赧愧的我，最近諸多壓力襲來，來日方長的激情澎湃……現在你醒了，微笑著將胳膊纏在我身上，吻了我，我覺得眞再無可多慮的，我們會像此時那樣永不分離，被某種比時間更長久，比習俗更黏附的東西緊緊聯繫在一起……就像我聞聽召喚，阿法芙，蜜月後隨我喬遷過河，轉讓烏煙瘴氣的網咖，我阻止不了喝啤酒的不義人，吉哈德確是潔淨的合法的，明年飛赴麥加，虔誠信士的必修功課，比去歲更強烈感到你於我是多麼重要，不再會對另一個女人產生同樣的感情，你是我長久渴望等待的人，你沒嘲弄我屢屢牽縈的奇景，有朝一日會弄個水落石出，希微窺見我想像力所看不到的未來，梁遇春將天下女子分兩大類：一是「你」，一是「非你」……阿法芙，我習慣性地在睡衣內撫弄，你推開說梳洗打扮與閨蜜去逛萬象城，不陪我見朋友。哦，來者皆男兒，我知道你從不猜疑，包括眉毛宛如夜空新月的艾米娜[269]。

——哈尼夫，想著送朋友兩盒白巧駝奶椰棗。

——風聲太緊，切莫胡言亂語。

三

我原來提過一個隱喻，神要你愛上一個人，就在你眼裡用天下最美的裝扮脩飾他，就在你心裡用最妙的言辭烘襯他，就在你周圍用最閃耀的光芒等他出場。神不想讓你愛上一個人，就用最汙穢的髒水在你眼裡潑向他，就用最惡毒的咒罵在你心裡種下魔鬼，就用法杖在你周圍消除他的一切光彩。

---

269 艾米娜（Aminah），女性名，意為：忠實的。

凡陽光下飛騰的，都會在大地上腐爛。歡樂吧，人世間一切現有的美好，終將消失殆盡。所以啊，今天我是眞心愛你，明天我眞心愛別人，都沒有撒謊。爲何非要把從一而終樹立爲道德標準呢，愛只當是眞摯，而非不變。花是植物的生殖器，愛懶花的花汁[270]是荷爾蒙提煉的魔法藥水，把它滴在我的眼皮上，淸晨第一眼見到你——如斯言說會否更有美感令人迷醉？愛之儆儆不安，人從愛戀的對象身上割離，剝皮抽骨的痛。我覺得從一而終也是愛的自私，愛戀的雙方再海誓山盟，多數人仍希望對方忍受這種痛，從一而終的隱語是你必須對我履責。

生活在交叉點上形成。上天扔人，都是打對子的，書寫地上癡態男女春病。作爲開始，必須追溯，追溯到既往，追溯到起初，跳過好奇與吸引，跳過曖昧與追求，跳過纏綿與釋放，跳過不滿與忍讓，跳過哭泣與打鬧。我們彼此寬容，彼此原諒，談好了要愛上對方，就像上演一見鍾情，我想向你求歡，你想給我溫情。男女之間的紛爭，征服與被征服，控制與反控制，道德所有的東西都能展現出來；男女之間的和諧，高潮化的彼此需求與滿足，是緊密結合，而不是製造間隙。我們不是被對方意志塑造出來的，令自己一半的靈魂是空殼。塑造理想化的對象的結局也只能枯竭了自己，同時封堵了汲取另外一半生命之源的可能。

---

270 愛懶花（love-in-idleness），傳說中的愛情魔藥，見於《仲夏夜之夢》。

雨正在下滴，正如雪正在飄落，夏天過去後，一些樹葉會在空中飛揚，途經許多笑臉，正如你在走近。

街燈下的陌路人，昔日的同行者，我只能將今夜星辰的光輝寄去，飄忽不定的視線，躲避著室內刺目的光亮，她慵懶地舒展起身體，一同沒入現代都市的霓虹。那些隱匿的無數隻眸，足使我可以白日窺星，或走在戀人的唇上。

四

我現在烹小鮮，而我早年樂趣是摔砸炮，走在放學路上，在炊煙與叫賣聲中，把氯酸鉀和赤磷扔在女生裙下腳邊，脆響與驚叫使勁推準拋物線，然後看著它墜地濺起討厭的回響，說缺德鬼的那個女生辮子最長，送我一個紅蘋果，前些年見到癟癟的胸脯和蹦蹦跳跳的小胖墩。

回家後，纏爸爸講故事，他背包裡藏著一本一千零一夜，白天閒讀，晚上複述，總是不停，要翻新出奇，葫蘆娃大戰聖鬥士，孫悟空三打變形金剛，連環畫陞級到阿拉伯經典，格林安徒生統統是異端，灰姑娘與賣火柴的小女孩欺騙不了信道的民眾，山魯佐德感化山努亞，憑安拉的名義起誓，我決心不殺你了，宰相女兒每天晚上講，且只講開頭和中間，留下結尾懸念，爸爸要儘量完整並開始提問，他愛聽評書，賣弄得勝頭回，阿里巴巴和阿拉丁終於退場。

哈尼夫，窮苦三姊妹婚姻的祈願，分別想嫁給王國的麵包師、廚師、君主。恰巧國王路過，實現了她們的願望。太假了吧，村長才差不多。按下天方夜譚的暫停鍵，我們講了祖祖輩輩，故事從來如此。姐姐們很妒忌當上王后的妹妹，便把她生下的兩個王子和一個公主裝進竹籃隨水漂去，並說王后生下了一條狗、一隻貓和一根木條。國王幽禁了王后。劇終，三兄妹回到王宮，一家人抱頭痛哭。

「你不覺得〈能言鳥〉中公主機智勇敢嗎？」

「爸爸，我想知道王后會原諒她的姊妹嗎？」

「王后念手足情深，寬恕她們，直到安拉發佈命令。」

何時姊妹再相逢，燕麥兔葵荒景中，待到世路風波靜，槁甦喝醒復親情，殘陽猶掛在西空，地點何在？無言冷宮。

爲何不是快意恩讎，懲惡揚善？爲何不是惡者自取滅亡？爲何不能上演復讎者悲劇？我就是不喜歡圓滿，李爾王三個女兒才震撼人心，大女兒及二女兒不安於室相互殘殺，小女兒率軍勤王救父，兵敗垂成死於囹圄。

現在，我更喜愛契訶夫的三姊妹，回不去莫斯科的她們，尙存對於美好明天的等待。伊林娜心上人遠走他鄉，備胎慘死決鬥。你在看看貝克特的美好日子，黃土埋至半身不得動彈的女人，在荒無人煙的沙灘上，將怎樣度過一天？絮絮叨叨自欺欺人的老嫗溫妮自由穿梭於複雜跳脫的臺詞中，哦，她自有她的樂觀，絕望中仍然殘留救贖的憧憬，在一個沒有神的世界裡。嗯，石頭一次次把薛西弗斯抓回地面，我們還是一次次被他感染。

撕掉我手中的歐洲，這是一本壞書，開篇就引用聖經。老毛子沒一個是好東西，托大爺和陀二大爺概不例外。學外語是爲了教導有經人[271]迷途知返，先知會優待他們。莎士比亞會進地獄嗎？提問之前，你應自行判斷，他信道否？眞主是不引導不義的民衆的。那爲何阿卜杜拉[272]巴巴說，可口可樂可以喝？他是鎮上最有知識最有見識的人，唯一朝覲歸來的人。

愚妄的人走在地板上，仿佛走出來一條生命的大河，仿佛垂死之人也有機會感嘆與慚愧，好像春暖花開和沉默於泥土中死去有所不同，揮動錘子，就假裝自己砸出了夢與火光，握緊自欺欺人的生命魔杖，戰鬥就不是虛妄，拚搏就不是懶散地躺在床上。

躺在床上，我感到陣陣來風，外面的一切如常平靜：門輕關，煙囪無聲；窗弗動，塵土躁盪。大口呼吸又一個平庸的春天，來選擇美好，把愚昧留還給愚昧者，阿卜杜拉的工廠排煙的咳

---

271 有經人（ahl al-kitab），英譯為"people of the book"，即信奉天啓宗教的人，根據伊斯蘭法，他們為「受保護民（dhimmi）」。猶太教徒和基督教徒，都是誦讀天經的。（古蘭經，2:113）

272 阿卜杜拉（Abdullah），男性名，意為：安拉的奴僕。

嗽，貨車車輪拖泥帶水。像愛德華．蒙克的吶喊，捧著自己扭曲的臉，張著嘴巴，淪於藝術館每日不同觀衆的對視。

阿法芙，我從鎮上到縣裡，從縣裡到城市，守在母親河，不想去看支流下拆遷的榔頭。

我發覺新疆刀郎人的薩瑪舞也有蘇菲遺風，它們之間或存某種關係？阿克巴大帝的宮廷裡開設蘇菲旋舞團，他也樂於躬行其間。我的熱瓦甫琴聲多麼響亮，莫非裝上了金子做成的琴弦？爲愛的激情所困擾的人無牽掛，從毀譽中解放出來，即使被砸了一萬塊石頭，愛的晶體也依然完整。面對愛的匆匆步履，天空大地和很多其他事物會感到沮喪。

阿法芙，我要爲你唱首魯米情歌。

五

吾將自戕乎，抑不自戕乎，成一問題矣，腦海煩苦，如矢石交加。將忍忍受之乎，抑將拔劍而起，蹈海而終乎，二者孰爲光明磊落。[273]

我家藏有一本文言直排的莎士比亞，從小喜歡看稀奇古怪的書。看完上譯人文經典，再閱覽林琴南。

---

[273] 語出《天仇記》，即*Hamlet*，邵挺譯。

前幾天我與詩人朋友討論語言，他說不損失個體感覺最好的辦法是閉嘴，只在心裡明白自己的感覺。我說有沒有可能，一旦沒有話語，一個人根本就不會有任何感覺了？世界有可能本就一片亂碼，如色盲看顏色測試卡一般。

「像我們這些生長在都市文化中的人，總是先看見海的圖畫，後到海邊玩耍；先讀到愛情小說，後知道愛，嘗試愛。」

「難怪你們女生都愛看還珠格格。」

「我才不看瓊瑤阿姨，劇情適合無知少女，我從小愛追日劇，以後要去日本讀大學。」

「人長大了就容易越來越無趣，而且我懷疑，沒有文學對現實世界的某種干預，愛情降臨相貌普通的男女身上的機會就更少。愛情鍾愛某方面出類拔萃的人，外貌只是其中一種。」

「人類對愛情的感覺，很大可能也是被話語規訓的，正如福柯所言，我們明明自身囚在一個籠子內，卻天眞以爲自己的愛情是一隻無拘無束自由的小鳥。」

——規訓無處不在，顯然包括愛情。

——前年，她從京都回來，問我們想要帶啥，我說正版瀧澤蘿拉。

——當知識產權武裝到牙齒，宅男開始爲自慰付費。

——馮老師男兒本色，從口袋本小黃書到珍藏簽名影碟。

——也難怪從御姐換到蘿莉，書中自有顏如玉。
——馮老師最愛聽誇他對象漂亮，對象換了，漂亮還在。
——感謝阿芙洛狄忒，今天仍然有美女愛一個詩人。
——桃花樹下貪飲槐花酒，月下傾訴對美人的戀慕。
——美人的皮膚是書的紙張，經得起翻閱。
——舊書比似美人遲暮，有人換新版，有人要求布面精裝。
——包裹綢緞，裝進錦盒，愛書人才不忍拋棄，享受藏的樂趣，記得何年何月。
——讀書人最花心，對書也是喜新厭舊。
——人比人得死，書比書得撕。
——好書總能誘使我潛入她們光潔腰身，觸摸她們通透靈魂。
——打扮歷史小姑娘的同時，還能伺機佔佔便宜。
——你們如同仙后，愛上的都是驢，分手後會爲自己的瘋狂耳紅面赤，汗流浹衣。
——Why so pale and wan fond lover?[274]

[274] 意為：你為何憔悴蒼白？約翰．薩克林（Sir John Suckling）的一首名詩。

——哈哈，只有魔鬼娶她做新娘[275]。

——你以爲薩克林是怨男？他是時不時傳出風流韻事的才子，出自文人的愛情詩寫得如此直率痛快，倒也罕見。

——知識分子首先騙自己的本事高。

有一段特別的時間，我總是處在沉睡中，整天做夢，連慣的夢，以至現實被夢攔截，不能銜續，也就不可能嵌入記憶，除了一位姑娘，在那些夢裡，我總是，熱衷於懸崖絕壁，熱衷於躲在即將傾覆的高大的殘垣斷壁的罅隙裡，四肢匍匐著地，逃避無可名狀的惡獸的追逐啃咬，苟存在滿是詭祕意志的夢中。

一夜濃睡似醒非醒，簾子外的秋雨細緻深長，外面的世界很精彩，你波浪般浪出去，又波浪般浪回來，躺在此刻容身的床上，一面望著白色的天花板和暖黃的頂燈，又一面回味外面夜晚不一樣的色彩，不由得想起你的美……

一張臉的笑靨的誘惑被浸出，又被虛無的嘴抿著，談論起每一個平凡安靜的冷漠下午……如同沒人願意，在夜晚一直保持孤獨，紅裙子早晨經過門口的時候，有好色蝴蝶破繭飛出，在她身

275 Nothing can make her: The devil take her.

後緊緊相隨……如果我失眠，酒也不能把我灌醉，那就只能在夜半，在陽臺上，在微朦的霧裡，喝著茶繼續清醒，藉著燈火，翻一本舊詩集，意外想起另一首詩，以及詩中所描繪的一位女子，她發散著光，如晨曦……天快亮時，空氣中的曉霧就化成地上露珠，蒙覆在鏡子上，草葉上，迷迷濛濛的，爲你穿上性感的薄紗睡衣，我的鏡片也迷濛起來，身體也跟著迷濛起來……晨起一杯茶恢復了味覺，恢復了人的慾望，與世間的誘惑，向慵懶品味墮落，墮落才是元始，從來如此，雲因熱空氣托舉，才倖免墮落，鳥行空中，消耗著精緻的羽毛，我們無所依託，也從不願捨棄自身，墮落始終是常態，並具有雙向性，向著低處是今日之罪，向著高處是明日之定，大氣也會墮落於無限虛空，墮落吧，向著骯髒和潔淨，墮落吧，向更幽深更明亮之處，墮落才是元始……由清晨一杯咖啡開始，只有當你得不到你所切慕的東西時，它們才是你的，最強烈的快樂不是擁有，而是渴求，他們說我身在福中不知福，說我爲賦新詞強說愁，當我們戀愛時，愛情中並未刻著具體對象的名字，它在將來或在過去，都可能爲另一個女人誕生，一生太長，不能用來許諾，他們說我身在福中不知福，說我爲賦新詞強說愁，火樣舌頭舔弄我單薄的胸肌和醒著的夢，而後靜靜地躺臥寬大的軟床做睡著的夢，供暖身體以來禦寒。

以至晌午，三種器皿盛開同一種液體，骨瓷中白鵝的屍體與山藥，萍水相逢的珍饈，熟悉又陌生的朋友，祝福荒唐又正經的尋覓，是書寫奇蹟的時刻了，走吧，哈尼夫。

六

我看到了這座城市夜幕下潛藏著的躁動，白晝和黑夜交替的慾望，那是一種內在的天性。城市是由人組成，人也定格著城市。夜晚是一座城市最眞實的狀態，夜晚的城市是脆弱的，脆弱的時候也最眞實。倘若一個人毫無遮掩地向你展示他的傷疤，他如水晶般透明的灰黑色脆弱，那是對你最大的信任了。

我在肉體包裹的靈魂中留駐，在城市茫茫人群中不分晝夜，尋找心口一致的祈禱者。如果我的命中，會相逢契合我的女子，於某時某地靜待我，我不知道，該拿什麼談我的未來，哪怕被看出看穿脆弱如蘆葦，也不再想在面具裡生活，當愛情沒有了執念，我只想退守你身邊陪伴。

你聽著德彪西的阿拉伯風格曲，我在外邊的椅子上後仰著，對你說，我以前夢見過自己躺在一片鼠尾草上，靠近趴在岸邊的石，散去我黑色的髮，散去白日裡我束起的過往與遙想，我還不想入睡——月光和昨天的並無兩樣，在佛羅斯特和特羅斯特羅姆之間徘徊，不讀詩對不起這個夜晚。那濺射月光的大地，便是我全部思念澆灌出的沃土。

柔和的新月訴說著祕密，尋聖路上舉步不定的人們啊，你必須尋求你眞正渴望的，別回去睡。柔和的新月訴說著祕密，吉哈德大門冷清地敞開，你必須尋求你眞正渴望的，別回去睡。柔

和的新月訴說著祕密，愛情生活難言的美中不足，你必須尋求你眞正渴望的，別回去睡。

月光從簡陋的屋頂，移到穆斯塔法[276]帶有小洞的帽簷上，移到幸福摩托車上。月光從新蓋的小二樓露臺，移到我的成績單上，移到出行的鐵軌上。那夜的新月，被你盛在眼裡，總感覺有什麼東西會失去。

穆斯塔法，你說赫迪爾聖人在做何事？赫迪爾聖人在讚美安拉至大。你要淸楚知道何爲正道，何爲迷路。

穿過小巷，穿過夜晚。宵禮後的淸眞寺，我望見闔掩的木門。去尋找眞實的傳說，祈求萬能的眞主爲我接線，停駐的速霸陸，昔日騎駱駝的山羊鬍，一代人又一代人。高樓是文明的符號，城市乃人類最偉大的發明，玻璃幕牆是現代化的標誌，穆斯塔法也習慣了智慧手機。父親，我看見了你的臉，送我上大學，火車的眼睛。

七

我此刻就起身。去那草茵於兩河間，在此我方覺些許寧謐，這寧謐垂垂欲滴，滴入曉霧輕紗，滴入夏蟬淺吟；這良夜瞑色沉盈，這晌午紫煙流溢，入暮滿是振翅的飛禽。我此刻就起身，

---

276 穆斯塔法（Mustafa），男性名，意為：被選的、優秀的。

只爲常於晝夜，當我伫步康衢，聽雨之淅瀝，覲牆之黯惡，於心靈深衷，捲動網的束縛中虛構逃亡的路程。

這只是一種生活，僅僅關於生活的本身，足令我們輕易紀實又肆意編造，明面祝福又暗地詛咒。我發現，字與字之間還有字，夢與夢之間還有遐想的空間，比如回憶中重新發明年少時的愛情。你的手好涼，十指連心——哦，那天的明天是情人節，拒絕安排約會是全球化中的抵抗運動，這是文化自卑——十年後，萬馬齊喑，千人一面，向小學生看齊，小學生自詡步行三十里去借浮士德，結果強迫下一代去背弟子規，乃甚連平安夜送蘋果也被嚴查，老師扮演文化警察，以國家的名義，我現在倒願意去過情人節，特定的日子對愛人說愛你。格特魯德．斯坦因有詩云：**A rose is a rose is a rose**[277]。北島說，誰校對時間，誰就會突然老去。我從不飲酒，卻也聽到杯子碰撞出夢破碎的聲音。詩人想去革命，但首先被他的詩打倒。

我此刻就起身。一切的苦難來時，我必須被打倒；一切的幸福來時，我必須去迎接；但凡活在一種錯誤中，就是活在一個準確的選擇裡，而當我選擇時，一個選擇外的其他選擇都在塌陷。我此刻就選擇起身，枯燥乏味卻又不可避免，我活在我活的世界，一種負隅，因爲我知道我需開

---

[277] 意為：玫瑰是玫瑰，始終是玫瑰。

始選擇抵抗，可抵抗終究使我頹廢，我歸根是一個被繳械的人，不——我是一個依靠安拉的人，但在頓亞[278]裡煢獨的我，用更加迷狂的視線去看一切事物的荒涼，和一切生命的必需。

我此刻就起身。我曾把一塊土埋進另一塊土裡，給自己挖一小勺孤獨擺在空空的碟子裡，我還記得母親，時時刻刻記得，一塊白瓷盤上剖腹的魚，這個世界會好嗎，梁漱溟晚年發問，我對世界予以善意，我對社交無多少追求，這個世界是一杯苦咖啡，給予我失眠與亢奮，現在我多了兩個聽眾，我活的幸福嗎？捫心自問，又心不在焉地望向酒店窗外。

我此刻就起身。河水像一條鞋帶。我按住空格鍵。看運河的希爾頓。艾米娜，且讓這扇窗當你的耳吧。我喜歡你裸露腳踝和豐滿的胸部，我想世俗地佔有你的餘生，你的芬芳從未離開我的鼻腔，你臉龐的影像從未離開我的視野，唯留浴室內你像新擦銀器那樣光潔的胸膛，你邊哭邊用一種怒意的無辜眼神看著我，我把一半處女之身給了你，我等於什麼都沒做，一輩子都不想再見到我，從今天起，我們徹底斷絕關係，可一旦我想起你的肉體，而非靈魂，我的靈魂竟然也像是遭際了風暴，連同我的肉體瘡痍周身。

我此刻就起身。仿佛赫迪爾聖人邀約兩河交匯處，與他交談前，我會狠敲自己的腦殼，如滿

---

278 頓亞（duniya），阿拉伯語音譯，意為「今世」，即人類生存的這個世界，與後世（akhirah）相對。

嘴食物卡在喉嚨，堵塞發聲的通路，大家都活在賺錢養家到死的路上，而我只是一味地啃書，忘了拿桌子上的車鑰匙，遺失波德萊爾在地鐵上流浪，你要揮手告別昨日的幸福，去民宿拍比基尼模特吧，快門意淫的片刻，含混，長生的聖人，我需要你的解惑，卻隱約聽見你說，一個長的醜的男人，不應該拿詩當藉口，幸好阿法芙。

我此刻就起身。屢屢牽縈一樁奇景，你是有罪的，因爲你生在河的這邊。門可羅雀的吉哈德，難稱美滿的敦倫，敍事之外艾米娜，謎底在歡樂的殿堂裡，容得下寬敞氣派的列車，而我們必須一個接一個地，穿過苦難歲月的狹長過道。

八

ㄚ，ㄛ，ㄜ。

我問了風，你的柳絮吹至哪裡？

我問了馬，你的草原奔向哪裡？

我問了船，你的兩河位於哪裡？

我問了月，你的家鄉藏在哪裡？

他們皆不回答我，

如我無法問清你。

世間沒有答案，唯有陳年稠液，在眼中積水，

有了詩人，就有詩派；有了門宦[279]，就有門宦人[280]。

活在門規中的宦中人，戴著腳鐐興奮跳舞，

哈里姆[281]何其陰險，蘇菲有門，宦中有賢有奸。

雷電交加時追逐宿命，驚惶地回眸艾米娜，

精心修繕的牆上鮮明著乾隆廿七年的舊事。

豈能肆意違抗，終究爲更深更暗的夜幕所啖噬。

---

279 門宦是中國蘇菲道團（al-Tariqah）的稱呼。門即認主之門，人皆可入，但須由作為媒介的主事人引導，其主事人或稱穆勒師德、或稱太爺（老人家）；宦即由其形成的教權制度。

280 通常將其具有世系的連貫性的教生（穆里德）家庭稱之為門宦人。位於「穆勒師德——熱依斯（ra'is，阿拉伯語音譯，意為「大教長」）——阿訇——教眾」層級結構的終端。其具有「家族—家庭」的結構穩定，信仰的忠誠性。

281 阿卜杜勒．哈里姆，即花寺太爺馬來遲。乾隆廿七年，唆使其子馬國寶以「邪教」為名誣陷告官，迫害哲合忍耶（Jahriyya），此為門宦教爭之肇始。在蘇菲門宦中，通常稱呼虎夫耶（Khufiyya，含花寺）為老教、哲合忍耶為新教；在特定語境中（如乾嘉年間清廷），花寺門宦為老教，哲合忍耶為新教。

黑沉沉身臨風非比尋常，如頓亞牽絆你的倩影。
誰人不在歡聲笑語後，卻沒得到懊喪的下場？
只好自己徘徊著聽著雨聲，任親愛的人兒指責，
眼中熱淚勝過努哈方舟的風暴，滔滔我心之愛。
他們說：門喚者[282]，神聖之門在召喚也，而道統[283]存焉；
你們說：追隨迫害者後裔，這是21世紀荒誕現實；
她回答：身陷愛情的人，從未擔憂任何災難與不幸；
我回答：日常生活非法性的責難比黑色幽默更陰冷。
沒人能解開這個繩結，縱然他冠以巧匠或智者之名，
預定愛恨離別苦，天上的利箭不偏不倚地射中了我。

282 曾有門宦家對門宦一詞不滿，而自稱為「門喚」。

283 道統，即穆勒師德與穆里德的引導關係，人若想在後世獲得回賜，須在今世追隨導師。穆勒師德（murshid），阿拉伯語音譯，意為精神導師，與穆里德（murid尋道者）相對。

九

ㄅ，ㄆ，ㄇ。

我心之情只爲初戀者。

我與初戀佳人爲何關係？愛。

若心不生靈犀，凡情感皆只淪幻影，

爲了你的容顏，我心化作一杯鮮紅的酒，

在愛中醉倒吧，毋須捆綁利益與物質。

我想赴邀你以愛化的薔薇眞境[284]裡踱步，

你將後世的天堂變爲花園，用愛與脣。

盡品花園中果實，但沒有接近那棵樹[285]，

蘇菲教徒所飲的酒，醇郁情心神發狂[286]。

---

284 波斯蘇菲詩人薩迪（Sa'di）有著名詩篇*Golestan*，漢譯為《薔薇園》或《真境花園》，為穆斯林經堂教育經典讀本。

285 《古蘭經》，2:35。你們倆可以任意喫園裡所有豐富的食物，你們倆不要臨近這棵樹。

286 情迷（tawajud）與心迷（wojd）是一組重要的蘇菲術語，情迷為入迷的狀態，是初行修道者在不具備完美的品格時的刻意要求，如果他具備的話，他就是心迷者。情迷是開端，神迷隱喻，非酒鬼迷亂，而是品飲之近主[287]；

機密，何以至不醉[288]，唯信士心之悃誠[289]。

切勿令教門恩怨吞噬我們，愛推向憂傷，

將心中無形牆和身外有形門，一同炸開，

斷無任何幔帳可遏阻太陽照耀你與我。

誓以安拉之名，絕不辜負訴衷情的女人，

爲艾米娜懺悔七十年[290]，直至西邊日出，

（wajid）是結尾，心迷是二者之間，而心迷是突然獲得的結果，職責和行動越多，來自真主的玄妙就越多。

287 品飲（shurb），蘇菲詩學的一個特點，以此來表達在真主顯現、揭開幔帳時的心理感受，或者突然而至的情緒，一開始是品味（dhawq），之後是品飲，最後是暢飲（maqam）。道德純潔者在品味之境，道德修煉者在品飲之境，持之以恆者在暢飲之境。品味沒有醉，品飲是迷醉（sukr），暢飲是清醒（sahw）。

288 心愛心誠增強之人，他的品飲是持續不斷的，若延續這一特徵，品飲不會使他迷醉，他因真主而清醒。

289 清醒是根據迷醉而變化的，因真主而迷醉者，因真主而清醒。

290 《提爾米茲聖訓集》，第3096段。安拉在西邊為懺悔者開了一道門，其寬為七十年的路途，直

醒轉過來說，你是我心緒圍繞的長空。
我暗中犯了很多罪，含括渴望楚雨巫雲，
遞你一杯愛的酒，起舞向穆勒師德致敬，
旋轉，愉悅沒有盡頭；擊鉢，歡樂無以言說。
如遇傳授知識的赫迪爾，央他點我為智者，
黑夜中人皆踽踽獨行，唯汝光亮如白晝，
昔日降示薩迪，酒杯如乳房，不飲命不長，
再無比這更好的良辰，正青春舉杯暢飲。
不求艾布則吉屢問道而創胡門[291]，原之造化[292]，
暢飲愛之甘醇兮盞盞心迷離，我酒未儘興，

到太陽從西邊升起而關閉。

291 虎夫耶之胡門門宦創始人馬伏海（世人尊稱翱子太爺）於乾隆十四年齋月廿七晚間相遇了赫迪爾聖人。

292 光緒年間禮恪親王愛新覺羅・世鐸，敬仰胡門先賢，親題「原之造化」之金匾贈送於太子寺胡門拱北。

讓酒沖清心頭的惆悵，夜思你醉人的麗姿，
治癒我反酸的腸胃，換取生命果實的甘甜，
因和相愛之人再愛，你便與眞主達致結合[293]。

十

——走吧，哈尼夫。
——阿法芙。
——地平線在搖晃，折騰我暈船似地想吐。
——沿河過橋，上高速，一小時抵達下一城。
——地圖上第一站兩河交匯河灣半島。
——我曾在那裡，爲你挑選ZARA。
——我才答應做你女朋友。

293 分離（farq）與合一（jama），是一組重要的蘇菲術語，蘇菲詩歌頻頻以愛情喻之，修道之人必須同時具有分離與合一：沒有分離則沒有人性，沒有合一則沒有對真主的認識。開端章言「我們只崇拜你」為分離，「只求你祐助」為合一。

——你慎重地巡察著周圍人的反應，匆匆走過，無人有意側目。

——如果能在被肥臀撐滿的裙邊生活的話，活下去的意思也就毫無疑問了。

——我太縱容你了，你知道我名字的含義嗎？

——Virtue Rewarded，理想的婚姻。

——我是去求婚還是去提親？

——你愛我什麼？

——所有的女人都提這問嗎？

——記住王爾德說，只有淺薄的人，才不會以貌取人。

——朱麗葉奶媽的老公說，他在朱麗葉剛會走路摔了一跤後，就對她講：你現在是往前撲，等你長大就要被男人往後放倒了哦，小朱麗葉立馬不哭了，甜甜羞羞應道：嗯。這大抵是朱麗葉耳濡目染被性啟蒙的冰山一角……

——都是你們男人的視角，女演員也無意識地取悅。

——黃魚躺在佐料湯裡，大海並不知道。

——你又跑去喫松鼠魚，能有自家店裡的好？

——你讀過北京摺疊嗎，微信在推送。

——一天只有八個點：一點禮拜，兩點去溫泉泡，三點喝杯卡拉克茶，四點喫意大利麵，五點睡覺，六點喫鱈魚，七點散步，八點睡覺。

——下一站，你往哪跑？

——找塊能望見宣禮塔的綠地。

——有人在野炊。

——有人在驅逐。

——我用沉默交換噪音。

——作爲遠程中一次平常至極的旅行。

——阿法芙，我已出發。

——懷抱著疑問，就像天空懷抱星星，永不撒手，相存相依。

十一

我在酒店的圖書角發現玫瑰門。那些嘴上說著自己的身體自己做主，卻又無法無天的人，往往活得不像人樣。一個舊貴族，一個女扮男裝者，一個癲狂的人。三十年前鐵凝主席能寫出一個經典的惡母，也算難能可貴了——比起大旨談愛的媚俗化，傾吐恨更引人注目，中國人在嘗試審

醜。

西方文論關鍵詞：·Female Identity and Motherhood[294]．

我更喜愛保守主義作品，只想知道正常的人是怎麼生活的。奧利弗．崔斯特沒上演賣火柴的小姑娘慘死街頭的悲劇，而是在倫敦得到善良人的幫助。

嗖嗖的空調涼風，一勺一勺哈根達斯，憶起她的甜蜜，也許這就是愛的表達，窒息般的快感以及無聲嘆息。女人除卻幻想浪漫的愛情，還善逸豫豐盈的生活，而在個人思想發展史上，最後均以幻滅而告終，對愛的汲取又重新回歸往日的夢境中，直至有一天她捐忘了愛與慾，並將其與美德聯繫起來，獲得一種極爲簡單的享受，愛憎留痕在追劇的螢幕上，在奶頭樂中確定自己應扮演的角色，尋找現實生活中不復存在的滿足感。

你所厭惡的生活，一些人卻爲之夢寐以求。

心懷沮喪，這通常是因爲疏遠了眞主。

十二

一，ㄨ，ㄩ。

---

294 意為：女性身分與母親身分。

密義幽邃，玄祕無解[295]，貞潔無瑕之玫瑰[296]，
舉燭郢書燕說，褪淨妄心如膜。
這是我心情愫，昔時昔雨昔思，
這是你身窈窕，今春今晴今意。
此卽主謂賓之短句，比似敬畏者[297]之言誓，
良妹聽了笑靨進屋，惡婆聽了虛恭逃離[298]。
高歌，她是欣喜；低吟，她是悲戚，
你複述她吧，消吾渴吻，遞壺清涼甘泉。
夏日間爲刺澆水[299]，雨天也能看見淚[300]，

---

[295] What do they mean? What wisdom lies behind them? While some conjectures exist about their implications, it is well established with near consensus that the true intent of these words are only known to Allah.

[296] Far-off, most secret and inviolate Rose. /William Butler Yeats.

[297] Those mindful of Allah. *2:2 – Quran.*

[298] They heard the voice of a stranger reciting *Quran (Surah al-Baqarah)* in their home.

[299] We will water the thorn for the sake of the rose. /Kanem Proverbs.

[300] Allah can see your tears even in rain.

快把玫瑰花兒採，唯嫣紅敞開心扉。
襲人馥馥之芳蕤，勿獨留孤單綻蕊，
玫瑰只餘香如故[301]，若花顏煢煢爲美。
一吻迷失，我豈能棄之而去？
哦，艾米娜，我偃臥無香，浮世淒涼。
溫柔地灑落思服，去臆想關關雎鳩，
遲緩地書寫好逑，來寤寐在河之洲。

十三

我的舌頭與寶劍都鋒利無比，能實現寶劍不達的目的。
寶劍是陽具的隱喻嗎？
爲何你不理解爲筆如刀？
我的心著火了，那是誰家的姑娘搧風助燃，我在她家門口思慕，心揣她向誰施用愛的符咒，

---

301 What's in a name? That which we call a rose by any other word would smell as sweet. /*Romeo and Juliet* 2.2.43-44/*The New Cambridge Shakespeare*.

命運究竟判給了何人，與她長相結伴。

我要訴說，我的遭遇，我的苦戀，似火一樣的情感，噴吐出聲聲長嘆；訴說這愛的痛楚，久久深藏於心間，那輾轉反側的失眠，惆悵難度長夜漫漫。你們也許能禁止我會面艾米娜，但卻無法阻遏我爲她吟誦詩歌，你們也許能攔絕她的話語傳入我耳，但卻如何能抵擋她的倩影翩然入我夢，她輕掀面紗，露出臉如銀盤，又扯起薄薄的披巾，嫵媚地將芳腮半掩，一襲長袍墜地，無遮冰肌玉骨，不要獎賞我的眼淚，願好好犒勞我的舌頭，來呀，讓我們重續前緣再追歡，艾米娜的紅脣是甘美清澈的泉源，解我受烈日蒸薰乾渴，莫讓她顯得那麼驕矜，揉碎我的心，洶湧澎湃拍岸之欲說還休，水床身體浮在波上又似飄在雲中，床前照妖鏡放浪形骸，頓悟般豁然開朗鼓勵我，一洗淤積於心的鬱壘冰山。

十四

高德導航，運河分岔公園，不顧從窗口擲出來辱罵，我遠離而去，八十年前在屍體和蛆蟲堆裡打仗，腳踩進死人腐爛的肚子，時代之抒情嘆息的回聲，高亢把金屬碎割，時間在身體中旋轉，石頭在大地上漂游，革命把絕望變成一場遊戲，尋找成爲生活的關鍵詞，來自吉哈德的問安，阿法芙，我們三人一週後相會，離城稍遠的地方，卡斯木江餐廳燒烤，在沒有窗戶卻掛著寬寬窗簾的雅間。

你頓悟了什麼？

我將平庸無奇的肉慾錯當成刻骨銘心的愛戀。

我喜歡曲折的僻巷，狹窄灰暗，我喜歡山牆的小屋，凌亂斜倚。一個奇怪、沉默、湮鬱的人，他祈禱造物主將那無名之罪，從時間的記憶中抹除，夢想讓生活得以忍受。

來吧，契闊談讌，小生譾薄之材。

男人會給予有文化的女人額外的寵愛，文化是讓商品增值的僞裝。

女人在寵愛中找到快感了嗎？

爲何要將沒有發生愛情的性定義爲賣淫，就不允是通過上床來解放身體？答應一場求歡，沒有換取金錢，她只向我借枕頭，我拿來塞到她臀下，層雲疊起，煙雨更加。張愛玲之婚姻是長期賣淫論，設重要前提——彼此毫無感情，那麼包辦婚姻，就是組織賣淫呦——這是一種力，起因要行善，結果在作惡。

而我，全身是肉做的，純粹是一個人，我直截了當地要求你的肉體。

——我風聞你和艾米娜還有聯繫？

——老爸，你懷疑兒子與她有染？

——你有淫念，不是因爲你是一個常人，而是因爲你是一個罪人。

——因爲淫念，你認爲至大的眞主渺小，不能豐豐富富滿足你的需要。

——艾米娜不戴面紗出門，你討厭她？

——你有淫念，心中享受女人穿衣不端莊。

——走吧，哈尼夫。

——淨化你心中的淫念，去渴望在婚姻關係中彰顯道德的性關係。

——走吧，哈尼夫。

——你正在尋找赫迪爾聖人，他也在等待你。

——走吧，哈尼夫。

——你要看到心中信仰的光。

——走吧，哈尼夫。

——不要悲傷，你失去的任何東西，都會以另一種形式回來。

——走吧，哈尼夫。

——清晨和煦的風兒來自哪裡?來自情人的溫柔鄉。

——走吧，哈尼夫。

——你今生的任務不是去享用愛。

——只是尋找並發現，你內心構築起來的，那些抵擋愛的障礙。

十五

走吧，哈尼夫。

收到吉哈德的順祝商祺，及生活的美滿。我的耳朵只臣服於一種旋律曲調，不嬉鬧，也不悲傷。宣禮員正在號召祈禱，那照亮我靈魂的閃電，身心愉悅，感官清爽，如我曾那般愛著春天。那裡有光，有酒，有石榴花。你不來的話，這一切都了無意義。你來了的話，這一切也會變得了無意義。當你和情人在一起，共飲美酒的時刻，請你千萬不要忘記，有人正在受愛的折磨。

走吧，哈尼夫。

難的，是那旅程，而那抵達時，會被忘卻。恬靜的小鎮死了，一條高速公路飛快地從她身上碾了過去，瀝青燃燒的城市記載死於一場車禍，車上搭乘青梅竹馬的男女。

我此刻就起身。

港版後記

——子儒與作者的對話

儒：你怎麼做起小說來？

衍：威廉．福克納曾言——也許每個小說家起初都曾想寫詩，發現自己才力不逮，然後才嘗試短篇[302]。我亦有同樣的心路歷程，無緣繆斯垂青，求次在小說中大旨談慾。

儒：你所說的「大旨談慾」何指？

衍：或敍搖擺的戀愛，或述離家與歸家，或言慾望與理智，或重構經典傳奇，或主荒誕故事，或陷往日情思，或發生於狹小的公寓，或活動於豪奢的CLUB，或徘徊於街區，或迷亂於狂想，或遊蕩在路上。

儒：你如何構思小說中的人物？

---

302 Maybe every novelist wants to write poetry first, finds he can't, and then tries the short story.

衍：作品中沒有英雄，更沒有聖徒，亦不存在惡棍，只有活生生的現代人，他們掙扎，他們迷惘，他們活著。

儒：爲何要在首版兩年後，選擇刪改重訂？

衍：自二〇一九年首版後，全身心投入長篇小說《解惑人》創作中，並有計劃地重讀歐美現當代經典與中文先鋒文學，以沉澱對小說敘事的理解。此中愈發對先前文字不滿，總有盲目刊印之悔恨，加之不斷聞聽讀者的批評聲，遂決定重寫舊作，洗滌先前青春寫作的躁動。減之感官流露，增之內心傾訴，刀削斧砍枝辭蔓語，在陌生化的市巷呼喊，在詩意化的街衢狂奔。

儒：從目錄看連篇名都改動了，何以下此決心？

衍：新版《二心者》將〈屁股的旗幟〉〈乳房的毒液〉重擬名爲〈褐石CLUB之陽書〉〈褐石CLUB之陰書〉，並將原尾篇〈垂直的搖擺〉改寫爲〈二心者之搖擺〉，此舉將原連續性的主題承繼，變成「陰陽書」與「三部曲」。爲讓馮璁三人的故事更系統化，逼章曄提前登場會晤讀者，而其自身故事延後。

儒：爲何要善待馮璁呢，不讓他承擔懲罰？

衍：我不忍對他殘忍。我本安排他一無所有，可他蜷縮在寫字桌角落，瑟瑟發抖地望著我，眼神在說——我有什麼錯？跨度十年的寫作，令我更多懂得容忍——好吧，給你幸福。

儒：你說到「跨度十年的寫作」，幾乎就是一年一篇了，何以持久堅持？

衍：憤怒出詩人，寂寞出小說家，當我抑制自己性情時，就要在喧囂中久坐椅與臀，在虛構中浮沉心與身。

儒：十年跨度是怎樣的十年？

衍：是追憶逝去十年的十年，旅途漫長留下印跡，而我想要憂愁。

儒：你最先構思的是哪篇，小說沒有按照時間順序排列？

衍：二〇一一年，〈出西梁記〉〈慾望是條冰涼的蛇〉〈尋找父親的愛情〉便有了初稿，待寫作技巧後逐漸豐富，才嘔心月鍛季煉，據此將這三篇排在馮璁之後。若論時間，「二心者」明敍一三及一六年事，暗述過往情，「褐石CLUB」穿插期間，事發「旅夢」「白日漂」後，「莫比烏斯環」與「搖擺」事發同年。

儒：你反復提到馮璁，他是你最偏愛的人物嗎？

衍：沒有他，在怪異錯亂的生活中，我不會作爲小說家，從城市中醒來。

儒：你喜歡筆下的哪個女人？

衍：讓時間猜謎，讓讀者解謎。爲了遇見她們，我摺疊了所有等待。

儒：哪個人物留下作者自身的印記最深？

衍：合上書，長久地回味，你想起誰，誰就是我。

儒：你如何看待筆下人物好多流連歡場，是否有悖道德？

衍：一切道德都是相對的虛僞，虛構故事是我的職業。

儒：如何解讀兩個男人離家出走？

衍：在無聊而有限的城市，懷揣很想繼續幻想下去的幻想。

儒：你如何評價褐石CLUB的人和事？

衍：清書總是誇張地描畫他的貪相，夜幕總是熟練地撥開她的花瓣。

儒：命運對蘇藍和丁語心是否太殘忍，都被生活所愚弄。

衍：她們贏得了自身的許可，眼和心注視對望著塵世空空。

儒：哪些人物在重寫小說中改動較大，動機是什麼？

衍：陳禕和陳澍，我淨化他們並嘗試理解其身受壓抑的狀態，不再是簡單的惡臭和猥瑣，他們並沒有作惡，只是想過上普通人的生活。

儒：蕭讓在兩篇小說中出現，前面還在一邊救贖一邊墮落，後面淪爲赤裸裸的商人了，他還會在你新的作品中出現嗎？

衍：會的，他變得很善良，因爲富有所以善良，燙平了所有不平的很體面的很正面的成功人

士。

業。

儒：你貌似對林菲很寬容，她被愛情找回了？

衍：當馮璁思索到，爲何美好與他漸行漸遠時，林菲就回來了。從此，他不再把愛情當成職業。

儒：在「白日漂」中，馮璁究竟有沒有與蘇藍約會？

衍：回家是最終的旅行。

儒：你很厭惡姚白雲嗎，她是不通事理的女人嗎？

衍：你是不是有何誤解？她明明是幸福家庭長大的。

儒：啊！那家庭糾紛就是章曄的錯誤了？

衍：當他和她都不再認爲自己一貫正確時，糾紛就無影無蹤了。

儒：結尾處，是章曄自己驚嚇到自己嗎？

衍：我在小說中作答了，遠行南方的一次迷路。

儒：〈會唱歌的貓〉，你怎麼構思出來的？

衍：我時常對著家貓講話，牠是我的第一個讀者。

儒：你哪篇小說最用心良苦？

衍：馮璁害我徹夜失眠，章曄迫我給予更多體悟，蕭讓穿梭於愛恨交加。〈尋找父親的愛情〉，寫哭了好幾回，萬言難盡灰色的苦澀，在未來追思過去。

儒：你如何解釋小說中的荒誕現象？

衍：比眞實更眞實的荒誕，充滿喧譁與騷動。

儒：〈尋找父親的愛情〉爲何要寫的艱澀難懂？

衍：敍十八年之後事，傾訴長久難以平復之心。

儒：我發現馮璁和得一父親的初戀情人，分別是「星」和「曉星」，她們是同一人嗎？與你的初戀情結有關嗎？

衍：總有一些夢裡相見的人。

儒：新版《二心者》中多出一篇〈我此刻就起身〉，是舊作新編嗎？

衍：〈我此刻就起身〉是抽取《解惑人》成篇，我想讓故事告個段落，馮璁章曄與遠方的朋友哈尼夫相談甚歡，劇中人皆有各自喜樂悲傷，稍加當下時事。我也想爲了解惑，此刻就起身，常常想起昔時驚奇的際遇，又懷疑這段記憶的眞實性，做無所事事卻又滿懷期待的人，把生活當做一場大病，類似愛情的癒症。

儒：能簡單談談哈尼夫嗎，一個很難解讀的人物？

衍：文明的衝突是戰後的主旋律，來自外部，也來自內心，在全球化的時代，每個人都不能置身事外，於是我把他抓進文本中。而因教門恩怨受阻的愛情，是逆全球化的一個縮影。

儒：你遇見過知音讀者嗎？

衍：嗯，有個朋友在豆瓣評論中寫道——非常典型的後現代拼圖與雜合體，上世紀先鋒文學年代的遺腹子，《尤利西斯》的隔代孫。形式上具體呈現爲古今中外經典文史哲的各種引文與腳註，刻意從故紙堆中挖掘出來的生僻字，略顯繁複的修辭，還有在病句與陌生化詩意間試探的長句。內容上則盡是愛與慾之間的灰色與苦澀，讓我體驗到一個當代中國知識分子的失落、茫然、煩悶、分裂與無力，只能將多餘的心氣與夢宣洩於費盡心思的小說創作中。寫小說可能是最後的掙扎，讀小說只能是短暫的止痛劑與嘆息。

儒：用一句話來結束本次訪談吧。

衍：雖然我盡最大努力表達自己，卻找不到眞正的聆聽者。

二〇二一年五月

臺版後記

三年前，香江修訂版。

五年前，香初初版。

十三年前，動筆。受V.S.奈波爾著《米格爾街》啟發，構思一部小說集，聚各色人物，互見故事，書無力抗爭的慾望與了無生氣的窒息。欲倣傚詹姆斯·喬伊斯著《都柏林人》，以憂傷的年輕人視角，沉默地觀察著周遭，寫微不足道的事情，一種孤獨或蠢動。虛空市也是名利場[303]。

今朝，有幸能在臺灣出版，圓文字強迫症之願，隨手修訂百餘處，並爲除「二心者」三篇外

---

303 英國小說家威廉·薩克雷著有長篇小說*"Vanity Fair"*，語出《舊約·傳道書》(Vanity of vanities, saith the preacher; all is vanity. *Ecclesiastes 12:8 KJV*)，直譯為「浮華世界」或「虛空市」，而現多譯為《名利場》。

的小說均增置了篇首引詩，其有出自名家，亦有本人所撰。去年一次詩人聚會，喚醒了我沉睡的抒情，爲〈旅夢〉〈搖擺〉〈會唱歌的貓〉〈出西梁記〉諸篇加入英文詩讚。

二〇二四年四月

國家圖書館出版品預行編目資料

二心者／喬衍 著. --初版.--臺中市：白象文化事業有限公司，2024.8
面； 公分.

ISBN 978-626-364-404-5（平裝）

857.63 113009096

二心者

作　　者　喬衍
校　　對　喬衍
插　　畫　黑原子
發 行 人　張輝潭
出版發行　白象文化事業有限公司
412台中市大里區科技路1號8樓之2（台中軟體園區）
出版專線：（04）2496-5995　傳真：（04）2496-9901
401台中市東區和平街228巷44號（經銷部）
購書專線：（04）2220-8589　傳真：（04）2220-8505
專案主編　陳逸儒
出版編印　林榮威、陳逸儒、黃麗穎、陳媁婷、李婕、林金郎
設計創意　張禮南、何佳諠
經紀企劃　張輝潭、徐錦淳、林尉儒
經銷推廣　李莉吟、莊博亞、劉育姍、林政泓
行銷宣傳　黃姿虹、沈若瑜
營運管理　曾千熏、羅禎琳
印　　刷　百通科技股份有限公司
初版一刷　2024 年 8 月
定　　價　400 元